reinhardt

Anne Gold

Wenn MARIONETTEN einsam sterben

Kommissär FERRARI

Friedrich Reinhardt Verlag

Lektorat: Claudia Leuppi
Gestaltung: Bernadette Leus, www.leusgrafikbox.ch
Illustration: Tarek Moussalli
ISBN 978-3-7245-2018-4

www.reinhardt.ch

Wir lieben Menschen, die frisch heraus sagen,
was sie denken.
Vorausgesetzt, sie denken wie wir.
Mark Twain

1. Kapitel

«Kommt überhaupt nicht infrage!»

«Im letzten Jahr klang das noch ganz anders. Na ja, zumindest bis du dir eine Zerrung eingefangen hast. Wir sind nach wie vor der Meinung, dass das Absicht war.»

«Also bitte. So einen Mist habe ich lange nicht gehört.»

«Dir ist alles zuzutrauen. Ich hör dich noch, als ob es gestern gewesen wäre. ‹Bitte, bitte, ich will unbedingt dabei sein›», äffte Monika ihren Lebenspartner Kommissär Francesco Ferrari nach. «Und jetzt, wo es um die Wurst geht, macht der Herr einen Rückzieher. Typisch.»

«Nein und nochmals nein! Ich habe es mir eben anders überlegt. Ich laufe nicht in kurzen Hosen wie ein Volltrottel im Kreis herum. Ende der Diskussion.»

«Es ist für einen guten Zweck.»

«Blödsinn! Was ist daran gut? Dass ich nach zwei Runden mit einem Herzinfarkt ins Spital eingeliefert werde?»

«Olivia bezahlt für jede Runde, die du läufst, tausend Franken.»

«Und wieso gerade ich? Sie kann doch einen ihrer Lover umbringen. Davon gibts genügend.»

«Die Idee ist wirklich gut, Francesco. Mit dem Geld will die Stiftung einen Kinderspielplatz bauen. Komm schon, Brummbär, sag ja.»

Monika kraulte Ferrari am Kinn.

«Lass das …»

Der Kommissär ging in den Garten hinaus. Von wegen Rückzieher. Wir leben in einem freien Land, in dem jeder seine Meinung äussern und natürlich auch ändern darf. Wieso also ich nicht? Als mir Monika von Olivia Vischers Stiftung erzählt hat, wie hiess sie gleich noch?, «Gesund durch Spass» oder so ähnlich, fand ich die Idee gut. Auch dass Monika und Marco Streller im Patronatskomitee sind. Vor allem die Vorstellung, mit und neben meinem Stürmeridol zu laufen, gefiel mir ausserordentlich gut. Aber seien wir ehrlich, ich kann mich nur blamieren. Mein Body-Mass-Index lässt zu wünschen übrig, genauso wie meine Fitness. Was solls, es kann nicht jeder den ganzen Tag im Fitnessstudio verbringen, Gewichte stemmen und so. Mein Job ist es, Mörder zu fassen, und Olivia soll ihrerseits mit ihren Milliarden dafür sorgen, dass die Kinder zu Spielplätzen kommen. So weit, so gut. Dass sie nun aber andere mit in den Schlamassel hineinzieht, oder vielmehr mich, das geht entschieden zu weit.

Puma, die schwarze Katze der Nachbarin, schmiegte sich an Ferraris Bein und liess sich verführerisch auf den Rücken plumpsen. Eine Katze müsste man sein, dachte der Kommissär und kraulte ihr den Bauch. Du hast es gut. Du musst keine blöden Runden auf der OB-Matte drehen, damit «Gesund durch Spass» auf Kosten Laufunwilliger ihre Kasse füllen kann. Und dann erst noch bei diesem Wetter! Gemäss Meteorologen war der Juli viel zu heiss und zu trocken. Gerade mal drei Prozent des üblichen Juliregens waren bisher gefallen. Kein Wunder, bangen die Bauern um ihre Ernte. Wenn Petrus den Juli noch in Ordnung bringen will, rein statistisch gesehen, werden wir in den nächsten zwei Wochen ertrinken. Und allem Anschein nach war es ihm ernst, denn der Wetterdienst hatte für die kommenden Tage starke Böen und heftige Gewitter angekündigt. Ferrari blickte zum Himmel. Sternenklar, nirgends zeigte sich eine Wolke. Seltsam, nur das mit dem Wind stimmte. Die Baumkronen im Hardwald wippten zuerst leicht, dann immer stärker hin und her. Wie stumme Riesen, die sich im Wind langsam auf mich zubewegen. Es sieht richtig unheimlich aus. Das fand auch Puma, die blitzschnell durch den Wintergarten huschte und im Haus verschwand. Der Kommissär schmunzelte. Nach dem langen Spitalaufenthalt der Nachbarin war ihr Zuhause zu Pumas zweiter Heimat geworden. Wie gesagt, eine Katze müsste man sein. Vielleicht klappts ja in einem anderen Leben.

«Und, läuft er?»

«Nein! Er läuft nicht. Du hast mir gerade noch gefehlt, Nadine. So wahr ich Francesco Ferrari heisse, ich laufe nicht. Und wenn ihr euch auf den Kopf stellt, es nützt alles nichts! Ich laufe nicht. Nicht für alles Geld auf der Welt.»

Nadine sah Monika verschwörerisch an.

«Meine Rede!»

«Das stimmt nicht, Nadine. Er ist bloss zu faul.»

«Was stimmt nicht?», wandte sich der Kommissär an seine Kollegin, doch Nadine lächelte nur engelhaft.

«Nadine meint, dass du einfach zu fett geworden bist», erklärte Monika.

«Zu fett? Ich zu fett? Ich habe kein Gramm zu viel auf den Rippen. Das nimmst du sofort zurück.»

Sie zwickte ihn in die Seite.

«Da kann ich nur lachen. Du hast eine richtige Wampe. Pirelli lässt grüssen.»

Unwillkürlich zog der Kommissär seinen Bauch ein.

«Du kannst deine Winterreifen ruhig draussen lassen. Für einen Wechsel ist es eh zu spät. Du bist zu fett und kannst gar nicht mehr laufen.»

«Das ist doch … nein, ich lasse mich nicht provozieren.»

«Da ist Yvo schon ein anderes Kaliber.»

«Yvo? Was zum Teufel hat mein Schulfreund damit zu tun?»

«Ihn mussten wir nicht auf Knien anflehen. Er sagte sofort zu.»

So, so! Yvo Liechti läuft mit. Seines Zeichens Stararchitekt und womöglich, das finde ich schon noch raus, Bettgspusi von Nadine, obwohl er ihr Vater sein könnte.

«Wann hast du ihm denn seine Zusage abgerungen?»

«Gestern Nacht im Bett!»

«Hm.»

So genau wollte ich es gar nicht wissen.

«Yvo wusste, dass du kneifst. Der liebe Francesco sei schon in der Schule ein Faultier gewesen. Nur keinen Sport, und vor allem kein Schwimmen. Du sollst richtig Angst vor dem Wasser gehabt haben», kicherte Nadine.

Wenn ich ihn das nächste Mal sehe, schlage ich ihm die Zähne ein.

«Und beim Stafettenlauf hast du immer den Stab fallen lassen. Noch schlimmer wars bei den Waldläufen, deine Gruppe musste am Ende stets gesucht werden.»

Ich werde ihn in seine Einzelteile zerlegen. Definitiv.

«Was meinst du, Monika, wenn dein Liebster also nicht zu fett ist, wie er behauptet, weshalb läuft er dann nicht? Vor einigen Wochen klangs nämlich noch ganz anders.»

«Weil der Herr düpiert ist, dass er mit anderen zusammen laufen muss. Dabei hat sich Marco angeboten, mit ihm über die Bahn zu joggen.»

«Das ist doch super. Stell dir vor, du mit Marco Streller auf der Tartanbahn. Alle werden dich beneiden.»

«Gut, ich machs. Ich werde diesem Angeber Yvo zeigen, dass ich noch immer in Topform bin.»

«Super!»

Monika drückte Ferrari einen Kuss auf die Lippen.

«Unter einer Bedingung. Ich laufe nicht, wenn Marco mitläuft.»

Nadine blickte irritiert zu Monika, die in ihrer Bewegung erstarrte.

«Was passt dir denn jetzt wieder nicht? Zuerst willst du nicht in einer Gruppe von No-Names laufen und nun nicht mit Marco. Entscheide dich gefälligst, was du willst. Und was hast du auf einmal gegen Marco? Schiesst er zu wenig Tore oder was?»

«Ich bin sein treuster Fan, das weisst du ganz genau. Es ist nur so … der ist voll austrainiert und läuft mir um die Ohren. Ich hab absolut keine Chance und kann mich nur blamieren.»

«Ah, darum gehts. Fettbauch will nicht mit Waschbrettbauch rennen.»

«Hm!»

«Das versteht sich doch von selbst, dass Marco nicht sein gewohntes Tempo mit dir durchziehen kann. Er soll ja Runde für Runde mit dir laufen. Am besten, ich rede nochmals mit ihm. Würde das den Herrn motivieren?»

Das klingt wie Musik in meinen Ohren. Ganz

gemächlich, Runde für Runde mit Marco an meiner Seite. Wieso nicht?

«Wenn du Marco dazu kriegst, dass er ganz langsam mit mir läuft, bin ich einverstanden, Monika. Da wäre allerdings noch etwas …»

«Jetzt ist es aber genug, Francesco! Man könnte meinen, du seist der Superstar dieses Benefizlaufes.»

Bin ich doch auch! Zwei Schönheiten liegen mir zu Füssen, flehen mich an, daran teilzunehmen. Und die reichste Frau von Basel, wenn nicht der Schweiz, setzt sozusagen einen Preis auf meinen Kopf aus. Das alles spricht doch eine eindeutige Sprache.

«Hör sofort mit deinem überheblichen Grinsen auf, Ferrari!»

Oh, oh! Wenn Monika zu «Ferrari» übergeht, wird es ernst.

«Also, was sind deine weiteren Bedingungen, du Supersiech?!», höhnte Nadine und klopfte ihm augenzwinkernd auf den Bauch.

«Lass das! Meine Gage sind zweitausend Franken pro Runde. Wenn schon, denn schon. Wie lang ist eine Runde?»

«Vierhundert Meter.»

«Uff! Das ist aber viel. Hm … Also gut, zweitausend pro Runde, und wenn ich zehn Runden schaffe, muss Olivia ihren Einsatz verdoppeln.»

«Das wären ja vierzigtausend Franken!»

«Das bekommt Usain Bolt bereits, wenn er einen Fuss auf die Tartanbahn stellt.»

«Falls du es vergessen hast, du bist nicht Usain Bolt.»

«Stimmt, aber ebenso begehrt wie er.»

«Du bist unverbesserlich. Gut, ich spreche mit Olivia und du, Nadine, übernimmst Marco.»

Na also, geht doch – Sieg auf der ganzen Linie! Ferrari setzte sich zufrieden in den Wintergarten. Puma sprang zu ihm hoch und machte es sich auf seinem Schoss bequem. Ein wahrhaft historischer Tag. Ich habe die Emanzen gebändigt. Darüber hinaus erhält die Stiftung vierzigtausend Franken. Ein gutes Gefühl. Natürlich nur unter der Voraussetzung, dass ich die zehn Runden schaffe und nicht vorher am Tropf hänge. Das wird schon klappen, noch bleibt ja Zeit, um zu trainieren. Vor Ferraris geistigem Auge tauchte Yvo Liechti auf, keuchend und mit heraushängender Zunge, während er sich leichtfüssig mit Marco Streller unterhielt. Ein triumphierendes Lächeln umspielte seine Lippen. Genau so soll es sein. Was findet Nadine überhaupt an dem Kerl?

«He, Francesco!»

«Wie … was?»

«Olivia ist einverstanden. Sie freut sich sehr über deine Zusage.»

«Und Marco läuft zusammen mit dir im Schneckentempo», fügte Nadine hinzu.

«Wunderbar. Dann wäre es doch an der Zeit, dass ihr eurem Laufwunder ein Glas Wein kredenzt, um es bei Laune zu halten. Wann findet der Lauf eigentlich statt?»

«Übermorgen auf der Schützenmatte.»

Schlagartig wich jegliche Farbe aus Ferraris Gesicht, und was die Lust auf ein Glas Wein betraf, die war ihm gründlich vergangen.

2. Kapitel

Olivia Vischer hatte gerufen und tout Bâle war gekommen. Schauspieler, Künstler, Sportler, Promis und solche, die es gern wären, aus jeglicher Sparte. Und nicht zuletzt gaben sich Politiker aller Parteien beim Benefizanlass die Ehre. Alles in allem trugen rund dreitausend Besucher zu einer guten Stimmung bei, und auch das Wetter spielte mit.

«Starkes Outfit!»

«Haha! Das habe ich alles dir zu verdanken. Keine Sorge, ich werde mich bei der erstbesten Gelegenheit revanchieren. Im Klartext: Das kriegst du hundertfach zurück.»

«Hab dich nicht so, Francesco. Schliesslich bist du mein Ehrengast. Und wenn du mit Marco zusammen zehn Runden läufst, werde ich arm wie eine Kirchenmaus sein. Ah … da sind Monika, Nadine und Yvo. Komm, wir begrüssen sie.»

Olivia hängte sich bei Ferrari unter.

«Wo hast du denn die enge Hose her und erst das schreckliche T-Shirt?», zischte ihm Monika ins Ohr.

«Von unserem Urlaub auf Madeira.»

«Das war vor zehn Jahren! Da bist du längst rausgewachsen.»

«Blödsinn. Es spannt ein wenig in der Bauchgegend, aber sonst ist es ganz in Ordnung.»

«Wow! Echt stark dein Dress, Francesco. Auf dem Flohmarkt gekauft?»

Der Kommissär zog sich das knappe T-Shirt über den Bauchansatz, so gut es eben ging. Das habe ich nun von meiner Gutmütigkeit. Nichts als Spott. Ganz beiläufig trat er Yvo auf den Fuss.

«Oh, Entschuldigung! Ich habe dich gar nicht gesehen.»

«Schon gut, alter Freund. War wohl eine kleine Retourkutsche für meine Erzählungen aus unserer Schulzeit.»

«Im Bett wird Mann halt gesprächig.»

«Schön wärs. Sie ist nur mit mir essen gegangen.»

Gut zu wissen! Ehrlich gesagt, bin ich ziemlich erleichtert. Nadine könnte ja seine Tochter sein, na ja – fast. Zuweilen ist die Welt eben doch noch in Ordnung. Kaum gedacht, erstarrte Ferrari angesichts von Staatsanwalt Jakob Borer, der wie aus dem Ei gepellt im teuren Joggingdress grinsend vor ihm stand.

«Sie haben mir gerade noch gefehlt!», brummte der Kommissär missmutig zur Begrüssung.

«Na, wieder einmal schlecht gelaunt, Ferrari?»

«Solche Anlässe sind nichts für mich. Das ist doch Ihre Spielwiese mit all den Möchtegernpromis. Wer weiss, vielleicht können Sie hier sogar Stimmen für Ihre allfällige Wahl in den Nationalrat sammeln, oder kandidieren Sie gar für den Bundesrat?»

Borer winkte einem Mann mit schwarz gefärbtem Haar zu, Ferraris Seitenhieb schien er nicht gehört zu haben.

«Hallo, Herr Richter. Schön, dass Sie auch da sind … Das ist Verwaltungsratspräsident Richter von der Ancom.»

«Der EDV-Firma? … Er sollte sich die Haare besser färben.»

«Wie … was meinen Sie? Ah … sogar ein Bundesrat gibt uns die Ehre …», und schon liess er den Kommissär stehen.

«Wann beginnt der Mist?»

«In einigen Minuten. Und zieh das beschissene T-Shirt runter. Dein Bauch hängt unten raus. Schöner Chef!»

«Hm.»

Ferrari sah sich um. Eine erlesene Gesellschaft. Da würde Olivia im Nullkommanichts das Geld für den Kinderspielplatz zusammenkriegen. Wenn nicht durch den Lauf, dann mit Sicherheit durch das anschliessende Galadiner im Teufelhof. Ferraris Blick blieb an Yvo hängen. Ich gebe es ja äusserst ungern zu, aber er sieht für sein Alter verdammt gut aus. Bestimmt trainiert er mehrmals in der Woche in einem noblen Fitnessclub.

«Wie kommst du eigentlich dazu, Nadine unsere Kindheitserlebnisse brühwarm zu erzählen?»

«Ganz einfach, sie hat mich danach gefragt.»

«Aha! Und dann läuft dein Plappermaul einfach über. Ich werds mir merken.»

«Ein super Anlass», lenkte Yvo Liechti das Gespräch auf ein anderes Thema. «Das muss man Olivia lassen. Da ist so in etwa alles vorhanden, was in Basel Rang und Namen hat. Nadine hat mir erzählt, wir laufen zusammen mit Marco Streller. Ist das nicht toll?»

«Was heisst wir? Ich laufe mit ihm, nicht du!»

«Jetzt hör endlich mit deinem albernen Getue auf. Es ist beinahe wie früher.»

«Was heisst das nun wieder?»

«Du warst immer neidisch auf meinen Erfolg, vor allem bei den Frauen. Und bist es anscheinend heute noch.»

«Ha! Nur weil du mir Eliane vor der Nase weggeschnappt hast?! Dafür habe ich dir …»

«Was tuschelt ihr zwei da?»

«Wir … nichts, Monika. Gar nichts. Gehts dir gut?»

«Ja, sehr. Danke der Nachfrage. Ich freue mich riesig, Francesco in Kinderkleidern über die Bahn joggen zu sehen. Wie ein dicker Hase.»

«Oder wie eine der Figuren aus ‹Alice im Wunderland›.»

«Die sind noch harmlos im Vergleich zu meinem Mann, Nadine. Ich kanns kaum erwarten, bis Hase Hoppel neben dem durchtrainierten und gestylten Marco und dem weltmännischen und gut aussehenden Yvo seine Runden hoppelt. Danke Francesco, dass es dir heute wieder einmal gelingt, mich vor allen blosszustellen. ‹Wer ist denn der alte, fette Mann in den viel zu engen Kleidern neben Marco Streller und Yvo Liechti?› – ‹Mein über alles geliebter Gatte, Frau Regierungsrat … Nein, nein, fett ist er nicht, meine Liebe, nur trägt er normalerweise Konfektionsgrösse vierundfünfzig. Die Klamotten hat er sich beim Nachbarsjungen ausgeliehen.›»

«Du darfst dich einfach nicht bücken, sonst zerreisst deine Hose.»

«Das wäre die Krönung, Nadine. Dann kann ich mich nirgends mehr sehen lassen», entgegnete Monika besorgt.

«Eure liebevollen Bemerkungen muntern mich übrigens richtig auf.»

«Das hast du dir alles selbst zuzuschreiben.»

«Nun lasst doch den armen Francesco in Ruhe», versuchte Yvo die Gemüter zu beruhigen.

«Und wie gedenkst du anschliessend an die Gala zu kommen? Im Tutu?», Monika war nicht zu bremsen.

«Gala? Davon war nie die Rede.»

«Olivia hat uns eingeladen, aber du kannst dich vorher noch zu Hause umziehen. Wir sitzen mit Nadine, Yvo, Marco und seiner Frau an einem Tisch.»

«Aber ich …»

Monika zog ihn ausser Hörweite.

«Und wenn du dich nicht anständig anziehst oder auch nur eine Sekunde daran denkst, das Diner zu schmeissen, reisse ich dir den Allerwertesten auf. Du blamierst mich hier vor allen im höchsten Masse. Das kannst du nur noch mit einem absolut überzeugenden Auftritt heute Abend wettmachen, Schatzilein!»

Das «Schatzilein» hatte sie lächelnd und gut hörbar für alle in die Runde geworfen.

«Schon gut. Ich werfe mich in Schale. Und zieh nicht an meinem T-Shirt, es ist schon eng genug.»

Unter den Anfeuerungsrufen der Zuschauer drehten die ersten Läufer ihre Runden, während Marco Streller geduldig Autogramme gab. Tja, Berühmtheit verpflichtet eben. Nach knapp einer halben Stunde gab Yvo dem Kommissär ein Zeichen. Aha, jetzt sind wir bald an der Reihe. Gut so, ich bin froh, wenn ich es hinter mir habe.

«Zeigs ihnen, Francesco!», brüllte Monika von der Tribüne hinunter.

Doch kurz bevor sie starteten, rannte Nadine auf die Tartanbahn und zog den Kommissär zu sich.

«Sorry, ich brauche dich. Es gibt zu tun.»

«Nicht jetzt, Nadine. Ich muss zuerst die zehn Runden abspulen.»

«Dafür ist keine Zeit.»

«Wieso nicht?»

«Edgar Hasenböhler liegt tot in seiner Kanzlei!»

«Hasenböhler? Das ist doch einer von Olivias Anwälten. Unmöglich, Nadine, den habe ich eben noch hier gesehen, und zwar im Jogginganzug.»

«Peter ist absolut sicher, dass es Hasenböhler ist. Nun komm schon.»

«Sorry, Freunde. Ihr müsst ohne mich rennen. Die Pflicht ruft. Das holen wir ein anderes Mal nach.»

Ferrari zog sich eine Hose über.

«Hast du kein Hemd?»

«Nein, das habe ich zu Hause gelassen. Ich konnte ja nicht wissen, dass ausgerechnet jetzt ein Mord passiert.»

«Na prima! Du siehst aus wie ein Clochard. Peter wird seine Freude haben.»

Der Kommissär versuchte auf der Fahrt in die Innenstadt mehrmals, sein enges T-Shirt in der Hose zu verstauen.

«Vergiss es. Sei froh, dass es bis über den Bauchnabel reicht. Manchmal frage ich mich wirklich, was Monika an dir findet.»

«Hm! ... Wohin fahren wir eigentlich?»

«Zur Maulbeerstrasse.»

«Wo ist denn die?»

«Oh, der Superbasler weiss nicht, wo die Maulbeerstrasse ist?»

«Ich kann mir schliesslich nicht alle Strassen von Basel merken. Oder kennst du jedes einzelne Gässchen in Bern?»

«Nein. Bloss tue ich nicht dauernd so, als wäre ich der beste Stadtkenner, den die Welt je gesehen hat.»

«Jaja. Also, wo genau ist die Maulbeerstrasse?»

«Hinter der Messe.»

«Stimmt! Jetzt fällts mir wieder ein. War da früher nicht die öffentliche Badeanstalt?»

Unwillkürlich dachte Ferrari an seine Kindheit. Es war eine schöne Zeit im Horburgquartier gewesen. Nur an die wöchentliche Waschzeremonie, die einige seiner in bescheidenen Verhältnissen lebenden Freunde über sich ergehen lassen mussten, erinnerte er sich ungern. Mangels eigener Dusche oder Badewanne suchten sie die öffentliche Badeanstalt auf. Ein einziges Mal war Ferrari mitgegangen. Allein der Gedanke an die Badekabine und die heissen Dämpfe trieb ihm den Schweiss auf die Stirn. Noch heute brachten ihn keine zehn Pferde in irgendein Dampfbad, geschweige denn in eine Sauna.

«Die gab es noch bis vor einem Jahr», riss ihn Nadine aus seinen Gedanken.

«Machst du Witze? Achtung …»

Blitzschnell zog Nadine das Lenkrad nach links und konnte am Erasmusplatz gerade noch rechtzeitig einem Lastwagen ausweichen.

«Arschloch! Hast du das gesehen?», schrie Nadine aufgebracht und hupte wie wild, was ihr vom Chauffeur den Stinkefinger eintrug.

Ferraris Kopf schlug leicht an der Fensterscheibe des Beifahrersitzes auf.

«Autsch! Kannst du nicht aufpassen?»

«Wieso ich?! Der Idiot wollte mir die Vorfahrt nehmen. So weit kommts noch.»

Ferrari kroch mühsam und mit zittrigen Beinen aus dem Porsche. An diesen Fahrstil werde ich mich nie gewöhnen.

«Weiche Schelle!», kommentierte Nadine und verschwand flugs im Hauseingang.

Wie man es nimmt. Der Kommissär sah sich um. Nicht unbedingt ein Ort, wo man die Kanzlei eines renommierten Anwalts vermutet. Zwar wirkte die Gegend nicht heruntergekommen, doch gutbürgerlich war definitiv anders. Verschiedene soziale Schichten unterschiedlicher Kulturen trafen aufeinander, was eine interessante Mischung versprach. Ganz in der Nähe, auf dem Gebiet des ehemaligen DB-Güterbahnhofs, war ein neues Stadtquartier mit über siebenhundert geplanten Wohnungen im Entstehen. Die erste Siedlung «Erlentor» mit zweihundertneununddreissig Wohnungen wurde vor rund fünf Jahren fertiggestellt, gefolgt von einem sorgfältig umgestalteten Spielplatz im 2011. Seither machte sich Stagnation breit, die nur langsam konkreten Visionen zu weichen schien.

«Worauf wartest du? Brauchst du eine schriftliche Einladung?», riss Nadine den Kommissär aus seinen Gedanken.

Brav trottete Ferrari nun hinter seiner Kollegin her. Im Parterre und im ersten Stock des Hauses hatte sich ein Fahrlehrer namens Höhner eingemietet, darüber befanden sich auf zwei Etagen die Kanzlei sowie die Dachwohnung des Anwalts. Ganz im Gegensatz zum ersten Eindruck auf der Strasse strotzte Hasenböhlers Wohnung nur so vor Luxus: grosszügiger Grundriss, hoher Ausbaustandard kombiniert mit edlen Materialien und teurer Einrichtung. Eine sicher erst vor Kurzem konzipierte Dachterrasse vermittelte zudem ein

Wohngefühl der besonderen Art – eine Oase über der Stadt, die von niemandem eingesehen werden konnte.

«Nicht schlecht!»

«Das finde ich auch. Alles ist sehr geschmackvoll eingerichtet, und die Terrasse ist absolut spitze. Falls du die Leiche suchst, Hasenböhler liegt hinter seinem Schreibtisch. Peter ist mit seinem Team bereits bei der Arbeit.»

Ferrari trat zu Peter Strub, dem leitenden Polizeiarzt, der sich mühsam erhob.

«Puuh! Sauhitze ... Wie siehst du denn aus, Francesco?»

«Ich musste ihn vom Joggen weglocken.»

«In dem Zeug? Das passt ja nicht einmal meiner fünfzehnjährigen Tochter. Wie bist du da überhaupt reingekommen?»

«Ich ... das geht dich nichts an.»

«Wahrscheinlich mit einem Schuhlöffel. Ihr seid schon ein eigenartiges Völkchen, ihr Italiener. Immer voll auf Machogehabe, die Muckis spielen lassen und in viel zu engen Shirts herumlaufen. Fehlt nur noch das Gel im Haar. Sogar ein alter Sack wie du mit einem unübersehbaren Ranzen kanns nicht lassen.»

Ferraris Miene verdüsterte sich. Noch ein Wort und der alte Sack wird dir gleich die Eingeweide herausreissen.

«Lass ihn, Peter. Wir waren auf der Schützenmatte am Sponsorenlauf von Olivia. Francesco wollte für den Kinderspielplatz rennen.»

«Arme Monika …», murmelte Peter kopfschüttelnd und wurde nur dank des Umstandes, dass Nadine den Kommissär wegdrängte, vor einem Schlag in die Magengegend gerettet.

«Hört augenblicklich auf, und zwar beide!», donnerte Nadine.

«Der Leichenfledderer soll mich nicht weiter provozieren, sonst raste ich aus.»

«Jetzt ists aber genug. Was kannst du uns zum Mord sagen, Peter?»

Sicherheitshalber entfernte sich Strub aus Ferraris Reichweite.

«Er … er ist noch nicht lange tot.»

«Todesursache?»

«Mit sehr grosser Wahrscheinlichkeit ein Schlag … das heisst mehrere Schläge mit dieser Statue», Strub hob einen Buddha verpackt in einem Plastikbeutel in die Höhe und sah vielsagend zu Ferrari, bevor er fortfuhr: «… jemand hat ihm von hinten den Buddha mehrmals übergezogen. Ich vermute, dass der erste Schlag noch nicht tödlich gewesen ist. Aber spätestens beim zweiten oder dritten war es vorbei. Natürlich wird die Obduktion noch Genaueres ergeben.»

«Woher weisst du, dass der Täter mehrmals zuschlug?»

«Bück dich zu mir hinunter, Nadine. Siehst du die Wunden? Es sind insgesamt drei, alle stammen vom Sockel der Statue. Vom ersten Schlag ist er ziemlich sicher überrascht worden, er drehte sich im Fallen noch um und wurde bereits vom nächsten, wohl tödlichen getroffen. Zur Sicherheit doppelte der Mörder nochmals nach. Willst du die blutigen Wunden auch sehen, Francesco?»

«Nein, danke!»

Strubs hämisches Grinsen übersah Ferrari geflissentlich. Nein, du provozierst mich nicht schon wieder. Diesen Gefallen tue ich dir nicht. Tatsache war, dass das ganze Kommissariat ihn verspottete, weil er absolut kein Blut sehen konnte. Auch die jahrzehntelange Erfahrung hatte daran nichts geändert. Eigentlich seltsam. Ferrari riskierte einen verstohlenen Blick über den Schreibtisch. Hasenböhler lag im Trainingsanzug auf dem Bauch vor einem Regal mit Akten. Genau in diesen Kleidern hatte ihn der Kommissär vor einer Stunde oder etwas mehr auf der Schützenmatte gesehen.

«Er nahm am Sponsorenanlass teil oder zumindest wollte er das. Ich bin sicher, dass er dort war.»

«Deshalb der Trainingsanzug und die Laufschuhe.»

«Ich habe ihn vor rund einer Stunde oder vielleicht auch anderthalb gesehen. Wer hat bei uns angerufen, Nadine? Und wann?»

«Eine Frau, ohne ihren Namen anzugeben. Sie rief um halb fünf an, sagte, Hasenböhler würde tot in seiner Wohnung in der Maulbeerstrasse liegen. Danach legte sie auf. Der Anruf kam aus einer Telefonzelle beim Badischen Bahnhof. Der diensthabende Beamte organisierte eine Streife und rief mich auf der Schützenmatte an.»

«Und zeitgleich wurden wir aufgeboten», bestätigte Strub.

«Der Mörder hat auf Hasenböhler gewartet.»

«Vielleicht hat er ihn auch auf der Schützenmatte angerufen, um ihn hierher zu locken.»

«Möglich ist auch, dass sein Lauf bereits vorbei war.»

«Kann sein. Das lässt sich problemlos feststellen.»

«Hat der Beamte etwas über die Frau gesagt? Die Stimme? Irgendein Dialekt? War es eine Deutschschweizerin oder eventuell eine Ausländerin?»

«Ich frage nach, Francesco.»

«Wenn ihr nichts dagegen habt, arbeiten wir weiter. Oder wollt ihr euch zuerst noch etwas umsehen?»

«Macht nur weiter, Peter. Wir können uns trotzdem umschauen.»

Die Wohnung war sehr sauber, fast schon steril. Auch in der Küche standen keine verschmutzten Teller oder Gläser herum. Nadine warf einen Blick in die Geschirrwaschmaschine. Zwei Teller, zwei Gläser, drei Pfannen und das Besteck dazu. «Hasenböhler scheint mit jemandem gegessen zu haben, wahrscheinlich gestern oder heute Mittag.»

«Vielleicht mit der Frau, die uns anrief.»

«Gesucht hat der Mörder nichts. Sonst wäre die Wohnung nicht so ordentlich.»

Strubs Leute hatten ihre Arbeit beendet.

«Den Bericht bekommt ihr im Laufe des Montags. Morgen sind wir nämlich bei meiner Schwiegermutter eingeladen. Sie feiert ihren Neunzigsten. Oder wollt ihr schon morgen früh einen Zwischenbericht?»

«Am Montag reicht, danke. Wir unterhalten uns nach der Gala, wenn die überhaupt stattfindet, mit Olivia Vischer. Sie kennt Edgar Hasenböhler seit Langem.»

«Okay, dann servus oder ciao, wie man bei dir zu Hause zu sagen pflegt.»

Nadine und der Kommissär standen auf der Terrasse. Hier lässt es sich durchaus leben. Eine leichte Brise kam auf. Die Abkühlung tat gut. Vor Kurzem lief der Anwalt noch in Sportkleidern durch die Gegend und jetzt befand er sich auf dem Weg ins Leichenschauhaus. So endlich ist das Leben. Carpe diem, ging es Ferrari durch den Kopf. Horaz hatte recht, der Mensch sollte das Hier und Jetzt, die knappe Lebenszeit geniessen und möglichst wenig auf morgen verschieben.

«Was sinnierst du?»

«Über die Endlichkeit des Lebens, Nadine.»

«Du meinst so im Stil von YOLO.»

«Von was bitte?»

«YOLO, das ist die Abkürzung für ‹you only live once›. Vor zwei Jahren wurde dieses Wort in Deutschland zum Jugendwort des Jahres gewählt.»

«Wirklich? Noch nie gehört. Aber es trifft den Nagel auf den Kopf. Wir leben nur ein einziges Mal, haben jetzt, hier und heute, die Chance, etwas daraus zu machen. Nur für Hasenböhler trifft das nicht mehr zu. So schnell kanns gehen.»

«Aber nur, wenn jemand nachhilft.»

«Ich ... ich weiss nicht, ob wir den Fall übernehmen sollen.»

«Wegen Olivia? Glaubst du, dass sie darin verwickelt ist?»

«Nein, das nicht. Aber vielleicht andere, die wir ... ich kenne.»

«Aha! Du meinst Personen aus dem Daig?»

«Aus Olivias Umfeld. Damals, als wir den Fall mit dem Wahrsager untersuchten ...»

«... bei dem ich deinen Schulfreund Yvo kennenlernte.»

«Genau. Einige Zeit hatte ich Yvo in Verdacht.»

«Das wusste ich gar nicht.»

«Mein kleines Geheimnis. Wäre er es gewesen, ich hätte wahrscheinlich den Dienst quittiert. Irgendwann kommt so ein Fall. Da taucht ein Mörder aus meinem Bekannten- oder sogar aus meinem Freundeskreis auf. Was dann?»

«Dann musst du den Fall abgeben.»

«Kann ich das? Und vor allem, werde ich das?»

Nadine lächelte und schüttelte den Kopf.

«Nein, das werden wir nicht. Genauso wenig, wie wir diesen Fall abgeben. Abgesehen davon, dass es unser überaus geschätzter Staatsanwalt nicht zulassen wird.»

«Borer? Der sitzt doch bei jedem Fall, den wir untersuchen, auf glühenden Kohlen.»

«Nicht bei Hasenböhler. Olivia wird wünschen, dass du den Fall untersuchst.»

«Du meinst, dass *wir* den Fall untersuchen.»

«Nein, du! Ich bin nur deine kleine Assistentin.»

Wers glaubt. Ferraris Miene sprach Bände.

Der Fahrlehrer hatte weder jemanden gesehen noch etwas gehört. Er ging seit Stunden seiner Lieblingsbeschäftigung nach, der Pflege seiner Orchideen. Dafür hatte er sich eigens, in Absprache mit Hausbesitzer Hasenböhler, ein kleines Treibhaus im Garten bauen lassen. Wiederholt versuchte Ferrari das Thema zu wechseln, weg von den detaillierten Ausführungen über Orchideen und hin zum Fall.

«Herr Höhner, ist Ihnen gar nichts aufgefallen?»

«Nein, aber das sagte ich doch schon. Sind Sie wirklich ein Kommissär der Basler Polizei?»

«Sicher. Weshalb fragen Sie?»

«Och, nur so. Ich habe mir einen Kommissär ganz anders vorgestellt.»

«Wir kommen direkt von einem Benefizanlass.»

«Ach so, von einer Aufführung! Das ist natürlich etwas anderes.»

«Aufführung?», echote Ferrari.

«Ja, jetzt ist mir das mit dem zu engen T-Shirt klar. Sie spielen in einem Theaterstück mit, Herr Kommissär. Ist es ein Stück für Kinder?»

«Das ist doch …»

«Ganz richtig, Herr Höhner», übernahm Nadine lachend. «Der Kommissär spielt einen der Seeräuber bei Pippi Langstrumpf.»

«Herrliche Geschichte, Pippi Langstrumpf liebe ich. Pippilotta Viktualia Rollgardina Pfefferminz Efraimstochter Langstrumpf. Einfach wunderbar. Ich habe leider keine Kinder. Wenn ich welche hätte, würde ich ihnen die Bücher von Pippi vorlesen und die Filme kaufen. Das gehört schlicht zur Allgemeinbildung. Ich kann Sie mir gut als Seeräuber vorstellen, Herr Kommissär. Das zu kurze T-Shirt passt hervorragend. Wahrscheinlich tragen Sie darunter noch kurze, löchrige Hosen. Das hat Stil.»

Krampfhaft versuchte Nadine einen Lachanfall zu unterdrücken.

«Wir wollen Sie nicht länger von Ihren Orchideen abhalten, Herr Höhner. Falls Ihnen noch etwas einfällt, hier ist meine Karte. Rufen Sie mich einfach an.»

«Gern. Nur, ich befürchte, dass ich Ihnen nicht helfen kann, Herr Kommissär. Schreckliche Sache, das mit Edgar. Er war der friedliebendste Mensch, den ich kenne. Immer und überall schlichtend. Eine Respektsperson. Das ist gerade hier in der Gegend wichtig, wo verschiedene Kulturen zusammenleben. Natürlich ist Multikulti, wie man so schön sagt, keine einfache Lebensform. Doch auf Edgar war Verlass. Er fand immer einen Konsens, wenns irgendwo Spannungen gab.»

«Zum Beispiel?»

«Der Gemüsehändler unten an der Ecke. Sein Geschäft ist bis spätabends geöffnet. Und wie das halt so ist, da läuft immer etwas. Ab und zu wird es selbst mir zu laut. Vor einem Monat wurde er angezeigt. Als die Polizei mit zwei Streifenwagen vorfuhr, ist er durchgedreht. ‹Wenn ich den erwische, der mich angezeigt hat, den bringe ich um!›, schrie er und warf mit Früchten nach den Beamten, die ihn beruhigen wollten. Tja, sie führten ihn dann in Handschellen ab.»

Ferrari stellte sich die Kollegen mit Bananenschalen beworfen vor. Ein herrliches Bild!

«Edgar liess ihn nicht hängen. Nach vierundzwanzig Stunden stand er wieder hinter dem Tresen. Inzwischen ist es etwas ruhiger geworden. Edgar liess sogar Flugblätter drucken und verteilte sie in der ganzen Strasse. Warten Sie, hier … ich habe noch eines.»

Auf dem Flugblatt bat Hasenböhler die Nachbarn in der Strasse um Verständnis für den Gemüsehändler. Ausserdem rief er jeden, der sich gestört fühlte, auf, sich bei ihm zu melden. Er würde sich dann der Sache annehmen, ohne dass jemand davon erfahre.

«Das ist nur eines von vielen Beispielen. ‹Gelebte Integration› nannte er seine Handlungsweise.»

«Lebte Hasenböhler allein?»

«Ab und zu besuchte ihn eine Frau, Frau Kommissärin. Ich bin ihr mehrmals im Flur begegnet. So um die vierzig. Sie ist mir aufgefallen, weil sie regelmässig gekommen ist. Alle anderen, meistens Geschäftsmänner, und ich vermute Klienten, sind höchstens zwei Mal hier gewesen. Aber sicher bin ich natürlich nicht.

Ich weiss nicht einmal, was für ein Anwalt Edgar gewesen ist.»

«Spezialist für Finanzfragen», klärte ihn Ferrari auf.

«Deshalb die Geschäftsleute, alles klar. Ein Mal war sogar Olivia Vischer hier.»

«Sind Sie sicher?»

«Absolut sicher. Ganz Basel kennt doch Olivia Vischer. Ich war so etwas von platt. Die reichste Frau der Schweiz kommt einfach so zur Tür herein, fragt mich, wo sie Edgar Hasenböhler findet, und, ob Sie es glauben oder nicht, sie liess sich sogar von mir zu einer Tasse Kaffee einladen.»

«Und mit der Dame, die immer wieder kam, unterhielten Sie sich nicht?»

«Nein. Sie drehte sich immer zur Seite, murmelte etwas wie ‹Guten Tag› und ging rasch die Treppe zu Edgar hoch.»

Ferrari notierte sich: Mails von Hasenböhler überprüfen. Den PC hatte ja Peter mit seinem Team sichergestellt. Vielleicht gab es irgendwelche Hinweise auf die unbekannte Frau. Zudem muss ich unbedingt Olivia nach ihr fragen.

«Eine grosse Hilfe bin ich Ihnen wohl nicht.»

«Vielleicht fällt Ihnen noch etwas ein. Rufen Sie uns einfach an.»

«Mach ich. Und weiterhin viel Spass, Herr Kommissär.»

Ferrari schaute ihn fragend an.

«Na, beim Theaterspielen meine ich. So ein Seeräuber ist schon eine tolle Sache! Das gefällt den Kleinen.»

«Hör auf zu lachen!»

«Wenn ich das Monika erzähle ... Übrigens, die Seeräuber bei Pippi sind nicht gerade die Hellsten.»

«Jaja, schon gut. He, wohin fahren wir eigentlich?»

«Zu dir nach Hause. Oder glaubst du wirklich, dass ich noch länger mit einem Laienschauspieler im zu kurzen Unterleibchen unterwegs sein will, dem der Ranzen über den Gürtel hängt?! Sexy ist definitiv anders.»

«Hm.»

Der Galaabend mit herrlichem Bankett im Teufelhof war ein Erfolg. Für das Wohl der rund einhundert Gäste, die pro Person fünfhundert Franken bezahlen mussten, sorgte ein bekannter Spitzenkoch mit einem Menü, das sich wie ein Gedicht las. Roher Fenchelsalat mit geräucherter Entenbrust und karamellisiertem Pfirsich; Erbsencremesuppe mit Estragon; Zucchiniblüten gefüllt mit Petersfisch, Pfifferlingen und Safranfumet; mit Kümmel gebratene Schweinsrippchen, Schalottenbuchteln und Sommerbohnen; Beeren mit Balsamessig, Limettensorbet und Basilikum; Friandises. Dazu wurde ein Pinot noir «Eichholz» 2009 gereicht.

Zwischen den Gängen zeigte ein Magier seine Künste, und nach dem Dessert stand ein virtuoses

Klavierkonzert auf dem Programm. Einfach herrlich. Ferrari genoss den Abend in vollen Zügen, wenngleich seine Gedanken immer wieder zum Toten schweiften. Vermutlich würde Edgar Hasenböhler jetzt auch hier unter den illustren Gästen sitzen, würde reden, lachen, hätte vorzüglich gegessen und einen erlesenen Wein getrunken, wenn … Ja, wenn das Wörtchen «wenn» nicht wäre. Aus unzähligen Möglichkeiten und Wahrscheinlichkeiten, die uns das Leben bietet, wurde eine zur brutalen Realität. Der Tod, unumgänglich und definitiv, ist das Ende des irdischen Lebens und erinnert uns immer wieder aufs Neue an die Vergänglichkeit aller Dinge. Vom Nachbartisch drang ein herzhaftes Lachen zu ihnen herüber. Der Kommissär blickte sich um, mit Ausnahme von Monika, Olivia, Staatsanwalt Jakob Borer sowie des Vorstehers des Justiz- und Sicherheitsdepartements wusste niemand von dem tragischen Ereignis. Ahnungslos feierten sie und lebten nach Horaz' Worten. Und eigentlich war das ganz gut so. Auch Nadine amüsierte sich, sie schäkerte ganz ausgelassen mit Yvo.

«Da scheint sich etwas anzubahnen.»

«Der ist doch viel zu alt für sie», flüsterte Ferrari seiner Partnerin zu.

«Quatsch! Sie steht halt auf reife, gut aussehende Männer … ohne Wampe.»

Beleidigt drehte der Kommissär den Kopf zur Seite. So ein Wirbel wegen zwei, drei Kilos zu viel. Eigentlich war er doch ganz gut beieinander, zumindest für sein Alter.

«Du siehst natürlich auch gut aus, mein Schatz. Du solltest öfters deinen schwarzen Anzug tragen», fügte Monika hinzu.

«Hm!»

«Ehrlich. Dein kleines Bäuchlein stört mich nicht. Darauf steh ich sogar.»

Sie tätschelte ihm den Bauch.

«Hör auf damit. Die Leute beobachten uns.»

«Und wenn schon. Im Gegensatz zu heute Nachmittag, da war deine Aufmachung mehr als peinlich, siehst du jetzt richtig attraktiv aus. Zum Anknabbern.» Monika biss ihn ins Ohrläppchen.

«Hör auf, sonst lauf ich davon!»

«Du errötest ja. Wie die Jungfrau vor dem ersten Kuss. Das versuchen wir gleich noch einmal.»

Ferrari drehte sich ab, aber Monika war schneller.

«Ich sehe, ihr amüsiert euch. Das gefällt mir.»

«Sag ihr, dass sie mit dem Blödsinn aufhören soll, Olivia.»

«Mach nur weiter, Monika. Francesco errötet wie ein kleiner Junge, den man bei etwas Verbotenem erwischt. Lustig.»

Am Ende eines langen und sehr ergiebigen Abends, Ferrari wusste nicht, wann er zum letzten Mal so viel gegessen hatte, blieben nur noch Olivia, Nadine, Monika, Yvo und er selbst übrig. Raphael Wyniger, der Inhaber des Teufelhofs, den Ferrari seit Jahren kannte, setzte sich zu ihnen. Olivia umarmte ihn.

«Das war wieder einmal super, Raphael. Meine Gäste sind begeistert. Wie immer, wenn wir bei dir sind.»

Ein junger Mann beugte sich zu ihr hinunter und flüsterte ihr ins Ohr.

«Wow! Super, Eddy. Du kannst jetzt auch Feierabend machen. Und pass mir schön auf das Geld auf.» Mit diesen Worten wandte sie sich wieder den anderen zu. «Mit dem Sponsorenlauf und mit deinen zehn Runden, Francesco, die du noch nachholst …»

«Hm!»

«… ist es mehr als eine Viertelmillion geworden.»

«Wahnsinn! Das gibt einen super Spielplatz.»

«Sogar zwei, Nadine. Das ist ein voller Erfolg.»

«Das Essen und der ganze Event waren aber auch Extraklasse.»

«Danke, Monika. Zum Glück wussten die Gäste nichts von Hasenböhler. Das hätte ihnen bös auf die Stimmung geschlagen.»

Schlagartig kehrte der Tote wieder in Ferraris Bewusstsein zurück.

«Hasenböhler war einer deiner Anwälte, nicht wahr, Olivia?»

«Nicht ganz. Er wäre es gern gewesen, zumindest bis zu unserem Streit.»

«Wie meinst du das?»

«Er nahm immer wieder Anläufe, um mit Paps und

mir ins Geschäft zu kommen. Daraus wurde jedoch nichts.»

«Aber du warst bei ihm in der Kanzlei.»

«Richtig, Nadine. Unsere erste und auch letzte direkte Begegnung.»

«Du bist nicht gerade begeistert von Hasenböhler. Was ist der Grund?»

«Er war der Prototyp eines Gutmenschen, der Robin Hood von Basel. Nehmt es den Reichen und gebt es den Armen und Verfolgten.»

«Na ja, so schlimm wirds wohl nicht gewesen sein. Es trifft ja keine Arme.»

«Du bist auch so ein Weltverbesserer, Francesco. Dann vollbring wenigstens eine gute Tat und füll mein Glas.»

«Du warst also bei ihm in der Maulbeerstrasse», nahm der Kommissär den Faden wieder auf, nachdem er allen nachgeschenkt hatte.

«Ja, bei ihm und seinem Kompagnon Fahrner.»

«Hasenböhler hatte einen Partner?»

«Partner ist wohl die falsche Bezeichnung. Sie arbeiteten eng zusammen. Hasenböhler ist … war ein Verhandlungsgenie, und Boris Fahrner ist der Notar, der die Verträge dann aufsetzt. Aber wie gesagt, zwei absolute Gutmenschen.»

«Und in welchem Zusammenhang bist du an sie geraten?»

«Wegen einem Haus in der Isteinerstrasse.»

«Das dir gehört?»

«So ist es. Wir wollten es abreissen, allerdings zogen die Bewohner nicht freiwillig aus.»

Yvo lachte.

«Was gibts denn da zu lachen?»

«Dein Architekt ist nicht zufällig Benni Stark?»

«Doch, weshalb?»

«Da zirkuliert unter den Architekten so eine Geschichte. Es ging damals aber nicht nur um ein Haus, Olivia.»

«Das ist doch scheissegal. Vielleicht waren es auch zwei oder drei.»

Olivia schien bereits etwas zu viel getrunken zu haben. Eine solche Wortwahl war untypisch.

«Schon eher. Jetzt ist mir auch klar, woher Stark die Mittel für den Neubau hatte. Du warst der Finanzier im Hintergrund.»

«Es wäre ein schöner Bau geworden. Doch die wollten partout nicht ausziehen. Renitente Mieter! Selbst dann nicht, als wir ihnen eine grosszügige Abfindung anboten. Im Gegenzug schalteten sie diesen Hasenböhler ein. Damit war die Sache gelaufen. Nichts ging mehr.»

«Und dein Projekt?»

«Liegt auf Eis. Dem Kerl konnten wir nicht beikommen. Ich versuchte, ihn persönlich zu überzeugen, beinahe wäre es mir geglückt.»

«Oh, wie schade, nur beinahe?»

«Spar dir deine bissigen Bemerkungen, Francesco. Ich köderte ihn mit einem Sitz in unserem Verwaltungsrat. Einen kurzen Augenblick dachte ich, er überlegt es sich wirklich. Fehlanzeige. Er zeigte mir die kalte Schulter. Dieser Idiot war nicht korrumpierbar!»

«Und was ist mit deinen Häusern?»

«Was weiss denn ich. Die gammeln vor sich hin. Anscheinend gefällt es den Leuten, in ihren Bruchbuden zu hausen. Und Hasenböhler versuchte auch nicht mehr, ein Mandat bei uns zu bekommen.»

«Stark verlor in der Folge seinen gut bezahlten Job bei Olivia», ergänzte Yvo.

«Ich habe den Versager hochkant rausgeworfen. Er schmierte mir noch Honig ums Maul, meinte: ‹Mit diesem Hasenböhler werde ich schon fertig. Kein Problem, Olivia. In einem Monat kannst du alles abreissen lassen.› Pustekuchen!»

«Hatte Hasenböhler eine Sekretärin oder eine Freundin?»

«Warum fragst du?»

«Eine unbekannte Frau hat den Mord telefonisch gemeldet.»

«Ich kannte ihn zu wenig und war, wie gesagt, nur ein Mal bei ihm in der Kanzlei. An eine Sekretärin erinnere ich mich nicht.»

«Und wie hast du dich an Hasenböhler und seinem Kumpel Fahrner gerächt?»

«Nicht doch. Als ob ich so etwas tun könnte», säuselte Olivia und legte ihren Arm um Ferrari.

«Hör auf, mich zu betatschen, Olivia … Monika, Nadine, so helft mir doch!»

Die beiden sahen der Szene belustigt zu.

«Also, in Tat und Wahrheit stehen Hasenböhler und Fahrner ganz oben auf meiner Blacklist, eine Liste des Grauens, Francesco.»

«Das glaube ich dir gern. Du bist nicht zufälligerweise die Mörderin?»

«Ich muss dich enttäuschen. Meine Waffen sind viel gemeiner. Ich ruiniere den Gegner und schaue zu, wie er elendiglich zugrunde geht.»

Ferrari rutschte mit seinem Stuhl etwas von Olivia weg. Ein Sicherheitsabstand konnte nicht schaden.

«Wie gehts denn deinem Architektenfreund?», wandte sich Nadine an Yvo.

«Nicht besonders. Wer von Olivia fallen gelassen wird, du hörst es ja, kommt in unserer geliebten Stadt nicht mehr so rasch auf die Beine. Er bewarb sich bei uns als Zeichner. Das sagt wohl alles.»

«Geschieht dem Trottel recht. Wenn ich mirs genau überlege … Hasenböhler ist in die ewigen Jagdgründe eingegangen, und meine Mieter sind jetzt ohne Lobby. Es ist somit an der Zeit, die Karten neu zu mischen.»

Ferrari sah Olivia entgeistert an.

«Nur keine Panik, Hase Hoppel! War ja nur ein Gedanke.»

«Das lass mal schön bleiben, Olivia.»

«Ist Hasenböhler eigentlich auf der Schützenmatte gelaufen?», erkundigte sich Nadine.

«Ich glaube nicht. Geplant war, dass er zusammen

mit dem Leiter der Stadtgärtnerei läuft, aber der lief dann mit einem unserer Direktoren.»

«Obwohl du mit ihm Streit hattest, nahm er an deinem Anlass teil?», zündete Ferrari.

«Er war eben durch und durch ein Gutmensch, mein Schatz. Für einen guten Zweck, in dem Fall für einen Kinderspielplatz, ist er über seinen Schatten gesprungen.»

«Wie alt war Hasenböhler eigentlich?», lenkte Monika die beiden Streithähne ab.

«Etwa in unserem Alter, Mitte fünfzig.»

«Mach uns nicht älter, als wir sind, Yvo.»

«Dann eben Anfang fünfzig. Was solls, die Jahre kommen und die Jahre gehen. Man ist sowieso nur so alt, wie man sich fühlt», er zwinkerte Nadine zu. «Übrigens, ich kann bestätigen, was Olivia sagt. Ich würde Hasenböhler als positiven Sektierer bezeichnen.»

«Du kennst ihn also auch?»

«Er sitzt ... sass in unzähligen Verwaltungsräten und so viel ich weiss auch in Stiftungen, aber nur in solchen, die Gutes bewirken wollen. Vom Biogemüseproduzenten über den Solarzellenhersteller bis hin zum Artenschützer. Warte mal, sein letzter Auftritt ist noch gar nicht so lange her. Da ging es um aussterbende Glühwürmer.»

«Guter Witz!»

«Nein, wirklich, Nadine. Die Glühwürmer sterben aus, und Hasenböhler wollte das mit einem neu gegründeten Verein verhindern. Er war wirklich ein Weltverbesserer.»

«Einer mit einem exquisiten Geschmack und teuren Gemälden an der Wand. Irgendwie seltsam.»

«Ja, das passt gar nicht zu ihm. Irrt ihr euch da nicht?»

«Du kannst gern in die Maulbeerstrasse mitkommen und dich selbst davon überzeugen.»

«Er kann doch das eine tun, ohne das andere zu lassen. Oder ist es verwerflich, wenn man sein Geld in Kunst investiert?»

«Sicher nicht, Olivia. Bloss, so wie ihr ihn schildert, müsste er wie ein Asket leben.»

«Vielleicht spielte er uns allen etwas vor. Das würde mir gefallen. Nach aussen hin Robin Hood und im dunklen Innern Frankenstein. Wuuuh!»

Olivia ging zähnefletschend auf den Kommissär los.

«Lass das!»

«Ich bin betrunken, Francesco. Da werde ich zum wilden Tier!»

Olivia drückte Ferrari mit dem Stuhl nach hinten. Bevor er sich wehren konnte, kippten die beiden rückwärts auf den Boden.

«Sorry, das wollte ich nicht.» Olivia rappelte sich zuerst auf und half dem Kommissär hoch. «Nun komm schon. Mann, bist du schwer!»

«Ich habe mir das Genick gebrochen!»

«Quatsch!»

Monika tastete ihn ab.

«Aua!»

«Da ist nichts. Benimm dich wie ein Mann!»

Genau das tat er. Den restlichen Abend sass der Kommissär leidend am Tisch und liess sich von der weiblichen Entourage wie ein König bedienen. Immerhin eine kleine Wiedergutmachung für die zugefügten Qualen. Sie sollen nur sehen, wie sie mich zugerichtet haben – Olivia mit roher Gewalt, Nadine und Monika mit ihren Psychospielchen.

3. Kapitel

Die vorhergesagten Sturmböen und Gewitterfronten, teilweise sogar mit Hagel, wirbelten auch am Sonntag nur in den Gehirnen der Wetterfrösche herum. Stattdessen kletterten die Temperaturen auf über fünfunddreissig Grad und am Montag früh, nach einer tropischen Nacht, wurde der Kommissär von satten zweiundzwanzig Grad begrüsst. Puh, der Sommer war definitiv da. Langsam schlich Ferrari durch den Wald zur Endstation des Dreiers und liess sogar ein Tram sausen, um nicht schon verschwitzt im Büro anzukommen. Normalerweise hätte ich es problemlos mit einem Zwischensprint erwischt, aber nicht heute bei dieser Hitze. Als der nächste Tramzug in die Schlaufe einfuhr, setzte sich Ferrari auf seinen Lieblingssitz, ganz vorne rechts im hintersten Wagen. Wunderbar, der Tag war gerettet. Quietschend setzte sich der Dreier in Bewegung und zog an unendlich vielen Baustellen vorbei. Wahnsinn, Basel präsentierte sich als eine einzige grosse Baustelle. Die Behinderungen auf den stark befahrenen Strassen wie Nauenstrasse, Münchensteinerstrasse oder Gundeldingerstrasse waren enorm, grosse Rückstaus die Folge. Zudem war in der Innenstadt die gesamte Elisabethenstrasse gesperrt. Für die vielen Sommertouristen war das alles andere als attraktiv, und was die Basler selbst betraf, die hatten schon längst mehr als genug von dem Lärm und den Unannehmlichkeiten. Am Barfi stieg der Kommissär aus und ging zu Fuss durch die Steinenvorstadt zum Waaghof.

Im Büro lag bereits ein Stoss Akten auf seinem Schreibtisch. Ferrari blätterte sie stehend durch. Wie war Nadine bloss in der kurzen Zeit zu dieser Flut von Informationen gekommen? Strubs Bericht lag noch nicht vor, wahrscheinlich haben sie eben erst mit der Obduktion begonnen. Na ja, er hatte ihn ja wohlweislich auch erst im Laufe des Montags angekündigt. Missmutig griff der Kommissär zur obersten Akte. Edgar Hasenböhler, zweiundfünfzig ledig. Danach folgte eine Liste mit rund zwanzig ziemlich hochkarätigen Firmennamen aus der ganzen Schweiz, «Verwaltungsratsmandate» hatte Nadine darüber vermerkt. Alles Firmen, die sich auf irgendeine Weise um die Umwelt verdient gemacht hatten. Ferrari legte die Liste beiseite und blätterte den Rest der Akte durch. Zeitungsausschnitte aus den vergangenen Jahren, Zitate von Hasenböhler oder von ihm verfasste Kolumnen zu Umweltthemen und zu Wirtschaftsfragen. Auf zwei Artikeln klebte ein Post-it-Zettel. Im ersten Bericht der «Basler Zeitung» schrieb der Journalist über den selbstlosen Einsatz von Hasenböhler im Kampf gegen die böse Hexe Vischer. Ein Exkurs gegen das Kapital und den Daig. Hasenböhler wurde zum edlen Ritter hochstilisiert. Endlich wage es jemand, sich gegen die Macht des Geldes zu stellen. Beim zweiten Artikel handelte es sich um eine Kolumne von Hasenböhler, in der er schlagfertig gegen die Politik und einzelne Politiker zu Felde zog. In Hasenböhlers Schussfeld waren vor allem Staatsdiener geraten, die sich im Grossen Rat, aber auch im Nationalrat breitmachen würden. Einer Seuche gleich, die niemand mehr stoppen könne. Hasenböhler plädierte für eine Quotenregelung, die vorsah, dass ein Parlament paritätisch zusammengesetzt werden müsste, damit die Schweiz nicht eines Tages nur noch von zweitklassigen Funktionären und Beamten regiert würde. Zum Schluss folgerte er, dass eine Quotenregelung nur durch einen Volksentscheid herbeigeführt werden könne, weil die Parlamente bereits jetzt schon dermassen von Staatsangestellten durchsetzt seien und daher ein Vorstoss zum Beispiel im Grossen Rat klar scheitern würde. Andererseits befürchtete der Kolumnist, dass die Hälfte der Parlamentssitze nach der Einführung der Quote nicht mehr besetzt wären, zumal sich keine auch nur einigermassen intelligente Persönlichkeit aus der Wirtschaft aufs politische Parkett wagen würde. Folglich bliebe dieses weiterhin irgendwelchen zweitklassigen Beamten vorbehalten.

«Guten Morgen, Nadine. Schreiben konnte er, das muss man ihm lassen.»

«Ziemlich bissige Kolumnen. Damit machte er sich sicher nicht nur Freunde.»

«Wie bist du in so kurzer Zeit an all die Informationen gekommen?»

«Ich habe gestern im ‹BaZ›-Archiv gesurft.»

«So, so. Hat eine junge, intelligente und attraktive Frau am Sonntag nichts Besseres vor?»

«Wenn du etwas wissen willst, komm bitte gleich zur Sache. Dein Gesülze kannst du dir sparen.»

«Gut, dann Klartext. Warum gönnst du dir am Sonntag keinen freien Tag? Ist alles in Ordnung oder hast du Probleme?»

«Das geht dich überhaupt nichts an!»

«Hm! … Nun gut. Reden wir über unseren Fall. Den Artikel über die Quotenregelung finde ich irgendwie seltsam.»

«Du musst zwischen den Zeilen lesen. Bei einem der erwähnten Staatsdiener handelt es sich um unseren Staatsanwalt.»

Nadine tippte auf eine Stelle, bei der es um einen Beamten ging, der seine ganze Arbeitszeit investierte, um politisch Fuss zu fassen, doch ohne Erfolg. Hasenböhler bezeichnete ihn als Versager im schwarzen Anzug.

«Jetzt, wo dus sagst. Amüsant und zutreffend.»

«Das verbitte ich mir!» Staatsanwalt Jakob Borer stand in voller Grösse im Türrahmen. «Eine einzige

Infamie. Stillos und beleidigend. Ich habe mir lange überlegt, ob ich diesen Schmierfink vor die Schranken des Gerichts schleppen soll.»

«Und dann entschieden Sie sich dagegen.»

«Mir gefällt Ihr Schmunzeln gar nicht, Frau Kupfer. Den und seine Kolumnen nahm doch niemand ernst. Ein frustrierter, armer Mensch, der schon längst jeglichen Realitätssinn verloren hatte.»

«Welch edle Tat von Ihnen, Herr Staatsanwalt. Er beleidigt Sie, aber Sie halten ihm die andere Wange hin. Sehr christlich.»

«Ach, denken Sie, was Sie wollen. Der Mann gehörte in die Klapse, ein Fall für den Psychiater. Hoch angesehen war er nur bei diesen Weltverbesserern, diesen linken und grünen Spinnern. Die hoben ihn auf den Schild.»

«Kannten Sie ihn persönlich?»

«Zwangsweise, bis vor einigen Jahren waren wir Nachbarn. Als er auszog, öffneten wir zur Feier eine Flasche Champagner. Er kämpfte für eine autofreie Welt, Solarzellen auf jedem Dach und plädierte für das Abschaffen von Computern und Natels. Und all das sollte bei uns seinen Anfang nehmen.»

«Das sind doch seriöse Anliegen.»

«Es gelingt Ihnen heute nicht, mich zu provozieren, meine Liebe. Nachdem Hasenböhler in die Stadt gezogen war, hielt er sich ein wenig zurück. Wahrscheinlich stellte er in einem lichten Augenblick fest, dass er über die Stränge geschlagen hat. Doch Ruhe gab er keineswegs. Ein Kiwanis-Freund erzählte mir vor einer Woche noch von seinem letzten Coup. Er wollte sich mit den Energie- und Telekommunikationskonzernen anlegen. Ganz nach dem Motto, wenn er die Handys und die PCs schon nicht zum Verschwinden bringt, dann müssen die Firmen diese mit CO_2-freiem Strom aus der Schweiz füttern und die Anbieter, die das nicht leisten können oder wollen, sollen bestraft werden.»

«Eine echt vernünftige Idee», kommentierte Nadine.

«Mein Freund, er arbeitet in der Chefetage von Swisscom, konnte nur den Kopf schütteln. Swisscom bietet nämlich genau das seit mehreren Jahren an. Und das hatten sie Hasenböhler auf Anfrage bereits schriftlich mitgeteilt. Nur, der Spinner glaubte es nicht, vielmehr vermutete er eine Verschwörung. Der Mann hatte einen an der Waffel.»

«Sehr aufschlussreich. Besten Dank für diese wertvollen Informationen. Sind Sie deswegen zu uns gekommen?»

«Es … hat sich jetzt eben so ergeben.» Er warf Nadine einen prüfenden Blick zu. «Gewisse Dinge müssen gesagt sein, damit Sie nicht alles für bare Münze nehmen. Vor allem, wenn es gegen mich gerichtet ist … Ich wollte aber eigentlich darauf hinweisen, dass dieser Hasenböhler über ziemlich gute Connections verfügt. Es wäre deshalb sicher von Vorteil, wenn Sie diskret ermitteln könnten.»

«Unsere Spezialität, Herr Staatsanwalt.»

Ferrari grinste.

«Na ja, wie man es nimmt. Hauptsache, Sie finden den Mörder. Das wird ja wohl nicht so schwer sein.»

«Wir geben unser Bestes und sind ganz offen für jeden sachdienlichen Hinweis.»

«Wenn mir etwas einfällt, melde ich mich. Vielleicht steckt sein Kompagnon, dieser Fahrner, dahinter oder einer seiner Sozifreunde.»

«Oder jemand aus dem bürgerlichen Kreis, der ihn loswerden wollte.»

«Auch nicht auszuschliessen. Nun gut, die Zeit drängt. Ich muss zu Regierungsrat Schneider. Halten Sie mich auf dem Laufenden.»

«Das wird ja wohl nicht so schwer sein», äffte Nadine den Staatsanwalt nach. «Was weiss der Trottel mit seinem viel zu starken Parfum schon von Ermittlungsarbeit? Mach das Fenster auf, mir wird schlecht von dem penetranten Geruch.»

Der Kommissär öffnete das Fenster.

«Aber nur kurz. Es ist schon sehr heiss draussen. Wann kriegen wir Peters Bericht?»

«Im Laufe des Nachmittags. Etwas konnte ich bereits abklären. Die unbekannte Frau, die den Mord gemeldet hat, sprach Basler Dialekt.»

«Also keiner seiner Multikultifreunde. Wie gehts eigentlich Noldi?»

«Keine Ahnung. Frag ihn doch selbst, oder schaffst

du die paar Meter nicht mehr zu Fuss? Und wieso in aller Welt kommst du gerade jetzt auf diesen Idioten?»

«Och, nur so.»

Mist! Die Zunge war wieder einmal schneller als der Verstand. Noldi, der IT-Spezialist, hatte früher die Berichte von Peter Strub regelmässig abgefangen, um sie seiner Angebeteten Nadine persönlich zu überbringen. Tja, das waren noch Zeiten. Doch nach einem heiklen Fall, in den die halbe Polizei verwickelt gewesen war, zeigte sie ihm fortan die kalte Schulter. Ferrari versuchte immer wieder aufs Neue zu vermitteln, ohne Erfolg.

«Los, sag schon. Was heckst du wieder aus?»

«Nichts. Ich finde nur, Noldi ist in Ordnung. Du solltest ihm nochmals eine Chance geben.»

«Vergiss es! Ich wärme nie einen auf. Und falls du es vergessen hast, dein Noldi spielte eine ziemlich üble Rolle.»

«Er war verwirrt und danach am Boden zerstört.»

«So läuft das nicht … He! Was reden wir da eigentlich? Halte dich gefälligst aus meinem Privatleben heraus. Du und mein Paps! Immerzu stochert ihr herum und versucht mich ganz beiläufig zu verkuppeln.»

«Pst! Nicht so laut.»

«Ich schreie, wann immer ich will, und am besten so laut, dass der Depp vor seinem PC vom Stuhl fällt.»

«Schon gut … schon gut. … Lass uns über den Fall reden. In den Akten …»

«Nice try! Aber dieses Ablenkungsmanöver gelingt dir nicht. Wenn du tatsächlich glaubst, dass du dich laufend in meine Privatsphäre einmischen musst, dann irrst du dich gründlich.»

«Nun mach mal halblang. Schliesslich bist du in einem Alter …»

«Ja, in welchem Alter?», Nadines Augen blitzten gefährlich.

«Ich meine … du bist nicht mehr dreissig … ich denke …»

«Du meinst also oder vielmehr du denkst also, dass etwas mit mir nicht stimmt. In meinem Alter sollte frau schon längst in festen Händen sein. Eine Emanze, die alle Männer auf Distanz hält, passt nicht in dein Konzept. Oder bin ich womöglich einfach nur lesbisch?»

«Nein … ich meine … nein, ich glaube nicht, dass du eine Lesbe bist. Und wenn schon, das würde mich nicht stören.»

«Das ist aber nett von dir! Vielleicht sollte ich ja Kinder kriegen.»

«Na ja, die biologische Uhr tickt eben.»

«So läuft der Hase! Du willst mich nicht nur verkuppeln, ich soll auch endlich Mutter werden. Hast du das alles mit Paps abgesprochen? Habt ihr auch schon einen Namen für seinen ersten Enkel ausgewählt? Es wird ja ganz sicher ein Junge.»

«Nun gut, wir haben …»

«Was?! Du wagst es, mir ins Gesicht zu sagen, dass du mit meinem Vater über meine Familienplanung redest? Spinnst du? Ich kanns gar nicht glauben. Jetzt rufe ich meinen alten Herrn an und geige ihm die Meinung. Und dann, Francesco, dann werdet ihr euch ein für alle Mal aus meinem Leben raushalten. Hast du das verstanden?»

Das war ja wohl kaum zu überhören. Nadine schletzte die Tür so hinter sich zu, dass Ferrari auf seinem Bürostuhl zusammenzuckte. Bravo, Francesco! Deine Feinfühligkeit, dein Gespür für den richtigen Moment hat wieder einmal voll durchgeschlagen. Sie wird Nationalrat Kupfer gehörig die Leviten lesen und ihre schlechte Laune den Rest des Tages an mir auslassen. Was will man mehr. Kopfschüttelnd widmete sich der Kommissär der nächsten Akte. Boris Fahrner, zweiundvierzig, verheiratet, keine Kinder, Notar und Partner von Hasenböhler. Interessant, ein Anwalt und ein Notar. Braucht ein Anwalt einen Notar und umgekehrt? Ferrari überlegte, wem er diese Frage stellen konnte. Im Zusammenhang mit einem Wirtschaftsdelikt gab es von Fahrner jede Menge Zeitungsausschnitte. Der Notar sass im Vorstand von Kohlhaus & Partner, einem der grössten Bauunternehmen von Basel, das in Konkurs ging. Die Gläubiger warfen dem Unternehmen betrügerischen Konkurs vor. Die Geschädigten versuchten die Verwaltungsräte wegen Vernachlässigung ihrer Aufsichtspflicht mit einer Sammelklage in die Verantwortung zu nehmen. Doch letztendlich verlief das Ganze im Sand. Ferrari erinnerte sich gut an diesen

Fall, und wie so oft kamen die Grossen ungeschoren davon, während die Kleinen ihr Erspartes verloren. Im Fall von Kohlhaus & Partner traf es in erster Linie Handwerker, die in Treu und Glauben für den Baugiganten gearbeitet hatten.

«Spannend?»

«Oh, da bist du ja wieder … Na ja, es geht so. Viel Wind um nichts.»

«Aber etwas ist interessant.»

«Was denn?»

«Schau einmal, wer die KMU vertrat.» Nadine blätterte die Akte durch. «Hier.»

«Hasenböhler!»

«Faszinierend, nicht wahr?»

«Allerdings. Nehmen wir uns doch einmal diesen Fahrner vor. Der steht sowieso ganz oben auf meiner Liste.»

«Als Verdächtiger?»

«Nein, als Informant.»

«Er erwartet uns bereits, Francesco», lächelte Nadine.

Es ging eben nichts über qualifizierte Kollegen.

Fahrners Kanzlei in der Rittergasse stand Hasenböhlers Büro in nichts nach, ganz im Gegenteil. In einer pompösen Eingangspartie, die ganz in Blau gehalten war, versprühte eine elegant gekleidete, grauhaarige Endvierzigerin den Duft der grossen weiten Welt. An den Wänden hing moderne Kunst, hauptsächlich von Lorenz Spring. Ein Künstler, auf den Monika voll abfuhr. Noch war sich der Kommissär nicht sicher, ob wegen der Kunst oder wegen dem Künstler selbst.

«Herr Fahrner erwartet Sie. Bitte folgen Sie mir», mit diesen Worten, die keine Widerrede duldeten, führte sie die graue Eminenz ins Allerheiligste, wo sie ein unscheinbarer, glatzköpfiger Mann im Nadelstreifenanzug begrüsste.

«Was darf ich Ihnen anbieten?», flötete die Chefsekretärin nun in zuckersüssem Ton.

«Einen Kaffee, bitte. Mit etwas Rahm, aber ohne Zucker.»

«Für mich das Gleiche.»

«Dem schliesse ich mich an», vernahmen sie die sonore Stimme des Notars, die überhaupt nicht zu seinem zierlichen Äusseren passte. Boris Fahrner setzte sich auf einen der vier LC2-Sessel von Le Corbusier, ein Designklassiker, den selbst Ferrari kannte. «Eine tragische Sache. Ich bin noch immer vollkommen schockiert. Bitte setzen Sie sich.»

«Danke. Wann haben Sie Herrn Hasenböhler zum letzten Mal gesehen?»

«Am Freitagabend. Wir assen zusammen im St. Alban-Stübli, Herr Kommissär.»

«Benahm er sich anders als sonst?»

«Überhaupt nicht. Er sprudelte wie immer nur so über, erzählte von zwei neuen Mandaten und von einem Verein für aussterbende Glühwürmer. Das nahm ich ihm zuerst überhaupt nicht ab. Aussterbende Glühwürmer! Haben Sie davon je gehört?»

«Den Verein gibt es anscheinend wirklich.»

«Ja, in der Tat. Es gibt nichts, was es nicht gibt», Fahrner schüttelte amüsiert den Kopf. «Edgar war auch sehr verärgert, als ich die Sache ins Lächerliche zog.»

«Sind Sie schon lange Partner?»

«Partner im rechtlichen Sinne sind wir nicht. In der Praxis, was die Zusammenarbeit anbelangt, hingegen schon. Wir nutzen unsere Synergien. Meine Klienten sind seine und umgekehrt oder vielmehr waren …»

«Wie lernten Sie sich kennen? Das geht aus unseren Unterlagen nicht hervor.»

«Unterlagen? Sie meinen eine Akte von Edgar und mir?», wunderte sich Fahrner.

«Nur das Wenige, das wir in der Kürze zusammentragen konnten.»

«Ach so. Wie ich Edgar kennenlernte? Ich erinnere mich sehr gut daran, als wäre es gestern gewesen», schmunzelte er. «Edgar vertrat eine Gläubigergemeinschaft, die sich zum Ziel gesetzt hatte, die Verwaltungsräte von Kohlhaus & Partner zur Verantwortung zu ziehen. Doch daraus wurde nichts.»

«Sie sassen damals im Verwaltungsrat von Kohlhaus & Partner.»

«Exakt. Eine unglückliche Geschichte, an die ich mich nur ungern erinnere. Kohlhaus hielt uns zum Narren, benutzte uns einzig und allein als Marionetten, unsere guten Namen waren natürlich äusserst nützlich. Edgar versuchte, uns zur Verantwortung zu ziehen. Zuerst auf Verhandlungsbasis, dann mit einer Sammelklage, die aber abgewiesen wurde. Das Gericht entschied, dass wir von der Direktion arglistig getäuscht worden waren. Und bei Kohlhaus & Partner gabs nichts mehr zu holen.»

«Zum Glück für Sie.»

«Es hätte mich nicht arg getroffen, Frau Kupfer. Ich bin gegen solche Fälle versichert. Heutzutage sind VR-Mandate oft lukrativ, doch auch mit gewissen Risiken verbunden, wie der Fall Kohlhaus zeigt. Edgar kämpfte verbissen weiter, wie ein Löwe, aber vergebens.»

«Und obwohl Sie dem anderen Lager angehörten, wurden Sie sein Partner?»

«Von insgesamt fünf Verwaltungsräten war ich der Einzige, der kooperierte. Ich legte ihm sämtliche Unterlagen auf den Tisch und das beeindruckte ihn. Er nahm mir ab, dass wir zu naiv waren und zu sehr an das Gute geglaubt hatten. Letztendlich musste Edgar kapitulieren und bot mir in der Kombination Notar-Anwalt eine Partnerschaft an.»

«Wie würden Sie Herrn Hasenböhler beschreiben?»

«Intelligent, ich habe selten einen solch gescheiten Menschen gesehen, hilfsbereit, gutmütig, wobei viele seine Gutmütigkeit mit Dummheit verwechselten. Es dauerte lange, bis er sich von jemandem distanzierte. Aber wenn er sich entschieden hatte, dann zog er knallhart einen Strich unter die Angelegenheit.»

«Wer hasste ihn so sehr, dass er zum Mörder wurde?»

«Die Frage kann ich Ihnen beim besten Willen nicht beantworten, Herr Ferrari. Noch Kaffee?»

«Gern.»

Der Kommissär hielt ihm die Tasse hin.

«Um auf Ihre Frage zurückzukommen, ich kenne niemanden, der ein Motiv hätte und zu so einer grausamen Tat fähig wäre. Da habe ich mir bei der Geschichte mit Kohlhaus & Partner mehr Feinde gemacht als Edgar in seinem ganzen Leben. Das dürfen Sie mir glauben.»

«Was können Sie uns über sein Privatleben sagen?»

«Wenig bis gar nichts, und zwar aus einem einfachen Grund – Edgar hatte keines.»

«Wie meinen Sie das?»

«Es gab für ihn nur seinen Beruf und seinen … ja, es lässt sich nicht anders ausdrücken, seinen Ökologiewahn. Darüber stritten wir uns oft. Jedes Mal, und ich meine wirklich jedes Mal, wenn Edgar bei mir im Büro war, begann er zu missionieren. Ein Beispiel: Sehen Sie dort das Ladegerät meines Natels? Es steckt noch in der Steckdose, obwohl mein iPhone längst aufgeladen ist. Käme er jetzt zur Tür herein, würde er wutentbrannt zur Steckdose laufen, den Stecker ziehen und mir eine Predigt über den Verbrauch des Gerätes halten. So ist … so war Edgar.»

«Wie sieht es mit einer Bekanntschaft, einer Partnerin aus?»

«Vor Jahren gab es eine Frau in seinem Leben, Eveline … Eveline …, der Nachname fällt mir nicht ein.

Leider blieb es bei einer Affäre, sie hielt seine Schrullen nur kurze Zeit aus. Die Liebe war vorbei, bevor sie richtig entflammte. Andrea, meine Frau, versuchte noch zu vermitteln, leider ohne Erfolg.»

«Könnte es sein, dass Herr Hasenböhler mit seinem Ökologiewahn und seinen Schrullen, wie Sie es nennen, jemandem zu sehr auf den Schlips getreten ist?»

«Das wüsste ich, Frau Kupfer. Heikel war die Geschichte mit Olivia Vischer. Ich riet ihm mehrmals, die Finger davon zu lassen, aber er zog die Sache durch. Chapeau!» Eine kurze Pause entstand. Fahrner schien nachzudenken. «Ärger gabs damals auch mit Judith Rossetti», setzte er fort.

«Rossetti von der Spenglerei?»

«Ja, genau. Das ist die Tochter vom alten Rossetti. Judith gehörte beim Konkurs von Kohlhaus & Partner zu den grossen Verlierern, ihre Firma wurde mit in den Strudel hineingezogen. Als sie dann im Nachhinein von unserer Partnerschaft hörte, witterte sie eine Verschwörung und drohte Edgar. Mir machte sie Vorwürfe.»

«Wissen Sie, wo wir Frau Rossetti finden?»

«Keine Ahnung. Ich hörte nur, aber ich weiss nicht, ob das stimmt, dass sie in psychiatrischer Behandlung sei. Nach dem Konkurs hatte sie offenbar einen Zusammenbruch, ein Burn-out, wie es Neudeutsch so schön heisst.»

Ferrari erhob sich und schaute zum Fenster hinaus. Ein traumhafter Ausblick auf den Rhein und das

Kleinbasel. Diese Lage war viel zu schade für ein Büro, hier müsste jemand wohnen.

«Sie können ruhig auf den Balkon hinausgehen, Herr Kommissär.»

Ferrari liess sich nicht zwei Mal bitten und trat ins Freie. Eine leichte Brise wehte ihm ins Gesicht. Das tat gut. Rechterhand lagen die Wettstein- und die Schwarzwaldbrücke in leichtem Dunst, rheinabwärts schweifte sein Blick bis zur Novartis hinunter. Einfach herrlich. Man schwebt richtig über Basel.

«Das Haus gehörte meiner Mutter, eine gebürtige von der Mühll. Es ist sozusagen die Stadtresidenz meiner Familie. Andrea möchte eigentlich lieber hier als in Binningen wohnen, aber ich kann mich nicht damit anfreunden, mit der Kanzlei an einen anderen Ort zu ziehen. Es gibt schlicht keinen besseren. Und ich verbringe mehr Zeit im Büro als zu Hause. Weshalb sollte ich also von hier weg? Ich liebe dieses besondere Haus.»

«Das verstehe ich gut, Herr Fahrner. Was für ein traumhafter Ausblick ins Kleinbasel und über den Rhein!»

«Am 1. August, vielmehr am 31. Juli, gebe ich immer eine kleine Party oben auf dem Dach. Meine Freunde folgen dieser Einladung sehr gern, weil die Sicht aufs Feuerwerk einfach unbeschreiblich ist.»

Ferrari nickte und ging zurück ins Büro.

«Ich beneide Sie, Herr Fahrner. Das Haus ist ein Bijou.»

«Danke. Ich betrachte es als Privileg, hier arbeiten zu dürfen. Dass meine Familie vor hundert Jahren dieses Haus kaufen konnte, ist eine glückliche Fügung.»

«Wurden Sie von Frau Rossetti auch bedroht?», wandte sich Nadine an den Notar. Der leicht verärgerte Unterton in ihrer Stimme war unüberhörbar, Fahrner lächelte.

«Entschuldigen Sie, dass wir in eine andere Welt abgeschweift sind, Frau Kupfer. Schreiben Sie das unserem Alter zu. Ihrem Dialekt entnehme ich, dass Sie aus Bern kommen. Sind Sie aus der Stadt?»

«Richtig.»

«Dann schwärmen Sie sicher auch von der historischen Altstadt, von den Arkaden, der Einmaligkeit Ihrer Heimatstadt.»

«Ja, schon.»

«Und Herr Ferrari und ich schwärmen halt genau so von unserer Stadt. Ich habe übrigens in Bern studiert und im Mattequartier gewohnt. Das war eine schöne Zeit. Wo genau sind Sie aufgewachsen, wenn ich fragen darf?»

«In der Gerechtigkeitsgasse.»

«Sehr schön. Sind Sie mit Nationalrat Kupfer verwandt?»

«Das ist mein Vater.»

«Eine grosse Persönlichkeit, ein Politiker mit Format. Leider gehört er damit zu einer aussterbenden Spezies.»

Nadine war sichtlich aus dem Konzept geraten. Es vergingen einige Sekunden, bis sie den Faden wieder gefunden hatte.

«Nochmals zurück zu Edgar Hasenböhler. Ausser dieser Judith Rossetti, kennen Sie sonst jemanden, dem Sie einen Mord zutrauen?»

«Um es klarzustellen, Frau Kupfer, ich traue es Frau Rossetti auch nicht zu. Es tut mir leid, dass ich Ihnen nicht helfen kann. Wann wurde Edgar ermordet?»

«Am Samstagnachmittag, vermutlich um vier Uhr. Wir warten noch auf die genauen Angaben.»

«Eigenartig. Weshalb war er zu diesem Zeitpunkt in der Kanzlei?»

«Was ist daran erstaunlich?»

«Der Zeitpunkt, Frau Kupfer, nur der Zeitpunkt. Edgar lud mich zum Sponsorenlauf auf der Schützenmatte ein. Ich hänselte ihn noch, fragte ihn, wieso er für seine ärgste Feindin laufen würde? Aber da stand Edgar absolut darüber. Wenn es um eine gute Sache ging, war er mit von der Partie. Wir handelten dann aus, dass ich pro Runde, die Edgar rennt, fünfzig Franken zahle, und verabredeten uns um vier. Das war seine Startzeit.»

«Und, waren Sie auf der Schützenmatte?»

«Pünktlich auf die Minute. Nur von Edgar fehlte jede Spur. Ich dachte, der alte Gauner hat mich reingelegt und nicht damit gerechnet, dass ich auftauche. Doch jetzt … es trifft mich sehr, sehr hart, Frau Kupfer … Edgar war nicht nur mein Geschäftspartner, er war mein bester Freund. Wir ergänzten uns optimal … Es schmerzt und fühlt sich an, als ob ein Stück von mir gestorben ist … Wer hat ihn gefunden?»

«Eine Frau meldete den Mord. Können Sie sich vorstellen, wer das gewesen ist?»

Fahrner rührte in Gedanken versunken in seiner Kaffeetasse. Nadine wollte ihre Frage wiederholen, aber Ferrari winkte ab. Nach einigen Sekunden blickte Fahrner mit Tränen in den Augen hoch.

«Entschuldigen Sie bitte, Frau Kupfer, könnten Sie bitte Ihre Frage wiederholen?»

«Ich … eine Frau … es war eine Frau, die den Mord meldete. Können Sie sich vorstellen, wer das gewesen ist?»

«Eine Frau? Keine Ahnung … Vielleicht seine Putzfrau Emma … Emma Schläpfer, wenn ich es richtig in Erinnerung habe. Sie kam jeden Tag für eine Stunde oder so.»

Ferrari erhob sich.

«Vielen Dank, dass Sie sich Zeit genommen haben.»

«Gern geschehen, Herr Kommissär. Und bitte finden Sie den Verbrecher, das sind wir Edgar schuldig. Er war eine aussergewöhnliche Persönlichkeit, ein sehr, sehr guter Freund.»

«Wir geben unser Bestes.»

Fahrner begleitete sie zur Tür.

«Ich stehe Ihnen Tag und Nacht zur Verfügung. Das meine ich ernst. Sie können mich jederzeit anrufen oder aufsuchen, auch unangemeldet.»

«Besten Dank.»

Boris Fahrner reichte Nadine die Hand.

«Zu Beginn unseres Gesprächs, als Sie von den Unterlagen über mich und Edgar sprachen, dachte ich sofort an so etwas wie Stasi-Akten, die heimlich angelegt worden seien.»

Nadine musste lachen.

«Unser Wissen stammt grösstenteils aus Zeitungsarchiven. Sie können mir glauben, die Basler Polizei führt keine Stasi-Akten und inoffizielle Mitarbeiter beschäftigen wir auch nicht.»

«Das beruhigt mich sehr.»

«Zurück ins Kommissariat?»

«Lass uns noch etwas in der Café-Bar trinken, Nadine.»

«Wo?»

«In der Elisabethenkirche.»

«Wenns sein muss.»

Sie setzten sich an einen Tisch im Freien. Das hat sich der Kirchenstifter Christoph Merian sicher nicht so vorgestellt. Nach seiner Vision sollte die neugotische Kirche, die von 1857 bis 1865 erbaut wurde, ein Mahnmal gegen den Ungeist der Zeit und gegen die Entchristlichung der Gesellschaft darstellen, und vermutlich kaum ein offener Ort für alle Menschen, ungeachtet ihrer Gesinnung. In den Siebzigerjahren des letzten Jahrhunderts fiel die Funktion als eigentliche Gemeindekirche weg und nach verschiedenen

Zwischennutzungen wurde die Kirche von der Evangelisch-Reformierten Kirche Basel-Stadt in einem Leihvertrag dem ökumenischen Verein Offene Kirche Elisabethen übergeben, der sie seither nach dem Konzept der City-Kirche als Werktagskirche betreibt. So wurde aus dem Gotteshaus ein Menschenhaus für alle. Nebst Stille und Ruhe hatten und haben auch Feste und Lebensfreude ihren festen Platz.

«Und, was hältst du von Fahrner?»

«Der Tod seines Partners geht ihm sehr nahe. Das war keine Show.»

«Das glaube ich auch nicht», bestätigte Nadine. «Als er so dasass und mit Tränen in den Augen in seinem Kaffee rührte, ging es mir durch Mark und Bein. Einen lieben Freund zu verlieren, ist schwer. Ich vermute, der Mörder lockte Hasenböhler vom Sponsorenlauf weg in eine tödliche Falle.»

«Aber warum vor dem Lauf? Er hätte ihm ja auch danach auflauern können.»

«Vielleicht wollte er keine Zeit verlieren, nichts riskieren. Haben die Kollegen eigentlich Hasenböhlers Natel sichergestellt?»

«Fragen wir Peter, der Obduktionsbericht sollte ja auch gelegentlich vorliegen.»

Ferrari legte zehn Franken auf den Tisch.

«Stimmt so.»

«Danke für die Einladung. Das nächste Mal bin ich an der Reihe. Oder willst du mit der Einladung dein schlechtes Gewissen beruhigen?»

«Schlechtes Gewissen?»

«Weil du dich immer in mein Privatleben einmischst.»

«Fängst du schon wieder damit an.»

«Das nennt man Ablasshandel. Du bezahlst meinen Kaffee und erhältst dadurch meine Absolution.»

«Nun mach mal halblang. Du kannst mir ja fünf Franken zurückgeben.»

«So weit kommts noch. Schöner Kavalier! Lädt zum Kaffee ein und will dann doch noch sein Geld zurück. Typisch Basler.»

4. Kapitel

Ferraris Überraschung war gross, als Noldi am Nachmittag mit Peters Bericht auftauchte.

«Wie in den guten alten Zeiten!», rutschte es ihm heraus.

«Hallo, Francesco … Peter lief mir zufälligerweise über den Weg. Hier …», er legte den Bericht auf den Tisch und sah sich um.

«Sie sitzt in ihrem Büro. Bring ihr doch die Akte rüber.»

«Du meinst … nein, lass nur. Da ist nichts mehr zu machen. Sie vergibt mir meinen Ausrutscher nie im Leben.»

«Warts ab. Irgendwann heilen die Wunden, um eine alte Weisheit zu gebrauchen.»

Doch der Kommissär wusste nur zu gut, dass dieser Satz nur bedingt stimmte. Es gab schwere Verletzungen, tiefe Wunden, die nie heilten, wohl aber im Laufe der Zeit ein wenig verblassten. Der Schmerz blieb, er wurde nur etwas leiser.

«Nicht bei ihr. Sie ist ein Elefant, und das Wort Verzeihung gehört nicht zu ihrem Wortschatz. Hier auf dem Stick sind noch Hasenböhlers persönliche Dateien, Terminplaner und Kundendatei. Privates habe ich nichts gefunden, auch die Mailkorrespondenz ist rein geschäftlich. Komischer Vogel. Jeder schreibt doch mal eine private Mail, oder etwa nicht?»

«Eigentlich schon.»

«Gib Nadine bitte diesen Stick – und ja nicht vergessen!»

«Alles klar. Vielen Dank, Noldi.»

«Dann will ich mal. Wir sehen uns. Ciao, Francesco.»

Der IT-Crack schien noch immer unter der Trennung von Nadine zu leiden. Vielleicht sollte ich nochmals einen Anlauf nehmen. Zum Beispiel bei passender Gelegenheit ein zufälliges Treffen arrangieren, sinnierte Ferrari. Besser wäre noch, Noldi in einem Fall beizuziehen, sodass er ihr zeigen kann, was er draufhat.

«Habe ich richtig gesehen, war das Noldi?»

«Ich soll dich von ihm grüssen.»

«Die Grüsse kann er sich sonst wo hinstecken. Wo ist der Bericht?»

In Gedanken strich Ferrari das eben geplante zufällige Treffen mit einem dicken Strich durch, die Idee mit dem gemeinsamen Fall wackelte ebenfalls stark, und reichte ihr wortlos die Akte. Sie blätterte sie kurz durch.

«Du führst etwas im Schilde. Ich sehe es dir an.»

«Ich? Nein, wirklich nicht. Wie kommst du darauf?»

«Weil ich dich kenne, dieser Blick verrät alles. Glaub nur nicht, dass du mich dazu kriegst, diesen Idioten zu besuchen. Wenn wir ihn brauchen, dann kannst du mit ihm Händchen halten. Mich siehst du dort unten im Keller nie mehr.»

Ferraris geplantes subversives Einfädeln einer Versöhnungsfeier war also jäh geplatzt, einer Seifenblase gleich.

«Ihr Männer seid schon einfache Gemüter. Glaubt, auf den Gefühlen von uns Frauen herumtrampeln zu können, wann immer und so oft ihr wollt, im Wissen, dass wir dann schon wieder zu euch Herren der Schöpfung angekrochen kommen. Fast habe ich den Eindruck, als hättest du das Ganze nur aus der Ferne mitbekommen.»

«Überhaupt nicht, ich war mitten drin. Trotzdem, er liebt dich und er verdient eine zweite Chance. Das soll ich dir von Noldi geben.» Er warf ihr den Stick zu. «Keine Angst, da sind weder Nackt-Selfies noch ein Liebesbrief drauf, nur die Daten von Hasenböhlers Laptop.»

Nadine steckte ihn kommentarlos ein und nahm sich den Obduktionsbericht vor.

«Hasenböhler war mit grösster Wahrscheinlichkeit bereits nach dem ersten Schlag tot. Jeder der drei war tödlich. Die Buddhastatue ist eindeutig die Mordwaffe. Todeszeitpunkt ist vier Uhr nachmittags, wie angenommen. Dann erfahren wir noch, was Hasenböhler den Tag über gegessen hat. Das wars. Viel mehr steht da nicht drin. Und dafür braucht Peter einen ganzen Tag?»

Die Bemerkung hinsichtlich der zweiten Chance hatte sie locker überhört.

«Wahrscheinlich untersuchte er zuerst die Frau, die tot am Rheinufer aufgefunden wurde.»

«Mord?»

«Nein, Sekundentod. So rasch kanns gehen. Du setzt dich nichts ahnend ans Rheinbord, schaust aufs Wasser und die Häuser am gegenüberliegenden Ufer und wenig später bist du tot. Irgendwie unvorstellbar.»

«Und jetzt?»

«Jetzt liegt sie im Leichenschauhaus.»

Nadine verdrehte die Augen.

«Was wir jetzt machen, will ich wissen.»

«Ach so. Wir besuchen Judith Rossetti oder Benni Stark mangels anderer Verdächtiger.»

«Stark wohnt an der Rudolfstrasse. Na was ist, auf gehts.»

Ferrari erhob sich ächzend aus seinem Stuhl. Wohlweislich verkniff er sich die Frage, wo denn diese Strasse wieder sei. Können die Leute nicht an Orten wohnen, die ich kenne?

«Das ist eine der Querstrassen von der Schützenmatte, du Durch-und-durch-Basel-Kenner!»

«Hm!»

Benni Stark war von stattlicher Statur, etwa ein Meter neunzig gross, sportlich, hatte braune Locken und blaue Augen. Vermutlich ein Frauenheld, wie er im Bilderbuch steht, zumindest war er das in der Vergangenheit. Jetzt wirkte er abgelöscht, eingefallen und versoffen. Letzteres liess sich kaum verheimlichen, er stank förmlich nach Alkohol. Im Vergleich zu früher schien der Architekt nur noch ein Wrack, ein Schatten seiner selbst zu sein. Immerhin, die Wohnung war sauber und ordentlich aufgeräumt.

«Der stinkt ja grausam nach Schnaps!», flüsterte Nadine, als Stark ein Glas Mineralwasser holte. «Der scheint darin zu baden.»

«Sie wollen wirklich nichts?»

«Danke, nein!»

Nadine wurde übel, wenn sie nur daran dachte, aus einem der Gläser zu trinken.

«Wir wollen Sie nicht lange aufhalten. Sie kennen Edgar Hasenböhler, richtig?»

«Kann man so sagen. Ein übler Siech! Ein Mann mit zwei Gesichtern, aber das wissen Sie ja sicher.» Stark nippte an seinem Glas. «Dieses Mal ist er offenbar zu weit gegangen. Es gibt sie noch, die Gerechtigkeit auf Erden. Ich hatte so langsam meine Zweifel daran.»

Ferrari schaute ihn fragend an.

«Ein fieser Typ! Es wundert mich, dass er seine Drecksgeschäfte so lange im Verborgenen durchziehen konnte.»

«Sie wissen, dass er ermordet wurde?»

«Klar, kam vor einer Stunde im Radio. Einer von euch gab dazu einen Kommentar ab. Dauerte echt lange, bis es ihn erwischte. Die Sau, die dreckige.» Stark leerte den Rest seines Glases in einem Zug. Das Sprechen fiel ihm immer schwerer. «Sind Sie wegen dem zu mir gekommen?»

«Weshalb wohl sonst?»

Nadine verlor langsam die Geduld.

«Eine korrupte Drecksau. Mimt nach aussen den edlen Ritter. In Wirklichkeit geht es ihm nur um den Stutz. Sie sind doch der Lover von der Vischer, oder?», wandte sich der Architekt abrupt an Ferrari.

«Wir sind befreundet», entgegnete der Kommissär errötend.

«Ha! Befreundet! Guter Witz. Die Alte hat doch keine Freunde, nur Lakaien, die auf ihrer Lohnliste stehen, und einen Schugger als Lover.»

«Wie kommen Sie denn darauf?», setzte Nadine nach. Ein Schmunzeln umspielte ihre Lippen.

Ferrari sah sie von der Seite her an. Wenn Blicke töten könnten … Das kriegst du zurück, zehn Mal, nein, hundert Mal!

«Der da, dieser Frederico …»

«Francesco, er heisst Francesco.»

«Genau! Jetzt fällts mir wieder ein – Francesco Ferrari. Bei jeder Gelegenheit schwärmte sie von ihm, von ihrem Francesco. Zum Kotzen, die Alte! Die ist an meinem Zustand schuld, die und dieser Hasenböhler.»

Er schüttete den Rest seines Getränks hinunter und lallte immer mehr. Man musste schon sehr gut zuhören, um ihn überhaupt noch zu verstehen.

«Du kennst sie nur von der Schokoladenseite, Francesco. Ich sage dir, im Geschäft ist sie eine brutale Sau und im Bett ...», er zwinkerte dem Kommissär zu, «wahrscheinlich eine Rakete. Aber da muss ich dir nichts verklickern, das weisst du besser als ich.»

Stark lachte so laut und unnatürlich, dass Nadine Gänsehaut bekam. Es entstand eine kurze Pause. Die Stille tat gut.

«Was hat Olivia Vischer Ihnen denn konkret angetan?», nahm sie den Faden wieder auf.

«Sie stellte mich für einen Neubau an der Isteinerstrasse ein. Auf Honorarbasis, zehn Prozent von der Auftragssumme. Ich plante also während eines Jahres ...», er verstummte plötzlich und torkelte in das Nebenzimmer.

«Der hat nicht alle Tassen im Schrank», flüsterte Ferrari.

«Na ja, aber durch ihn erfahre ich zumindest, was du so alles während deiner Arbeitszeit treibst.»

«Wirklich witzig!»

«Da ...», Stark warf einige Baupläne auf den Tisch. «Davon versteht ihr zwar nichts. Egal. Es ist mein Meisterstück. Wäre das Gebäude realisiert worden, würde ich jetzt nicht hier in dieser Bude verrotten. Mit so einer Referenz stünden die Kunden bei mir

Schlange, wie bei Liechti, Diener & Diener oder bei Herzog & de Meuron. Aber es sollte nicht sein.»

Ferrari rollte einen Plan aus, stellte den Aschenbecher auf das eine und das leere Mineralwasserglas auf das andere Ende.

«Komisch», der Kommissär roch am Glas.

«Was ist?»

«Das ist gar kein Mineralwasser.»

«Logisch nicht, das ist Kirsch. Willst du auch einen?»

Stark hatte innerhalb einer Viertelstunde einen Dreier Hochprozentigen in sich hineingeschüttet.

«Nein, der Kommissär will keinen! … Sieht gut aus, eine tolle Überbauung.»

«Danke … Ich bin … war stolz darauf … Ums kurz zu machen, Hasenböhler blockierte das Projekt, kam immer wieder mit neuen Mätzchen, bis die Vischer nicht mehr wollte.» Stark schenkte sich nach und nahm einen zünftigen Schluck. «Die verdammte Drecksau! Olivia unternahm einen letzten Versuch, ihn zu überzeugen, vergebens. Der Arsch zeigte ihr die kalte Schulter und sie stellte das Projekt ein. Aus der Traum. Immer noch keinen Kirsch?»

«Nein, wir gehen gleich.»

«Redet sie immer für dich?»

«Nur wenns mir die Sprache verschlägt. Weshalb ist Hasenböhler eine Drecksau? Er setzte sich doch nur für diejenigen ein, die sich nicht wehren können.»

«Vordergründig, aber in Wirklichkeit ist das ein

ganz raffiniertes Schwein. Glaubst du mir etwa nicht, Francesco?»

«Wenn ich sehe, was Sie da in sich hineinschütten, frage ich mich schon, ob bei Ihnen hier oben», der Kommissär tippte sich an die Stirn, «noch alles richtig funktioniert.»

Benni Stark brach wieder in sein hysterisches Lachen aus.

«Keine Sorge, Kumpel. Da stimmt noch alles. Bloss läuft Tag für Tag der gleiche Film ab, ich war verdammt nahe dran. Das Schicksal zog mir den Speck durch den Mund, nur fressen tun ihn andere. Und jetzt hocke ich den ganzen Tag hier und warte darauf, dass mich jemand einstellt. Zum Beispiel als Zeichner, das würde mir schon reichen. Ab und zu pilgere ich zu meinem Psychiater, der mich mit etlichen Tabletten ruhigstellt.» Stark sass wie ein Häufchen Elend auf dem Sofa. «Tiefer kann ein Mensch wohl nicht mehr sinken. Auf der Branche weiss jeder, dass ich ein Säufer bin und somit absolut unzuverlässig. Wer sich auf mich einlässt, zieht die Arschkarte.»

«Sie haben uns noch immer nicht erzählt, weshalb Hasenböhler Ihrer Ansicht nach eine Drecksau ist.»

«Weil er den selbstlosen Helfer mimt, dabei kassiert er heimlich seine Stiftungen ab. Auch eine Methode, Geld zu verdienen.»

«Woher wollen Sie das wissen?»

«Ganz konkret ist es nur eine Stiftung, die er abkassiert, dafür in grossem Stil. Aber mehr sage ich nicht. Jetzt ist er dort, wo er hingehört.»

«Welche Stiftung?»

«Was weiss denn ich. Irgendeine.»

«Und woher wissen Sie das?», wiederholte Nadine ihre Frage.

«Das weiss ich einfach.»

«Wo waren Sie am letzten Samstag zwischen halb vier und halb fünf Uhr nachmittags?»

«Keine Ahnung. Aber ich bin immer daheim.»

Unbemerkt hatte eine knapp vierzigjährige Frau den Raum betreten.

«Meine Freundin. Das sind dieser Ferrari, der Lover von der Vischer, und seine Kollegin.»

«Nadine Kupfer.»

Die Frau nickte nur und setzte sich neben Fahrner.

«Sie sind wegen Hasenböhler da», erklärte Stark seiner Freundin. «Er wurde ermordet, sie haben es vorhin im Radio gebracht.»

Sie nahm Stark in die Arme und strich ihm übers Haar. Innert weniger Sekunden war er eingeschlafen. Der Kommissär und Nadine erhoben sich.

«Dann wollen wir mal.»

«Diese alte Geschichte, jetzt ist wieder alles bei ihm hochgekommen. Immer, wenn wir langsam zu uns finden, taucht Edgar Hasenböhler wie ein Schatten aus dem Nichts auf, wie ein Gespenst, das uns keine Ruhe gönnt. Das ist nicht fair.»

Nadine berührte sanft die Schulter der Frau.

«Es tut uns leid.»

«Sie können nichts dafür. Glauben Sie, dass Benni in den Mord verwickelt ist?»

«Wir stehen noch ganz am Anfang unserer Ermittlungen und wollten uns nur mit ihm unterhalten, Frau …»

«Köstner. Isabelle Köstner.»

«Und? Was meinst du zu Starks Anschuldigungen, Loverboy?»

«Hör bloss auf damit. Hm … Wer denkt wohl sonst noch alles, dass ich mit Olivia schlafe?»

«Ganz Basel. Schau dir die zwei Frauen dort drüben an, die reden über dich. ‹Das ist doch der Schickimickibulle mit der grossen Kanone in der Hose, auf die Olivia Vischer so abfährt›.»

Ferrari drehte sich unwillkürlich ab.

«Mein Gott, Francesco, bist du ein komischer Kauz», kommentierte Nadine sein Verhalten. «Lass die Leute doch reden. Wen interessierts?»

«Du kannst gut lachen.»

«Humor ist, wenn man trotzdem lacht.» Auf der Höhe der beiden Damen hakte sie sich bei Ferrari unter. «Na, Darling, was machen wir denn jetzt? Du weisst ja, was dein Mäuschen am liebsten hat.»

Die Frauen musterten das ungleiche Paar eindringlich und begannen aufgeregt zu tuscheln. Ferrari schlurfte mit hochrotem Kopf an ihnen vorbei, während Nadine sie fröhlich grüsste.

«Wunderbar! Ganz herzlichen Dank. Das hast du prima hingekriegt.»

«Was denn?»

«Jetzt kann ich mich endgültig nicht mehr in der Öffentlichkeit zeigen.»

«Du schämst dich dafür, mit mir gesehen zu werden?»

«Nein, natürlich nicht … aber die meinen jetzt, wir seien ein Paar!»

«Und dafür schämst du dich?»

Nadine zog ihre linke Augenbraue nach oben.

«Ja … ich meine, nein … Hör sofort auf, mir das Wort im Mund umzudrehen.»

«Andere würden alles dafür tun, dass ich sie Darling nenne.»

«Jaja, schon gut. Setz nur noch einen drauf.»

«Komm schon, sei friedlich, mein Bärchen.»

«Nenn mich nicht Bärchen!»

«Wie wärs mit Schnuckiputz?»

Ferrari schüttelte den Kopf. Frauen! Vor Nadines Porsche blieb er stehen.

«Auf was wartest du? Einsteigen!»

«Was hältst du von Starks Geschichte?»

«Der spinnt doch vollkommen. Wir sollten herausfinden, wer sein Psychiater ist, und mit ihm reden. Hasenböhler an allem die Schuld zu geben, ist eine einfache Lösung. Und wie der vor Selbstmitleid vergeht, sich zu Tode säuft und jammert, wie das Schicksal gegen ihn ist. Also, ich weiss nicht. Glaubst du wirklich, dass Hasenböhler Gelder aus einer Stiftung abgezweigt hat?»

«Ich kann es mir beim besten Willen nicht vorstellen, aber er wäre nicht der erste und auch nicht der letzte Saubermann, der vom Sockel stürzt.»

«Kommt Stark als Mörder infrage?»

«Nicht auszuschliessen. Mein Bauchgefühl sagt zwar eher nicht.»

«Beeindruckend, wie der vor unseren Augen eine halbe Flasche Kirsch in sich hineingeleert hat. Und ich dachte, dass sich das Mineralwasser nicht mit seinem Alkoholpegel verträgt. Dabei legte er nur einen Zahn zu, um sich die Lampe zu füllen. Zurück ins Büro oder soll ich dich nach Hause fahren?»

«Nach Hause. Ich kann aber auch das Tram nehmen.»

«Ich fahr dich doch gern nach Birsfelden, Bärchen.»

Mutter ist da! Aber wem gehört die andere Stimme? Hilde, Monikas Mutter, sprach anders. Für einen Augenblick überlegte sich Ferrari, rechtsumkehrt zu machen.

«Hallo Paps! He … Mami, Papi ist da!»

Danke, Nikki, vielen, vielen Dank! Damit war ein Rückzugsgefecht nicht mehr möglich. Hier half nur noch ein Sturmangriff. Monika küsste ihn zur Begrüssung.

«Schön, dass du schon zu Hause bist.»

«Wir hatten einen Termin in der Nähe der Schützenmatte, Nadine hat mich heimgebracht.»

«Ist sie noch draussen?»

«Nein, sie will sich umziehen. Sie hat anscheinend ein Date. Wer ist die Frau bei meiner Mutter?», flüsterte Ferrari seiner Partnerin ins Ohr.

Monika zog den Kommissär ins Wohnzimmer.

«Hallo, Mama.»

Martha nickte ihrem Sohn zu und schenkte der unbekannten Frau einen Kaffee nach. Schöne Begrüssung. Das gefällt mir nicht. Wahrscheinlich ist sie eine Freundin meiner Mutter. Oje, ob das Hilde recht ist, wenn Martha fremdgeht? Die beiden Mütter waren doch sonst immer ein eingeschworenes Duo, das niemanden auch nur in seine Nähe liess. Tja, da war ein Drama vorprogrammiert.

«Das ist mein Mann, Frau Stebler. Setz dich bitte.»

Auch das gefällt mir nicht. Das ist keine Einladung, das war ein Befehl.

«Möchtest du ein Glas Wein, Liebling?»

«Gern.»

Sonst bin ich derjenige, der diesen Vorschlag macht. Vorsicht, Francesco! Hier stimmt etwas nicht. Ich komme mir wie eine ahnungslose Fliege vor, die sich langsam, aber sicher im Spinnennetz verfängt. Puma beobachtete die Szene vom Garten aus, zögerte kurz, um im nächsten Augenblick mit einem wilden Sturmlauf auf Ferraris Schoss zu springen. Offenbar wollte sie ihm Beistand leisten.

«Tu die Katze raus. Sofort! Du weisst genau, dass ich gegen Katzenhaare allergisch bin.»

Wieder so eine Spinnerei meiner Mutter. Seit tausend Jahren kümmert sie sich ohne Beschwerden um den Nachbarshund und auf einmal ist sie allergisch gegen Katzenhaare.

«Was ist denn der Unterschied zwischen Katzen- und Hundehaaren? Schliesslich hütest du ja immer diesen Langhaardackel deiner Nachbarn, wenn sie in Urlaub fahren.»

«Das ist etwas anderes.»

«Soso.»

Puma hatte es sich längst bequem gemacht und döste friedlich.

«Nimm die Katze runter, Francesco. Ich muss schon niesen.»

Das Niesen mit anschliessenden Räuspern, wahrscheinlich steckten die Katzenhaare bereits in ihrem Hals, klang ziemlich aufgesetzt.

«Na gut, dann ziehe ich mich mit Puma ins Arbeitszimmer zurück. Ich will unter keinen Umständen, dass du wegen uns leiden musst.»

Marthas Blick sprach Bände. Hab ich dich erwischt, Ferrari schmunzelte. Am liebsten würde sie mich mit der Kaffeekanne erschlagen. Jetzt hast du die Wahl, du Terroristin! Entweder willst du, dass ich mir anhöre, was Sache ist, oder Puma und ich verschwinden. Martha seufzte schwer und setzte sich hüstelnd ans andere Tischende.

«Vielleicht gehts ja, wenn ich mich hierhin setze.»

Am besten ist, du setzt dich ins nächste Taxi und

machst woanders Ärger. Monika lächelte tapfer, schenkte Ferrari ein Glas Rotwein ein und trat ihm dabei zufällig auf den Fuss. Autsch! Alles klar, ich habe die schmerzliche Botschaft verstanden. Also bringen wir es hinter uns. Je schneller, desto besser.

«Iris ist eine gute Freundin aus der Jugendzeit. Wir gingen zusammen in die Primarschule», begann Ferraris Mutter.

«Wir verloren uns dann aus den Augen, Herr Ferrari. Wie das halt so ist im Leben …»

«Aber vor einem Jahr trafen wir uns zufällig in Oberwil. Das war wirklich eine Freude.»

Wohl nicht für Hilde! Monikas Fuss wippte gefährlich über seinem und ausweichen konnte er nicht, sonst würde Puma hinunterfallen. Hm. Das ist ja alles schön und gut: Zwei Freundinnen treffen sich nach Jahrzehnten, frischen ihre Freundschaft auf, und wenn sie nicht gestorben sind, dann leben sie noch heute.

«Sag es ihm, Iris.»

«Es … ich wohne wie Martha in einem Einfamilienhaus. Es gehörte meinem Mann, Gott sei ihm gnädig. Ein schönes Haus mit grossem Umschwung. Jetzt …»

Frau Steblers Stimme versagte. Sie nahm einen Schluck Kaffee, um die Stille zu überbrücken.

«Ihr Sohn, dieser Taugenichts, er will sie in eine kleine Wohnung abschieben oder ins Altersheim stecken und das Haus verkaufen.»

«Es soll … er will auf dem Grundstück ein Mehrfamilienhaus bauen.» Sie weinte. «Zum Glück muss das mein Mann nicht mehr erleben.»

Ferrari sah Monika hilflos an.

«Da muss man doch etwas dagegen unternehmen!»

Wer mit «man» gemeint war, schien allen klar zu sein.

«Ähm … Frau Stebler, eine Frage. Wem gehört das Haus? Wenn es Ihnen gehört, kann Ihr Sohn Sie nicht einfach hinauswerfen. Das lässt kein Gericht der Welt zu.»

«Mein Sohn Urs … es ist sehr, sehr traurig, dass ich das über mein eigenes Kind sagen muss …», das Sprechen fiel ihr schwer. «Urs ist ein sehr schlechter Mensch, Herr Ferrari. Das war er schon immer. Vor drei Jahren, während des heissen Sommers, wurde ich notfallmässig ins Spital eingeliefert. Wissen Sie, das Herz. Da wurde mir wieder einmal bewusst, wie rasch es zu Ende gehen kann … Mein Sohn hat eine behinderte Tochter. Er ist nie damit fertiggeworden, Regula existiert für ihn eigentlich gar nicht. Ihre Mutter Eveline kümmert sich Tag und Nacht um sie.»

«Das tut mir sehr leid.»

«So ist das Leben, Herr Ferrari. Regula ist geistig zurückgeblieben. Ein lieber Mensch, aber eben mit ihren zweiundzwanzig Jahren immer noch ein Kind. Damals im Spital liess ich einen befreundeten Notar kommen, den ich aus Oberwil kenne. Ich überschrieb Regula mein ganzes Vermögen. Horst, das ist der

Notar, machte mich eindringlich auf die Gefahren aufmerksam. Er warnte mich und riet mir, einen Passus einzubauen, dass das Haus samt Umschwung erst nach meinem Ableben in den Besitz von Regula übergehen soll. Sie müssen wissen, ich war hundertprozentig sicher, das Spital nicht mehr lebend verlassen zu können. Daher schlug ich Horsts Bedenken in den Wind. Das Haus gehört jetzt meiner Enkelin und mein Sohn Urs ist ihr Beistand.»

Ferrari nickte. Er wusste, was folgte.

«Und im Interesse seiner über alles geliebten Tochter will er ein Mehrfamilienhaus auf das Grundstück stellen. Damit Regula ein sicheres Einkommen hat. Gleichzeitig soll Frau Stebler in eine Ein-Zimmer-Wohnung ziehen oder besser noch in ein Altersheim.»

Unvorstellbar! Der eigene Sohn nutzt eine Schwäche seiner Mutter schamlos aus. Regula würde nie einen Franken von dem Verkauf sehen.

«Wenn ich aus meinem Haus muss, will ich nicht mehr leben», hörte Ferrari die alte Frau sagen.

«Noch ist es nicht so weit, Iris. Mein Sohn ist bei der Polizei. Er wird dir helfen … Was gedenkst du in dieser Sache zu unternehmen, Francesco?»

Alle Augen richteten sich auf den Kommissär, sogar Puma drehte sich zu ihm um. Was macht man in solch einem Fall? Spontan fiel ihm dieser Notar ein, vielleicht wusste er einen Ausweg.

«Ich … Können Sie mir die Adresse Ihres Notars

geben? Ich werde mich mit ihm unterhalten und schauen, was er dazu meint.»

«Er heisst Horst Locher. Seine Kanzlei befindet sich an der Utengasse in Basel. Soll ich Ihnen die ganze Adresse raussuchen?»

«Nicht nötig. Die finde ich schon. Was macht Ihr Sohn beruflich, Frau Stebler?»

«Er ist Küchenbauer und arbeitet für verschiedene Firmen.»

«Im Auftragsverhältnis?»

«Genau.»

«Ich … Ich kümmere mich um die Sache, Frau Stebler. Aber ich will Ihnen wirklich keine falschen Hoffnungen machen, ich bin weder Anwalt noch Notar.»

«Ich danke Ihnen, Herr Ferrari. Das ist mehr, als ich erwartet habe.»

Tränen liefen über ihre Wange. Von einem Weinkrampf geschüttelt, führte sie Monika in den Garten hinaus. Puma streckte sich und rannte hinterher.

«Sie wird es nicht überleben», flüsterte Martha.

«Noch ist es nicht so weit.»

Ferraris Mutter erhob sich, einen kurzen Moment zögerte sie, dann umarmte sie ihren Sohn und gab ihm einen Kuss auf die Wange.

«Wofür ist denn der?»

«Weil du ein guter Sohn bist!»

Der Kommissär traute seinen Ohren nicht. Das musste schwarzen Schnee geben, mitten im heissen Sommer.

5. Kapitel

Zu den morgendlichen warmen Temperaturen gesellte sich eine hohe Luftfeuchtigkeit. Vereinzelt bildeten sich Wolken und in Richtung Elsass sah es ziemlich düster aus. Doch nach einer halben Stunde klarte der Himmel wieder auf. Schade, dachte Ferrari auf dem Weg ins Kommissariat, ein Gewitter hätte etwas Abkühlung gebracht.

Im Twixtel versuchte der Kommissär die Adresse von Judith Rossetti herauszufinden. Kein Eintrag, vielleicht hat sie nur ein Handy. Das lag wohl im Trend, immer mehr Menschen verzichteten auf einen Festanschluss und liessen auch ihre Handynummer nirgends registrieren. Na ja, vielleicht wusste Nadine mehr. Er blätterte die Akte durch und begann die verschiedenen Zeitungsberichte über den Konkurs von Kohlhaus & Partner in Ruhe zu lesen. Rund dreissig kleine, aber auch mittlere Unternehmen waren damals betroffen. Zwei Firmen wurden in verschiedenen Artikeln mehrfach genannt: jene von Judith Rossetti und der Dachdecker Glaser, die beide den Crash nicht überlebt hatten. Anderen schien es besser zu gehen.

«Hallo, Chef. Puh! Düppig, fast wie in den Tropen.»

«Guten Morgen, Nadine. Hoffentlich regnets bald. Das ist ja nicht mehr zum Aushalten. Wie war dein Date?»

«Gut. Ich soll dich von Yvo grüssen.»

Wie bitte? Normalerweise hält sie ihre Verabredungen streng geheim, doch meinen Schulfreund Yvo streicht sie mir nur zu gern um den Bart. Na warte, ich bleibe schön still und gebe keinen Kommentar ab.

«Keine Bemerkung? Aha, der Herr ist lernfähig. Das lob ich mir. Was machst du da?»

«Ich lese die Zeitungsartikel und habe nach der Adresse von Judith Rossetti gesucht.»

«Das kannst du dir sparen. Im Telefonbuch existiert sie nicht. Weder im Twixtel noch auf local.ch oder search.ch ist irgendein Eintrag zu finden. Aber in einer Stunde wissen wir mehr, das Einwohneramt wird uns die Adresse durchgeben. Ich kann dafür mit etwas anderem aufwarten: Starks Psychiater heisst Sieber, Professor Beat Sieber. Seine Praxis ist im Rennweg. Wir können entweder um zehn oder nachmittags um drei vorbeikommen, sozusagen zur Sprechstunde.»

«Dann nichts wie los. Lieber jetzt als später, wenns noch drückender wird.»

Nadine fuhr wie eine Wahnsinnige aus der Einstellhalle. Oje, ich bin doch nicht lernfähig, Ferrari schüttelte kaum sichtbar den Kopf. Immer und immer wieder lasse ich mich auf diese Verrückte mit ihrem Porsche ein, meist aus Faulheit und lauter Bequemlichkeit. Heute hiess ihr Joker – Klimaanlage. Und da bekanntlich jedes Ding zwei Seiten hat, friere ich jetzt. Allerdings war nicht ganz klar, ob das Zittern einzig und allein von der Kälte kam, möglicherweise trug auch die nackte Angst dazu bei.

«Du nervst!»

«Wieso? Ich mache gar nichts.»

«Du solltest dich sehen. Steif wie ein Brett und bei jeder Kreuzung bremst du mit.»

«Achtung! Ein Bus!»

Nadine trat voll auf die Bremse.

«Den habe ich auch ohne dein Geschrei gesehen. Wundert mich übrigens nicht.»

«Was?»

«Dass du den Rennweg kennst. Gellertquartier, Schickimicki und hopsasa, sag ich da nur.»

«Hm.»

Beat Sieber sass ihnen mit verschränkten Armen gegenüber, leicht mit seinem feudalen Polstersessel wippend.

«Ich weiss natürlich nicht, ob ich Ihnen behilflich sein kann. Ich unterliege als Arzt der Schweigepflicht, aber das hören Sie sicher öfters.»

«Selbstverständlich, Herr Professor. Uns geht es vor allem darum, herauszufinden, wie Benjamin Starks Beziehung zu Herrn Hasenböhler war. Hasste er ihn?»

«Nun ja, Edgar Hasenböhler war der schlechte Geist, von dem Benni getrieben wurde. Sein ganzes Sein, sein ganzes Leben ist seit geraumer Zeit auf ihn ausgerichtet. Man kann von einer Fixierung, ja von einem Wahn sprechen. Wenn ich mich etwas salopp ausdrücken darf.»

«Exakt diesen Eindruck vermittelte uns Herr Stark auch.»

«Beinahe würde ich sagen, Hasenböhler war bei Benni omnipräsent.»

Bei dieser Bemerkung zuckte Sieber kurz mit dem Kopf, selbst schien er es gar nicht zu bemerken. Nadine runzelte irritiert die Stirn.

«Ein Beispiel: Wir unterhielten uns oft über Architektur, in den letzten Monaten über den Roche-Turm von Herzog & de Meuron. Einundvierzig Stockwerke auf einer Gesamthöhe von einhundertachtundsiebzig Metern sind geplant. Eindrücklich! Der Roche-Turm wird mit Abstand das höchste Schweizer Bauwerk sein. Doch Benni war ein entschiedener Gegner dieses Projekts, weil es das gesamte Stadtbild markant verändern wird.»

«Da bin ich seiner Meinung.»

«Möglicherweise sind Sie sogar in der Mehrzahl, Frau Kupfer. Die Frage ist, wie diese Veränderung bewertet wird. Es muss ja nicht zwingend schlecht sein.» Wiederum zuckte sein Kopf heftig nach links. «Im Laufe des Gesprächs brachte Benni das Thema auf Hasenböhler. Absolut verständlich, zumal er den

Turm mit seinem damaligen Projekt assoziierte. Aber auch bei ganz anderen Themen, etwa beim FCB, gelingt es ihm, Hasenböhler ins Spiel zu bringen. Er tut dies andauernd, einem inneren Zwang folgend. Wie Sie sicher wissen, leidet Benni unter Depressionen. In einigen Sitzungen gelang es mir, ihn aus diesem Teufelskreis herauszuholen, ihn von seinem Dämon Hasenböhler abzubringen.»

Der Professor hielt kurz inne, zuckte mit dem Kopf nach beiden Seiten. Ganz automatisch griff sich Ferrari an den Nacken, um ein allfälliges Zucken seinerseits zu verhindern. Seltsam, diese plötzliche Verspannung, hab ich mir etwas eingeklemmt? Vorsichtig drehte er den Kopf von rechts nach links und von links nach rechts. Nadines Blick sprach Bände und hiess frei interpretiert so viel wie: Du bist und bleibst ein Hypochonder!

«Dann hat sich der Zustand von Herrn Stark deutlich verbessert?», setzte der Kommissär das Gespräch fort.

«Das glaubte ich zunächst. Leider habe ich mich getäuscht. Benjamin Stark wird wohl zeit seines Lebens keiner vernünftigen Arbeit mehr nachgehen können.»

«Eine starke Aussage seines Psychiaters!»

«Wie meinen Sie das, Frau Kupfer?»

«Eigentlich sollten Sie doch versuchen, ihn zu heilen. Aber das können Sie leider nicht, weil Sie ihn für unheilbar halten. Ein lukrativer Patient, nicht wahr?»

«Das möchte ich überhört haben.»

«Ich wiederhole mich gern, selbstverständlich auch zum Mitschreiben. Ihr Auftrag ist es, Patienten zu heilen, und bei sogenannt hoffnungslosen Fällen wäre doch eine Überweisung in die Klapsmühle angezeigt. Oder etwa nicht? Fürchten Sie um Ihren Broterwerb?»

Siebers Kopf zuckte unaufhörlich hin und her.

«Was erlauben Sie sich! Ich bin eine Koryphäe auf diesem Gebiet und habe Hunderte von Patienten geheilt. Die meisten von ihnen konnte ich in ein normales Leben zurückführen. Der Fall Stark unterscheidet sich hiervon, Bennis Psyche ist unheilbar krank.»

«Ein abschliessendes und vernichtendes Urteil! Na gut, wenn Sie überfordert sind, und das ist ja menschlich, schlage ich vor, Sie überweisen den Patienten an eine Kollegin, einen Kollegen oder an eine psychiatrische Anstalt. Was halten Sie davon?»

Das Zucken verstärkte sich zusehends. Im gleichen Rhythmus drückte Sieber auf eine Klingel.

«Die Herrschaften wünschen zu gehen!», orientierte er seine Sekretärin.

«Die Herrschaften bleiben noch einen Augenblick, wir sind nämlich noch nicht fertig. Sie dürfen ruhig bleiben», wandte sich Nadine an die Frau. «Also, es ist doch nicht so schwierig. Ich möchte bloss wissen, warum Sie keine andere Fachperson hinzugezogen haben?»

«Es ist gut, Frau Merz, Sie können gehen.» Sieber schien sich wieder zu fassen. «Stark ist ein kranker

Mensch, ein sehr kranker. Wenn ich ihm nicht helfen kann, kann es niemand.»

«Wissen Sie, was Sie sind? Sie sind ein arrogantes ….», weiter kam Nadine nicht, denn Ferrari hielt ihr den Mund zu. «He! … Lass mich, Francesco!» Sie riss sich los. «Es ist echt an der Zeit, Klartext zu reden. Offensichtlich bin ich die Erste, die sich das getraut.»

Sieber war aufgesprungen und drückte wie wahnsinnig auf die Klingel.

«Raus hier! Ich garantiere Ihnen, das hat ein Nachspiel. Ich, Professor Dr. med. Beat Sieber, FMH für Psychiatrie und Psychotherapie, bin ein anerkannter Fachmann. Hier», er zeigte auf ein Bücherregal, «das sind meine Publikationen. Ich kann sehr wohl beurteilen, ob jemand heilbar ist oder nicht. Im Gegensatz zu Ihnen, werte Dame. Und von Ihnen, Herr Kommissär, von Ihnen hätte ich ein wenig mehr Durchsetzungsvermögen erwartet. Jetzt aber raus, blitzartig, oder ich lasse Sie von meinen Leuten entfernen.»

Ferrari blieb ruhig auf seinem Stuhl sitzen.

«Würden Sie uns bitte allein lassen, Frau Merz», wandte sich der Kommissär an die Sekretärin, und als diese nicht reagierte, fügte Ferrari hinzu: «Bitte!»

Wortlos schloss Frau Merz die Tür hinter sich. Höflichkeit ist eben alles.

«In welcher Beziehung mehr Durchsetzungsvermögen, Herr Professor?»

«Sie als Chef müssen doch Ihre Angestellten im Griff haben und dieser frechen Göre das Maul stopfen. Ich wurde ja gewarnt. Dass Sie aber dermassen impertinent auftreten, hätte ich nicht für möglich gehalten. Das ist ungeheuerlich.»

«Es ist in der Tat ein Skandal, Herr Professor.»

«Sie brauchen mir nicht nach dem Mund zu reden. Dazu ist es zu spät. Sie werden von meinem Anwalt hören.»

«Sie verstehen mich falsch, Herr Professor. Skandalös ist die Tatsache, dass Sie einen Patienten angeblich therapieren, obwohl Sie genau wissen, dass Sie ihm nicht helfen können.»

«Sie erwarten wohl keine Stellungnahme von mir. Wenn Sie fertig sind, wissen Sie ja, wo die Tür ist. Guten Tag.»

Mit diesen Worten nahm Sieber ein Dossier zur Hand und vertiefte sich darin.

«Vielen Dank für Ihre Ausführungen, Herr Professor. Es war sehr aufschlussreich. Vermutlich werden wir Sie nochmals belästigen müssen. Sie hören also von uns. Auf Wiedersehen.»

Sieber zuckte wieder mit dem Kopf, als er aufsah.

«Sie wagen es, mir zu drohen?», seine Stimme überschlug sich.

«Überhaupt nicht. Ich wollte nur darauf hinweisen, dass wir Sie vielleicht noch einmal sprechen müssen. Und da Sie uns vermutlich nicht mehr hier in Ihrem Haus empfangen möchten, erlauben wir uns, Sie zu uns einzuladen.»

«Das kommt Sie bei Gott teuer zu stehen, Herr

Kommissär. Wenn Sie wüssten, wer hier alles ein und aus geht. Sie können mir so viele Einladungen schicken, wie Sie wollen. Da kann ich nur darüber lachen.»

Ferrari bückte sich über den Schreibtisch.

«Hören Sie genau zu, Sie arrogantes Arschloch! Ich sage es nur einmal: Sollten Sie glauben, mit Ihrem Beziehungsnetz unsere Untersuchungen behindern zu können, irren Sie sich gewaltig. Versuchen Sie es ruhig, das macht uns keinen Eindruck. Wir werden ja sehen, wie viele Ihrer mächtigen Freunde übrig bleiben, wenns ernst wird. Vielleicht kennen Sie das flämische Sprichwort ‹Wahre Freundschaft kommt am schönsten zur Geltung, wenn es ringsum dunkel wird›. Einen Versuch wäre es wert. Wie auch immer, Sie sollten Ihren Beruf an den Nagel hängen, Herr Professor. Sie können niemandem mehr helfen … Komm, Nadine, verlassen wir dieses Schreckenskabinett.»

«Der hat voll einen an der Waffel. Hast du seine Zuckungen gesehen? Jedes Mal, wenn er nervös wird oder sich aufregt, beginnt er wie wild mit dem Kopf zu zucken.»

«Ja, das habe ich auch bemerkt», murmelte Ferrari nachdenklich.

«Was ist?»

«Ach, ich hätte mich nicht provozieren lassen dürfen. Das ist doch sonst deine Spezialität.»

«Oh! Jetzt kriege ich das Fett ab. Der Herr verliert

die Contenance und anstatt einsichtig und reumütig zu sein, schlägt er um sich. Das merke ich mir.»

«Jaja! Geniess deinen Triumph. Du wirfst den ersten Stein und ich Trottel schleudere weitere hinterher. Super!»

«Komm, Bärchen, wir trinken beim Sutter einen Kaffee. Und halt schön dein Genick fest, damit dein Kopf ruhig bleibt.»

Ferrari rührte lustlos in seinem Cappuccino herum.

«Den kannst du auch trinken.»

«Wie? … Ach so … ja. Ist Hasenböhlers Handy aufgetaucht?»

«Bisher noch nicht, in der Wohnung wurde nichts gefunden. Stephan überprüft die Anrufliste auf dem Festnetz. Vielleicht können wir daraus Rückschlüsse ziehen. Stark ist so was von verbohrt und total auf Hasenböhler fixiert. Ein Alibi hat er auch nicht.»

«Stimmt. Das spricht gegen ihn.»

«Andererseits hätte er sich mithilfe seiner Freundin, dieser Isabelle Köstner, locker ein Alibi verschaffen können. Wir müssen uns nochmals mit Boris Fahrner unterhalten, ihn mit den Anschuldigungen von Stark konfrontieren. Wenn einer etwas über Hasenböhlers angebliche Nebengeschäfte weiss, dann wohl sein Geschäftspartner. Wo bleibt da die Begeisterung, Chef?»

«Also ich weiss nicht. Zuerst legen wir uns mit einem hoch angesehenen Basler Professor an, dann konfrontieren wir Boris Fahrner, den besten Freund und Geschäftspartner von Hasenböhler, mit dem Vorwurf, dass sein über alles geschätzter Kompagnon korrupt gewesen sein soll, und ziehen damit einen Gutmenschen in den Dreck, der die Welt verbessern wollte und viele Freunde hatte.»

«So ungefähr, doch einen Feind hatte er garantiert.»

«Ah, jetzt fällt mir ein, was ich dich beziehungsweise Strub fragen wollte. Wie schwer ist der Buddha?»

«Er sieht schwer aus, ist aber innen hohl. Ich denke, knapp ein Kilo.»

«Also eine Waffe, die auch eine Frau einsetzen könnte.»

«Sicher. Der Buddha liegt gut in der Hand. Mit etwas Schwung schlägt dir jede Frau locker den Schädel ein.»

Ferrari schweifte danach zum vergangenen Abend ab. Das Schicksal von Iris Stebler liess ihm keine Ruhe.

«Das ist eine Sauerei! Die eigene Mutter abschieben – ich dachte immer, das gäbe es nur im Film», echauffierte sich Nadine. «Ruf diesen Locher an, vielleicht hat er Zeit. Und ich versuche inzwischen, Boris Fahrner zu erreichen.»

Horst Locher verschob spontan einen Termin, und so trafen sie sich zum Mittagessen im Isaak. Ferrari liebte den Münsterplatz mit seinem mittelalterlichen

Charakter. Diese Ruhe war herrlich, es schien fast so, als würde hier die Zeit für einen Augenblick stillstehen. Leider verlief das Gespräch weniger erfreulich, denn Locher sah keinerlei Chance, die Schenkung rückgängig zu machen. Ein Testament hätte man jederzeit ändern können, nicht aber die Schenkung. Sie stelle eine Eigentumsübertragung dar und könne in der Regel nicht rückgängig gemacht werden, ausser es seien Rückforderungsrechte im Schenkungsvertrag vereinbart worden, doch dies sei im Fall Stebler nicht so. Leider. Die neue Besitzerin sei nun eben Regula Stebler, und ihr Vater wurde von der Behörde als ihr umfassender Beistand eingesetzt. Was folgte, war ein kurzer Exkurs in das neue Erwachsenenschutzgesetz. Bis Ende 2012 konnte die Vormundschaftsbehörde die Fortführung der elterlichen Sorge für geistig behinderte volljährige Menschen bewilligen. Dies sei nun anders. Neu werde nach Erreichung der Volljährigkeit je nach Fall entschieden, welche Form von Beistandschaft notwendig sei. Nicht immer wären es die Eltern, die dafür infrage kämen. Oft seien diese nämlich zu wenig distanziert oder würden in ihrem Interesse handeln, und nicht in jenem ihres volljährigen Kindes. Wie ja der Fall Stebler eindrücklich zeige. Locher ging hart mit dem Vater des behinderten Mädchens ins Gericht. Er sei ein Egoist, wie er im Buche stünde, der endlich den grossen Reibach machen wolle. Dass er dafür seine eigene Mutter abschieben müsse, sei ihm absolut egal. Den Behörden hätte er schön was vorgegaukelt, von wegen die Zukunft seiner Tochter absichern. Der Notar bedauerte das Ganze zutiefst und beteuerte, er habe mehrfach versucht, Iris Stebler umzustimmen. Wenn sie zumindest einem lebenslangen Wohnrecht zugestimmt hätte! Aber nein, Iris lehnte kategorisch ab. Heute würde sie bestimmt anders entscheiden. Tragisch waren nach Lochers Ansicht die Umstände, die dazu geführt hatten, dass der Vater als Beistand seiner Tochter eingesetzt wurde, und nicht die Mutter. So war Sabine Stebler an der schwierigen und zugleich traurigen familiären Situation zerbrochen und litt seither unter schweren Depressionen. Urs Stebler nutzte dies geschickt aus, bestand auf Gütertrennung, was aus der damaligen Sicht nachvollziehbar war, und wurde von der Behörde als umfassender Beistand eingesetzt. Nach dem Essen war Ferrari zumindest eines klar: Rechtlich gesehen liess sich nichts machen und auf einer moralischen Ebene würde Urs Stebler nicht beizukommen sein. Eine verzwickte Lage.

Nadine erwartete den Kommissär bereits vor dem Zivilstandsamt, das sich nur ein paar Schritte von Boris Fahrners Kanzlei befand.

«Sie machen einen betrübten Eindruck, Herr Kommissär», empfing sie der Notar.

«Es läuft nicht so, wie ich es mir vorstelle.»

«Sie tappen im Dunkeln?»

«Wie? … Entschuldigung, ja, wir kommen nicht vorwärts. Aber ich war in Gedanken woanders.»

«Der Kommissär spricht von einem anderen Kriegsschauplatz, Herr Fahrner.»

Nadine klärte den Notar in kurzen Zügen auf.

«Immer das Gleiche. Man unterschätzt das Schlechte im Menschen. Man glaubt, jemanden zu kennen, ihm trauen zu können, doch die Realität sieht in vielen Fällen anders aus. Horst ist übrigens ein grossartiger Notar. Bei jedem anderen würde ich sagen, bringen Sie mir die Akten, ich schaue sie mir an. In diesem Fall ist dies vergebene Liebesmüh. Horst hat mit Sicherheit seiner Klientin zu einer anderen Lösung geraten. Leider können alte Damen stur und uneinsichtig sein … Ich sehe es Ihnen an, Herr Kommissär, Sie hofften, dass ich Ihnen einen Rat geben kann.»

«So in etwa …»

«Bedaure. Horst ist der zweitbeste Notar in Basel, nach mir versteht sich», schmunzelte er. «Wenn er einen Ausweg wüsste, hätte er es Ihnen gesagt. So traurig es ist, aber vermutlich wird die alte Dame ausziehen müssen.»

«Das ist einfach nicht richtig.»

«Vom rechtlichen Standpunkt her ist alles in bester Ordnung. Und gerade Sie als Hüter des Gesetzes sollten darauf pochen, dass alles mit rechten Dingen zu und her geht.»

«Es ist ein gottverdammtes Unrecht.»

«Ich bin ganz Ihrer Meinung. Ein Vorschlag zur

Güte: Ich rufe Horst an und wir setzen uns zusammen. Vielleicht finden wir gemeinsam einen Ausweg. Nur, erhoffen Sie sich nicht allzu viel davon.»

«Ich danke Ihnen», Ferrari ergriff spontan Fahrners Hand.

«Keine Ursache. Bitte setzen Sie sich doch. Sie wollen mich bestimmt im Fall Hasenböhler sprechen, oder?»

«Exakt. Wie gut kennen Sie Benni Stark?»

«Gut. Nein, ich kenne ihn sogar sehr gut, Frau Kupfer.»

Nadine schaute überrascht zu Ferrari.

«Das wusste ich nicht.»

«Stark ist ein ausgezeichneter Mann. Sie sehen hier eine seiner Meisterleistungen.»

«Er hat Ihre Kanzlei renoviert?»

«Und unser Haus in Binningen. Mit viel Sinn fürs Detail und vor allem mit einem einmaligen Gespür für die richtige Kombination von klassischen und modernen Elementen. Das war uns besonders hier in der Kanzlei wichtig, das Haus steht unter Denkmalschutz. Dank Benni Stark winkte die Denkmalpflege alles durch, ohne Ausnahme. Er ist ein Künstler.»

«Haben Sie noch Kontakt zu ihm?»

«Seit der Geschichte mit der Überbauung an der Isteinerstrasse nicht mehr. So genial, wie er als Architekt ist, so verblendet war er in Bezug auf Edgar. Zuerst versuchte ich, schlichtend einzugreifen, doch ohne Erfolg. Zwischen den beiden lagen zu grosse

Welten. Daher stellte ich meine Schlichtungsversuche ein.»

«Zwei, von denen jeder für sich die einzige und alleinige Wahrheit gepachtet hat.»

«So ungefähr. Sowohl Edgar wie auch Benni waren nur ihren Idealen verpflichtet, zu keinem Kompromiss bereit. Dabei besteht das Leben nicht nur aus Schwarz und Weiss. Es sind die Grautöne, die dem Leben Farbe geben. Das klingt beinahe poetisch.»

«Schlugen Sie sich auf die Seite von Hasenböhler?»

«Das würde ich so nicht sagen, zwischen uns flogen ziemlich die Fetzen. Olivia Vischer bot Edgar einen Vergleich an. Die Leute sollten ausziehen, und zwar in den Erlenpark. Das wäre, bei allem Respekt, wenn sie die Häuser in der Isteinerstrasse sehen, für die Menschen ein Gewinn gewesen. Edgar lehnte ab. Vermutlich hat er die Bewohner gar nicht nach ihrer Meinung gefragt. Ich hatte den Eindruck, dass es um eine persönliche Sache ging. Edgar wollte Olivia Vischer eins auswischen, und vor allem Benni Stark, der ihn immer wieder bedrohte.»

«Sind Sie sicher, dass er ihn bedroht hat?»

«Ja, ich war sogar einmal dabei. Je länger die ganze Angelegenheit dauerte, umso ungehaltener wurde Stark. Seine Nerven lagen blank. Wie gesagt, wenn zwei Fanatiker aufeinanderprallen, dann knallts eben.»

«Weshalb stritten Sie sich mit Hasenböhler?»

«Ich war mit seiner Vorgehensweise nicht einverstanden und warf ihm deshalb vor, an den Betroffenen vorbei einsame Entscheide zu fällen. Eine Abstimmung wäre doch das Mindeste gewesen. Ich bin sicher, viele hätten dem Vergleich zugestimmt. Aber es lief wie immer, Edgar setzte seinen Kopf durch und mir war es letztlich egal.»

«Trauen Sie Benni Stark einen Mord zu?»

«Ehrlich gesagt, traue ich ihm alles zu, Herr Kommissär. So wie der im Moment drauf ist. Wirklich schlimm. Vor einigen Wochen trafen wir ihn in der Stadt, ich habe ihn zuerst gar nicht erkannt. Ohne Begrüssung stapfte er auf uns zu, beschimpfte und drohte uns. Als ich ihn beschwichtigen wollte, stiess er mich zur Seite. Benni roch sehr stark nach Alkohol.»

«Was für eine Drohung war das?»

«Er meinte, wir würden schon bald von unserem hohen Ross hinuntersteigen, weil er unsere dreckigen Geschäfte publik machen werde.»

«Das bringt uns zum eigentlichen Grund unseres Besuchs. Benni Stark behauptet, dass Edgar Hasenböhler aus einer Stiftung Geld abgezweigt habe.»

«Das glauben Sie doch nicht wirklich, oder?»

«Wir müssen der Sache nachgehen. Sie kennen Herrn Hasenböhler am besten, halten Sie es für möglich?»

«Über Edgar kann man viel sagen, aber sicher eines nicht, dass er korrupt gewesen sei. Edgar ist … war ein … ja auf seine Art ein Sektierer. Wenn er sich in eine Sache verbissen hatte, gab es kein Zurück mehr. Dabei blieben auch ab und zu die Ideale auf der Strecke.»

«Betrug trauen Sie ihm also nicht zu?», setzte Nadine nach.

«Unter keinen Umständen, Frau Kupfer. Wie und wo soll Edgar Gelder veruntreut haben?»

«Das wissen wir leider nicht.»

Fahrner dachte lange nach.

«Ich schaue mir die Liste seiner Mandate an. Er sass in rund zwanzig Verwaltungsräten, aber meines Wissens nur in einer Stiftung – in der Pro Aqua. Gemäss Stiftungszweck geht es darum, die Gewässer der Region sauber zu halten. Einzelmitglieder bezahlen einhundertfünfzig, Firmen zweitausend Franken im Jahr. Bissig formuliert, eine Art Ablass, um das schlechte Gewissen zu beruhigen. Meine Frau, sie ist Biologin, hat die Stiftung ins Leben gerufen und Edgar sass im Vorstand. Ich kann mir beim besten Willen nicht vorstellen, wie er dort Gelder abgezweigt haben soll. Wenn Sie möchten, rufe ich Andrea an. Sie können sich ja mit ihr treffen.»

«Das würde uns sehr helfen.»

«Mache ich gern. Entschuldigen Sie bitte, ich will nicht unhöflich sein, doch ich habe noch einen Termin.»

Ferrari erhob sich.

«Danke, dass Sie sich Zeit genommen haben.»

«Keine Ursache. Ich habe Ihnen ja gesagt, dass Sie

mich jederzeit aufsuchen können. Sie kommen also nur auf mein Angebot zurück.»

«Noch eine letzte Frage, dann sind Sie uns los.»

«Bitte, Frau Kupfer. Ich bin sowieso schon zu spät», Fahrner öffnete die Tür. «Würdest du bitte Christoph anrufen und ihm sagen, dass ich eine halbe Stunde später komme? Danke dir ... So, nun bin ich wieder da.»

«War Hasenböhler reich? Und wer erbt seinen Besitz?»

«Ich würde sagen, Edgar war nicht reich, aber vermögend. Geld interessierte ihn persönlich nicht besonders. In karitative Projekte investierte er jedoch gern und auch viel. Um zu Ihrer zweiten Frage nach dem Erbe zu kommen – Sie müssen wissen, ein Hasenböhler lebt ewig!»

«Ich verstehe nicht.»

«Es gibt kein Testament. Ich machte ihn mehrmals darauf aufmerksam, bat ihn inständig, diesen Punkt zu regeln. Aber er wollte nichts davon wissen. Irgendwann liess er mich ein Testament aufsetzen, das Vermögen sollte in die Stiftung meiner Frau fliessen.» Fahrner kramte in seinem Schreibtisch. «Hier. Leider fehlt seine Unterschrift. Das brauchen wir nun nicht mehr.»

Der Notar zerriss das Papier.

«Jetzt werden wohl die Verwandten erben.»

«Edgar ist im Waisenhaus aufgewachsen. Ich kenne keinen einzigen Verwandten, er hat auch nie davon gesprochen.»

«War er verheiratet?»

«Nicht dass ich wüsste. Er hat meines Wissens auch keine Nachkommen.»

«Wer erbt denn jetzt das ganze Vermögen?»

«Die Stadt Basel bedankt sich, Frau Kupfer.»

Ferraris ohnehin schlechte Laune besserte sich auch nicht, als er einen Zettel von Anina Steiner, der Sekretärin von Staatsanwalt Borer, auf seinem Schreibtisch fand.

«Borer will uns sehen. Bringen wir es hinter uns, ich bin genau in der richtigen Stimmung.»

Es läuft stets nach dem gleichen Schema ab: Wir treten einem Promi auf die Füsse, der daraufhin seine Beziehungen spielen lässt, zumal der Betroffene tief in seiner Ehre gekränkt ist. Die Beschwerde schlängelt sich durch die Instanzen und landet letztendlich auf Borers Tisch. Nach Beschwichtigungsversuchen und diversen Kriechereien sind am Ende der Geschichte immer wir die Deppen. Grusslos stürmte Ferrari an Anina Steiner vorbei ins Büro des Staatsanwalts.

«Ja, ich weiss. Wir hätten Professor Professor Doktor Doktor Beat Sieber mit Samthandschuhen anfassen sollen und nicht wie die Elefanten in den Porzellanladen stürmen dürfen. Gewiss, Sieber ist auch kein Arschloch, aber vermutlich ein Rotarier und ein guter Freund von Ihnen. Ein Studienkollege kann er nicht sein, dafür ist er zu alt. Womöglich sind Sie in der gleichen Partei. Stimmts? Und sollten Sie auf eine

Entschuldigung warten, da muss ich Sie leider enttäuschen.»

«Ist das alles, Ferrari?»

«Das reicht doch wohl fürs Erste.»

«Sie hatten also einen guten Tag ganz nach Ihrem Geschmack.»

«Nein, ganz im Gegenteil.»

«Ich meinte es ironisch. Nun zu Ihrer interessanten Ansage, wer ist Professor Sieber?»

Ferrari schluckte leer und blickte wie ein begossener Pudel zu Nadine. Ihr Blick sprach Bände.

«Äh … Sieber … Professor Sieber … ein Psychiater. Ich dachte …»

«Schön zu wissen, was morgen oder in den nächsten Tagen auf mich zukommt. Eine Klage wegen Beleidigung vielleicht? Sieber … Sieber, das sagt mir etwas. Aber ich weiss im Augenblick nicht in welchem Zusammenhang. Professor ist er, sagen Sie?»

«Ja, er ist der Psychiater von Benni Stark und wahrscheinlich noch von einigen anderen Promis.»

«Interessant. In unserer Partei ist er nicht, auch kein Rotarier. Ich glaube, wir sind uns noch nie begegnet», resümierte Borer.

«Sie wollten uns doch dringend sprechen?», lenkte Nadine ab.

«Richtig. Horst Locher kam auf einen Sprung vorbei. Wir sind alte Schulkameraden, sind durch dick und dünn gegangen … Nun, das tut hier nichts zur Sache. Sie waren mit ihm essen, habe ich vernommen.»

«Korrekt. In einer privaten Angelegenheit.»

Ferrari atmete erleichtert auf.

«Ich bin informiert. Ich wollte Ihnen nur sagen, dass ich das schändliche Verhalten dieses Steblers nicht goutiere. Sie haben meine volle Unterstützung in dieser Angelegenheit. Gesetz ist Gesetz, das steht ausser Frage. Aber, wenn der eigene Sohn seine Mutter aus dem Haus jagen kann, muss der Gerechtigkeit etwas nachgeholfen werden. Seien Sie kreativ, Herrschaften, und sorgen Sie dafür, dass die alte Dame im Haus bleiben kann.»

Borer als Menschenfreund! Das ist der Anfang vom Ende, die Welt geht unter!! Kein Zweifel. Der Staatsanwalt setzte ein väterliches Lächeln auf, das nach wenigen Sekunden einem besorgten Blick und einer tief gerunzelten Stirn wich.

«Moment mal, Frau Kupfer. Das ist kein Freipass. Es muss eine legale Lösung geben, keine nach Art des Hauses Kupfer-Ferrari. Verstanden?»

«Selbstverständlich, Herr Staatsanwalt», antwortete der Kommissär und schob Nadine aus dem Büro.

«Langsam, aber sicher habe ich genug von all den Gutmenschen. Jetzt auch noch Borer, das ist echt zu viel.»

«Ich bin ganz deiner Meinung, Nadine. Irgendwie kommen wir heute nicht richtig vorwärts. Ich schlage vor, dass wir morgen mit Andrea Fahrner sprechen. Hast du Neuigkeiten von der Swisscom oder vom Einwohneramt?»

«Hasenböhlers Anrufliste gibt nichts, ich korrigiere mich, beinahe nichts her. Die meisten Telefonate sind geschäftlich, einige stammen von Benni Stark.»

«Interessant. Darüber sollten wir mit Stark reden. Und sein Natel?»

«Ist nach wie vor verschwunden. Allerdings sind die Anrufe registriert, ebenfalls nur Geschäftsnummern. Der Mann hatte überhaupt kein Privatleben. Echt krass. Die meisten Gespräche fanden zwischen Hasenböhler und Fahrner statt, was ja nicht weiter verwundert. Alles in allem ein Schlag ins Wasser. Genau wie bei Judith Rossetti, sie ist wie vom Erdboden verschluckt. Beim Einwohneramt hat sie sich ordentlich abgemeldet, in den Akten steht nur noch: Adresse unbekannt.»

«Und keine Meldung bei einer Schweizer Botschaft?»

Nadine schüttelte den Kopf.

«In Basel weiss niemand, wo sie sich derzeit aufhält.»

«Was ist mit den Eltern oder Geschwistern?»

«Der alte Rossetti starb vor einem Jahr, seine Frau liegt schon länger auf dem Friedhof. Judith ist ihr einziges Kind.»

«Kennen wir einen Handwerker oder sonst jemanden, der vielleicht Kontakt zu der Rossetti hat?»

«Spontan fällt mir nur Meister Röhrich von damals ein, aber da gehe ich nicht allein hin, und ob der sie kennt, weiss ich natürlich auch nicht. Dann wäre da noch die Immobilienfirma deiner Ex. Die könnten uns vielleicht weiterhelfen.»

«Anna von Grävenitz ist nicht meine Ex, sie ist nur eine Schulfreundin.»

«Das klang aber ganz anders. Soll ich anrufen und fragen, ob sie Judith Rossetti kennt?»

«Von mir aus.»

Ferrari spazierte durch die Steinenvorstadt zum Barfüsserplatz. Trotz des schönen Wetters oder vielleicht gerade wegen der heissen Temperaturen flanierten nur wenige Menschen durch die Einkaufsstrasse. Am Barfi wartete er auf den Dreier. Mist! Nicht mal einen Anhänger hat das Tram, nur Triebwagen. Vermutlich wird auch bei der BVB gespart. Mit einigen anderen Leidensgenossen zwängte sich der Kommissär in den Wagen. Zum Glück endete die Reise bereits am Aeschenplatz, weil das Tram ins Depot Dreispitz beim Wolfgottesacker fuhr, und nicht nach Birsfelden. Das Warten hatte auch seine guten Seiten, man konnte den Gedanken freien Lauf lassen. Hm, also wenn ich unseren aktuellen Fall heute abschliessen müsste, würde ich Benni Stark verhaften. Er ist der Einzige mit einem klaren Motiv. Hass und gar Besessenheit konnten einen Menschen zu grausamen Taten treiben. Andererseits, wieso lockte er ihn ausgerechnet am Samstag während des Laufs in eine Falle? War es ein Zufall, eine Tat im Affekt oder von langer Hand geplant? Ferrari schüttelte den Kopf, irgendwie ergab das keinen Sinn. Vielleicht lag der Schlüssel zur Lösung bei der unbekannten Frau, die den Mord gemeldet hatte. Wer war sie? Eine Freundin oder eine Kundin? Was suchte sie um diese Zeit bei Hasenböhler? Wusste sie nicht, dass er am Sponsorenlauf teilnahm? Also, nochmals von vorne: Hasenböhler erhält mit grösster Wahrscheinlichkeit einen Anruf. Es muss etwas Wichtiges sein, denn er verlässt den Benefizanlass, ohne gelaufen zu sein. Zu Hause trifft er auf seinen Mörder. Kannte er ihn? Hat Boris Fahrner eigentlich ein Alibi? Nach eigenen Angaben sass er auf der Tribüne der Schützenmatte. Hm. Und wieso in aller Welt sollte Fahrner seinen Partner umbringen? Fragen über Fragen. Wir müssen unbedingt diese Rossetti auftreiben und die Putzfrau von Hasenböhler, Emma Schläpfer, sowie die Frau, die den Mord meldete. Möglicherweise handelt es sich dabei nicht um drei verschiedene Frauen, sondern nur um zwei. Morgen unterhalten wir uns zuerst mit Andrea Fahrner und dann erneut mit dem Fahrlehrer. Bei dieser Gelegenheit klappern wir in der Maulbeerstrasse nochmals Haus um Haus ab. Irgendjemand muss doch etwas gesehen haben. Dieser Professor ist ein äusserst unsympathischer Mensch. Vielleicht kennt ihn Monika.

Mit lautem Geratter fuhr der Dreier über den Aeschenplatz, Ferrari setzte sich auf seinen Lieblingsplatz. Für einen Augenblick war die Welt wieder in Ordnung. Ganz und gar.

Monika diskutierte im Garten mit ihrer Mutter.

«Worüber unterhalten sie sich so intensiv, Nikki?», fragte Ferrari seine Tochter.

Es war immer besser, vorbereitet in eine Schlacht zu ziehen.

«Über was wohl?! Natürlich über den Liebesentzug von Martha. Die spinnen total, die beiden Alten.»

«Sprich nicht so über deine Grossmütter.»

«Ist doch wahr! Dass ihr das überhaupt mitmacht. Kaum ist die eine aus dem Haus, rennt euch die andere die Bude ein – und immer nur wegen irgendwelchem Blödsinn. Dabei könnten die zwei das Leben geniessen und es schön haben.»

«Das denke ich auch oft.»

«Wirst du in ein paar Jahren auch so?»

«Aber sicher. Und dann klebe ich dir wie ein Pflaster am Hals und nerve dich mit meinen alten Geschichten von früher.»

«Super! Du wirst wahrscheinlich noch schlimmer als meine Grossmütter. Du bist jetzt schon etwas kurlig.»

Der Kommissär lachte und nahm Nikki in den Arm.

«Iiiiiih! Wenn das meine Freundinnen sehen würden … Mein Vater umarmt und küsst mich.»

Sie rannte schreiend davon.

Ferrari schenkte sich ein Glas Dézaley rouge ein. Oh, ein guter Tropfen! Die Krise scheint gross zu sein, wenn Monika zum edlen Wein griff.

«Aber das ist doch gar nicht so …», hörte er Monika entnervt sagen.

«Doch! Genauso ist es …», schluchzte Hilde mit einem vorwurfsvollen Blick auf Ferrari.

«Hallo Hilde, wie geht es Dir? Störe ich?», begrüsste er seine Schwiegermutter.

«Setz dich zu uns. Meine Mutter glaubt, dass Martha nichts mehr mit ihr zu tun haben will.»

«Das glaube ich nicht nur, das weiss ich», präzisierte Hilde.

«Hat das Martha zu dir gesagt?»

«Nein, aber sie gibt es mir sehr deutlich zu verstehen. Seit diese neue Freundin bei ihr ein und aus geht, behandelt sie mich wie Luft.»

Typisch Mutter! Ihre neue Aufgabe hiess «Rettet Iris Stebler» und daneben gabs gar nichts mehr.

«Ich versuche Mama die ganze Zeit zu erklären, weshalb sich Martha um Frau Stebler kümmert.»

«Du brauchst mich gar nicht wie ein kleines Kind zu behandeln. Das begreife ich schon und ich habe auch Verständnis dafür. Trotzdem könnte sie ja ab und zu mit mir telefonieren oder einen Kaffee trinken. Oder ist das zu viel verlangt? Nach all den Jahren …»

Nikki hat recht – die beiden Alten spinnen!

«Francesco wird sie anrufen und mit ihr reden.»

Francesco wird den Teufel tun! Wieso meinen alle Frauen, sie könnten über mich bestimmen?

«Das machst du doch, Francesco?», wiederholte Monika fragend.

«Sicher», brummte der Kommissär.

«Siehst du, Mama, und danach ist alles wieder in Butter.»

Es klingelte.

«Bleibt nur, ich mache auf!», rief Nikki, und schon stand Martha Ferrari in voller Grösse im Garten. Ferrari erhob sich, bot seiner Mutter seinen Stuhl an und setzte zum Rückzug an. Monika stand ebenfalls auf.

«Möchtest du etwas trinken, Martha?»

«Ein Glas Wein. Von dem, den mein Sohn da trinkt.»

Monika schubste Ferrari vor sich her in die Küche.

«Du bleibst hier. Glaub ja nicht, dass du dich davonschleichen kannst.»

«Mir geht der Kindergarten ziemlich auf die Nerven.»

«Mir auch, das kannst du mir glauben. Aber es sind nun einmal unsere Mütter.»

Sie beobachteten von der Küche aus, wie sich die beiden Frauen wortlos belauerten, wie zwei Tigerinnen.

«Und jetzt? Hast du einen Plan, Monika?»

«Wir müssen dafür sorgen, dass sie wieder miteinander reden und zusammen ausgehen.»

«Guter Plan. Bloss, wie bewerkstelligen wir das?»

Martha drehte sich zur Küche um.

«Keine Ahnung. Wir müssen wieder hinaus, deine Mutter wird schon misstrauisch.»

Ferrari öffnete eine zweite Flasche. Wenn schon, denn schon.

«Na, Mama, wie geht es dir?»

«Den Umständen entsprechend», antwortete Martha mit einem Seitenblick auf Hilde. «Was hast du in Sachen Iris erreicht?»

Hilde schoss hoch, weiss im Gesicht, und stammelte etwas wie: Ich gehe nach Hause, ich will nicht länger stören.

«Du störst überhaupt nicht, Hilde. Bitte setz dich doch wieder», versuchte Ferrari seine Schwiegermutter zu beruhigen. «Wir haben keine Geheimnisse vor dir ... Zu deiner Frage, Mama: Ich unterhielt mich mit dem Notar. Er meint, dass man da überhaupt nichts machen kann.»

«Ist das alles?»

«Im Augenblick schon.»

«Das wundert mich nicht.»

«Was wundert dich nicht?»

«Dass du dich überhaupt nicht für die Belange von Iris interessierst. Sie lebt ja noch.»

Ferrari schenkte sich sein Glas bis zum Rand voll ein. Na prima, das kann ja heiter werden.

«Mein Sohn interessiert sich ja nur für Tote.»

«Bist du jetzt fertig?»

«Ja. Ich bin fertig mit dir. Ein für alle Mal.» Sie trank ihr Glas Wein aus und erhob sich. «Jetzt will ich nicht länger eure Zeit in Anspruch nehmen. Ihr könnt ja weiter über mich lästern, wenn ich weg bin.»

«Du bleibst!»

Martha sah ihren Sohn überrascht an.

«Wenn du …»

«Setz dich hin, verdammt noch mal. Und zwar augenblicklich!»

Langsam setzte sich Ferraris Mutter auf den Stuhl. Ihr war sichtlich unwohl.

«Ich habe mich mit diesem Horst Locher unterhalten und noch mit einem weiteren Notar. Beides sind Spitzenkräfte. Sie schauen sich jetzt die Akten in Ruhe an, vielleicht finden sie eine Lösung. Das wäre das eine. Jetzt zum anderen: Ich finde es eine gottverdammte Sauerei, wie du Hilde behandelst … und bleib gefälligst sitzen, ich bin noch nicht fertig. Hilde ist immer für dich da, aber das zählt wohl nichts. Du kennst ja nur noch diese Iris Stebler.»

«Monika, sag deinem Mann …»

«Ich bin immer noch nicht fertig, Mutter. Statt Hilde die kalte Schulter zu zeigen, könntest du sie ins Geschehen mit einbeziehen. Doch das passt dir nicht. Wahrscheinlich hast du Angst, dass dir Hilde bei Iris den Rang abläuft. Du bist schon immer eine egoistische …»

«Francesco!»

«Schon gut, Monika. Nur noch etwas – drück nicht auf die Tränendrüsen, Mama. Das wirkt bei mir nicht.»

Ferrari nahm die Flasche Wein und verzog sich. Eine Stunde später fuhren die beiden Damen mit einem Taxi davon. Monika setzte sich zufrieden lächelnd zum Kommissär und schmiegte sich an ihn.

«Hilde ist jetzt voll informiert und im Projekt ‹Iris Stebler› integriert.»

«Hm.»

«Eine egoistische was?»

«Eine egoistische Ziege.»

«Sie war ziemlich beeindruckt, und ich auch. Du weisst, ich mag zwischendurch deutliche Worte.»

«Nikki sagts richtig, die beiden Alten spinnen.»

«Sagt unsere Tochter?»

«Ja, und liegt damit vollkommen richtig.»

«Das war ein guter Plan, Francesco.»

«Ehrlich gesagt, hatte ich gar keinen. Mir reichts einfach. Jedes Mal, wenn sie hierherkommt, gibts Zoff. Sie will immer, aber auch wirklich immer im Mittelpunkt stehen.»

Monika küsste ihn innig.

«Das hast du meisterlich vollbracht, mein Brummbär. Meine Mutter liebt dich über alles.»

«Dafür hasst mich meine.»

«Alles kriegt man nicht auf der Welt. Wie war sonst dein Tag?»

Ferrari erzählte von der Begegnung mit dem Professor.

«Sieber ist eine Koryphäe auf dem Gebiet der Psychiatrie. Er hatte sogar einen Lehrstuhl an der Universität und war lange Zeit Leiter der UPK, früher hiess sie PUK. Dass er noch praktiziert, erstaunt mich.»

«Mich auch, der ist nämlich selbst krank. Er zuckt

jedes Mal mit dem Kopf, wenn ihm etwas gegen den Strich geht.»

«Das war früher schon so. An der Uni wussten die Studenten immer, wenn ihm etwas nicht passte. Verschränkte er die Arme, war noch alles gut. Begann sein Kopf zu zucken, lief die Sache schief.»

«Ich sags ja, der ist verrückt.»

«Du darfst nicht vergessen, es ist ein harter Job. Wenn du dich so lange, wahrscheinlich sind das bei Sieber vierzig Jahre, um psychisch Kranke kümmerst, hinterlässt das Spuren. Viele Psychiater hören nach einigen Jahren auf, weil sie das Elend nicht verkraften, Sieber hielt durch. Leider wagt es nun niemand, ihm die Wahrheit zu sagen. Seine Zeit ist definitiv abgelaufen.»

«Gibt es bei Ärzten keine Altersgrenze oder eine Kontrollstelle, die prüft, ob sie ihren Beruf noch ausüben können?»

«Du meinst eine Art Ärzte-TÜV? Nein, so etwas gibt es nicht.»

«Aber was nutzt so jemand wie dieser Sieber?»

«Tja, das ist schwierig zu beantworten. Seine Patienten glauben an ihn. Er lebt noch immer von seinem Ruf. Leider war er zeitlebens ein Frauenhasser. Das hat auch Lisa hautnah mitbekommen, sie war eine Zeit lang seine Assistentin. Du kannst sie ja bei unserem nächsten Frauenabend befragen.»

Monika schmiegte sich enger an Ferrari.

«Trinken wir noch ein Glas Wein?»

«Gern.»

«Nikki ist übrigens zu Nathalie gegangen. Sie bleibt bei ihr über Nacht. Die Grossmütter waren zu viel für unsere Tochter.»

Und so nahm der Tag doch noch ein gutes Ende. Ein sehr gutes sogar.

6. Kapitel

Der grosse Regen, wie der Film mit Richard Burton, Lana Turner und Fred MacMurray auf Deutsch so schön hiess, kam, brachte aber keine Abkühlung. Mein Gott, diesen alten Schinken habe ich unzählige Male gesehen und ich kann mir nicht einmal erklären, was mich daran so fasziniert. Die Geschichte spielt in Indien und handelt von der Affäre eines indischen Arztes und der Frau eines britischen Offiziers. Überlagert wird die Dreiecksgeschichte von Erdbeben und Regenfällen, die zu Überschwemmungen führen. Ganz so dramatisch war es hier in Basel nicht. Einzig diese feuchte Hitze machte dem Kommissär zu schaffen. Am besten, ich rühre mich heute nicht von der Stelle, erledige die anfallende Büroarbeit und fahre dann zeitig nach Hause.

«Auf, auf, der Herr! Wir haben einen Termin bei Andrea Fahrner.»

So viel zu den eben gefassten Vorsätzen …

«Kannst du nicht allein zu ihr fahren?»

«Was ist los mit dir? Bist du krank?»

«Die Hitze macht mich fertig. Ich schreibe den Bericht und du besuchst die Fahrner, einverstanden?»

«Es ist wohl nicht nur die Hitze.»

«Sondern?»

«Du bist zu fett, mein Lieber.»

«Blödsinn. Schau mich an, wo bin ich zu fett?»

«Du kaschierst es gut, Monika sei Dank. Aber am Samstag in den kurzen Hosen und dem zu engen Shirt sah man es deutlich. Du hast wie eine angezogene Wurst ausgesehen!»

«Das nimmst du zurück!»

«Nein, ich denke nicht daran. Wie schwer bist du?»

«Weiss nicht genau. Achtzig Kilo vielleicht.»

«Wers glaubt! Wahrscheinlich bringst du einen Hunderter auf die Waage.»

«Also gut, ich wiege siebenundachtzig Kilo.»

«Schon besser. Und wie ist dein Idealgewicht?»

«Unter achtzig.»

«Deshalb bist du schlapp, du bist eindeutig zu fett.»

«Zugegeben, ich habe ein Paar Gramm zu viel. Sobald die Hitze vorbei ist, beginne ich mit dem Training. Wo wohnen die Fahrners?»

«Du gibst mir recht?»

«Ich bin nicht in Streitlaune. Es ist zu heiss. Also, wohin fahren wir?»

«Nach Binningen. Mit dem Tram?»

«Mit deinem Auto.»

«Wow! Es geschehen noch Zeichen und Wunder.»

Die Fahrners bewohnten eine stattliche Villa am Blauenweg, die Ferrari an ein englisches Landhaus erinnerte.

«Nicht von schlechten Eltern, Francesco. Jetzt fehlt nur noch der Butler, der den Autoschlüssel in Empfang nimmt und uns aus den Mänteln hilft.»

Andrea Fahrner, Mitte vierzig, über ein Meter achtzig gross, empfing sie an der Haustür. Ferrari stellte sich den zierlichen Boris daneben vor, ein ungleiches Paar.

«Danke, dass Sie Zeit für uns haben.»

«Kommen Sie herein. Wollen wir uns in den Wintergarten setzen oder lieber ins Wohnzimmer?»

«Gern in den Wintergarten», entschied Ferrari.

Nachdem Andrea Fahrner ihre Gäste mit kalten Getränken versorgt hatte, setzte sie sich zu ihnen an den Tisch.

«Darf ich fragen, was das für ein Gebäude da im Garten ist?»

«Ein Treibhaus oder besser gesagt meine Versuchsanstalt. Wenn Sie wollen, zeige ich Ihnen gern, was dort alles so gedeiht.»

«Vielleicht später», entgegnete der Kommissär, dem allein der Gedanke daran den Schweiss auf die Stirn trieb.

«Sie kommen wegen Edgars Tod, eine tragische Sache. Mein Mann hat mich informiert.»

«Dann gehen wir gleich in medias res. Was halten Sie von den Anschuldigungen gegen Herrn Hasenböhler?»

«Das ist Stumpfsinn, Frau Kupfer. Bei jedem anderen, sogar bei meinem Mann», lachte sie, «würde ich darüber nachdenken. Nicht bei Edgar. Wenn einer integer war, dann er. Aber zur Sicherheit liess ich mir gestern Abend die Buchhaltung der letzten drei Jahre unserer Stiftung kommen. Ich möchte Sie bitten, die Ordner mitzunehmen und in Ruhe zu prüfen.»

«Wäre es für Herrn Hasenböhler möglich gewesen, Gelder abzuzweigen?»

«Edgar und ich haben Einzelunterschrift. Also, um die Frage zu beantworten: ja, die Möglichkeit bestand. Und da unser Finanzmann zweiundsiebzig Jahre alt ist und ein grosser Verehrer von Edgar, Edgars Wort war für ihn Gesetz, möchte ich auch, dass Sie die Unterlagen einer genauen Prüfung unterziehen. Sie werden feststellen, dass dieser Stark ein übler Verleumder ist.»

«Ich weiss, ich begebe mich jetzt aufs Glatteis, aber ich muss das fragen: Wissen Sie, ob Hasenböhler in anderen Stiftungen die Möglichkeit hatte, Gelder zu veruntreuen?»

Sie lehnte sich nach hinten und griff nach einer Liste auf dem Sideboard.

«Ich soll Ihnen diese Liste mit einem Gruss von meinem Mann geben, Herr Kommissär. Das sind Edgars Mandate. Boris stellte sie gestern Abend zusammen. Wir sind sie gemeinsam durchgegangen, Edgar sass nur in einem Stiftungsrat, und zwar bei uns. Alles andere sind Verwaltungsratsmandate. Mein Mann meint aufgrund seiner langjährigen Erfahrung, dass ein Verwaltungsrat nicht in der Lage ist, sich aktiv in einer Firma zu betätigen. Es sei denn, er macht gemeinsame Sache mit dem CEO oder dem Finanzchef. Boris erklärte mir, wie das geht. Aber so richtig begriffen habe ich es nicht. Da müssen Sie ihn fragen.»

Ferrari steckte die Liste ein. Das klang alles logisch. Der Alkohol hatte offenbar Starks Gehirn vernebelt und der Hass das Übrige dazu beigetragen. In Gedanken hakte der Kommissär diese Spur ab.

«Ich kann mir schon vorstellen», fuhr Andrea Fahrner fort, «weshalb Ihnen Benni Stark diesen Unsinn erzählt hat. Er macht nämlich Edgar für seinen tiefen Fall verantwortlich. Doch so einfach ist das vermutlich nicht. Da steckt mehr dahinter.»

«Wie meinen Sie das?»

«Mir kommt es so vor, als ob sich Stark wie im Wahn daran festklammert, um etwas anderes zu verdrängen.»

«Und was?»

«Keine Ahnung, Frau Kupfer. Mein Gefühl sagt mir einfach, dass dieser Fall komplex ist. Was sich genau dahinter verbirgt, kann Ihnen nur Benni Stark sagen oder eventuell ein Psychiater.»

«Stark ist zwar in Behandlung, aber ich glaube nicht, dass er beim richtigen Arzt ist.»

«Kennen Sie seinen Psychiater?»

«Ja, wir unterhielten uns gestern mit ihm. Ein Professor Sieber.»

Andrea Fahrner musste laut lachen.

«Sie kennen ihn auch?»

«Nur vom Hörensagen. Meine Schwester ist Ärztin in der UPK, sie ist mehrmals an ihn geraten. Damals war er noch Klinikleiter und ihr Vorgänger. Wenn nur die Hälfte von dem stimmt, was sie mir erzählt hat, dann ist Sieber alles andere als ein angenehmer Zeitgenosse.»

«Höflich ausgedrückt.»

«Na ja, so vornehm hielt Nora nicht hinter dem Berg. Als er das Amt niederlegte, weinte ihm anscheinend keiner eine Träne nach. Ist Sieber nicht längst pensioniert?»

«Eigentlich schon. Er betreut noch immer einige Patienten wie Benni Stark, den er für einen hoffnungslosen Fall hält.»

«Die besten Voraussetzungen, um jemanden zu heilen. Solchen Leuten sollte man das Handwerk legen. Ich werde meine Schwester anrufen, vielleicht kann sie der Ärztekammer einen Tipp geben. Stark soll meine Schwester Nora kontaktieren, sie ist eine sehr gute Psychiaterin.»

«Wir werden es ihm vorschlagen. Sagt Ihnen der Name Judith Rossetti etwas?»

«Aber sicher. Ich lernte sie bei der Renovation unseres Hauses in der Rittergasse kennen. Eine sehr sympathische Frau mit einer traurigen Geschichte, in die leider auch mein Gatte involviert war.»

«Sie spielen auf den Konkurs von Kohlhaus & Partner an.»

«Exakt. Kohlhaus tanzte den Verwaltungsräten auf der Nase herum. Boris, sonst eher ein misstrauischer Mensch, konnte es nicht glauben, als er vom Konkurs erfuhr.»

«Er hatte keine Ahnung?»

«Nein, ich erinnere mich noch gut an jenen Morgen. Wir sassen beim Frühstück, da platzte die Bombe. Radio Basilisk erwähnte in den Schlagzeilen, dass Kohlhaus seine Bilanz deponiert habe. Boris fiel beinahe vom Stuhl. Später musste er aber zugeben, dass die Verwaltungsräte sträflich ihre Pflicht versäumt hatten. Das war für Boris eine bittere Erkenntnis. Gerade er, der immer und immer wieder seine Klienten warnt, lief selbst dem grössten Pleitegeier in die Finger.»

«Und mit dem Konkurs ging auch die Firma von Frau Rossetti unter.»

«Ein Jammer. Sie führte das kleine Unternehmen ihres Vaters mit etwa zehn Angestellten, die ausgezeichnete Arbeit leisteten, mit Liebe zum Detail und alles zu einem anständigen Preis.»

«Wissen Sie, was aus Frau Rossetti wurde?»

«Keine Ahnung. Unmittelbar nach dem Konkurs klingelte es an einem Sonntagmorgen. Es war Judith Rossetti. Ich bat sie herein. Sie setzte sich hier an den Tisch und machte meinem Mann grosse Vorwürfe. Er sei mitverantwortlich für den Untergang ihrer Firma. Ihre Leute wären alle über fünfzig und würden keine neue Stelle mehr finden. ‹Sie und Ihresgleichen spielen Schicksal. Sie vernichten Familien, meine und die meiner Mitarbeiter›, sagte sie wortwörtlich. Noch bis vor einer Woche hätte sie für meinen Mann die Hand ins Feuer gelegt, aber jetzt würde sie ihn verachten. Als Boris antworten wollte, brachte sie ihn mit einer Handbewegung zum Schweigen. Sie stand energisch auf und verabschiedete sich mit den Worten: ‹Was Sie und Ihresgleichen wirklich sind, zeigen Sie durch Ihre Taten. Ich hoffe, dass Sie mit dem angerichteten Unglück zufrieden sind ... Entschuldigen Sie meinen unangemeldeten Besuch. Ich werde Sie jetzt nie mehr belästigen.›»

Ferrari spielte mit einem Stück Eis im Glas.

«Und ... wie reagierte Ihr Mann?»

«Er sass nur schweigend da. Das Gesagte hatte ihn tief getroffen. Viel später meinte er dann, sie hätte recht. Man dürfe nicht mit Menschen spielen.»

Andrea Fahrner schenkte, ohne zu fragen, nach.

«Aber Ihr Mann gehörte doch selbst zu den Betrogenen.»

«Das sah er anders, Frau Kupfer. Entsprechend traf er Massnahmen.»

«Und welche?»

«Haben Sie jemals wieder etwas von der Familie Kohlhaus gehört?»

«Ehrlich gesagt kannte ich den Namen bis vor Kurzem gar nicht.»

«Kohlhaus & Partner war eine grosse Firma, an deren Spitze ein Patriarch der alten Schule stand. Boris stellte ihn zur Rede, aber Kohlhaus lachte ihn nur aus. ‹C'est la vie, Boris! Stell dich nicht so an. Das passiert in den besten Familien.› Boris kam geschockt nach Hause. Am folgenden Wochenende lud er seine engsten Freunde ein.»

«Was geschah dann?»

«Um es kurz zu machen: Mein Mann liess seine Beziehungen spielen. Seither hat wohl niemand mehr etwas von Kohlhaus & Partner gehört.»

Nadine zog die Augenbrauen hoch.

«Wow! Auge um Auge, Zahn um Zahn.»

«Ich will nicht wissen, was mein Mann alles unternommen hat. Aber überall, wo die Familie Kohlhaus auftauchte, war er oder einer seiner Freunde zur Stelle und sorgte dafür, dass sie keinen Fuss mehr fassen konnte. Ich glaube, die Kohlhaus leben jetzt irgendwo im Tessin. Nur im Endeffekt hat das Judith Rossetti auch nichts gebracht. Doch mein Mann hatte noch ein Ass im Ärmel. Einer seiner Klienten wollte altershalber seine Spenglerei verkaufen, und die wollte er für Judith Rossetti erstehen. Aber er konnte sie nirgends finden. Da begriff ich erst, wie tief sie Boris damals getroffen hatte.»

«Wir suchen sie auch, leider vergeblich.»

«Glauben Sie, dass sie in den Mord verwickelt ist?»

«Hasenböhler vertrat im Fall Kohlhaus & Partner die kleinen Handwerker und ging danach mit Ihrem Mann eine Partnerschaft ein. Vielleicht glaubte Judith Rossetti, dass Hasenböhler die Fronten gewechselt hat.»

«Dann hätte sie doch eher meinen Gatten ermordet.»

«Es ist nur eine Hypothese. Wir wollen Sie nicht länger stören, Frau Fahrner. Vielen Dank für Ihre Offenheit.»

«Ich wäre froh, wenn Sie mit Boris nicht darüber sprechen würden. Das reisst bei ihm immer wieder alte Wunden auf.»

«Selbstverständlich, sofern es sich vermeiden lässt. Kommst du, Nadine?»

«Mir ist da gerade noch eine Frage eingefallen. Wissen Sie, welche Projekte Edgar Hasenböhler zuletzt verfolgte?»

«Das müssen Sie meinen Mann fragen. Unsere letzte Vorstandssitzung war vor einem Monat. Da referierte er über Heuschrecken … nein, falsch, über Glühwürmer. Er wollte einen Verein zur Rettung der aussterbenden Glühwürmer gründen. Ich bot ihm meine Unterstützung an. Er meinte, er würde gern auf mich zukommen, müsse aber zunächst dem Business den Vorzug geben, sonst würde Boris ihm den Kopf abreissen. Es ging wohl um den Börsengang von Thoris.»

«Die Pharmafirma aus Muttenz?»

«So viel ich weiss ein Grossist für Medikamente, kein eigentlicher Pharmakonzern wie jener der Familie Vischer.»

«Ist der Deal bereits über die Bühne gegangen?»

«Ich glaube nicht. Aber auch hier meine Standardantwort – fragen Sie bitte meinen Mann.»

Nadine fuhr zurück in die Stadt.

«Eine spannende Frau.»

«Und gross ist sie.»

«Wirklich, ihr Männer könnt eine Frau nur nach Äusserlichkeiten beurteilen. Schlank, mittelgross und gut aussehend. Schon ist eure Welt in Ordnung. Ihr seid echt einfach strukturiert.»

«Was habe ich denn jetzt wieder Falsches gesagt?»

«Und gross ist sie!», äffte sie Ferrari nach. «Was ist das für ein Kriterium? Ich sage ja auch nicht, der hat eine dicke Beule in der Hose.»

«Also, bitte, das sind zwei Paar Stiefel. Sie ist über eins achtzig, grösser als ich.»

«Ja und?»

«Fahrner ist höchstens eins sechzig.»

«Was heisst das nun wieder?»

«Der ist doch viel zu klein für sie.»

«Ich verstehe! Der Herr definiert eine Partnerschaft über die Grösse.»

«Im Vergleich zu Andrea ist Boris ein Zwerg.»

«Vielleicht nicht überall.»

«Ein Zwerg ist ein Zwerg … Hm!»

«Ist der Groschen gefallen?»

«Und du definierst die Leute immer über Sex.»

«Das sagt der Richtige. Wer findet, dass die beiden nicht zusammenpassen? Du. Und wieso nicht? Weil er sie nicht gleichzeitig küssen und bumsen kann?»

«Hm!»

«Und weiter sind wir nach diesem Gespräch auch nicht.»

«Wohin fährst du eigentlich?»

«Ins Kommissariat.»

«Fahr bitte in die Maulbeerstrasse. Ich möchte mich noch einmal in der Wohnung von Hasenböhler umsehen und mich bei den Nachbarn umhören.»

«Aus einem bestimmten Grund?»

«Nein, nur so. Oder sagen wir, um seinen Geist zu spüren.»

«Männliche Intuition … alles klar.»

Nadine trat so stark aufs Gaspedal, dass die Reifen quietschten und es Ferrari tief in den Recarositz drückte. Eine gefühlte Ewigkeit später bogen sie in die Maulbeerstrasse ein, erleichtert atmete der Kommissär auf.

«Scheisse! Die sind futsch», entfuhr es Nadine, die beim Parkieren mit ihren super teuren Felgen den Randstein gestreift hatte.

«Du kannst sie abschleifen lassen. Dann sehen sie wie neu aus.»

«Na prima. Und nur weil du aus irgendwelchen idiotischen Gründen nochmals hierherkommen wolltest.»

Ferrari schwieg wohlweislich, er wollte sich nicht auf eine weitere unsinnige Diskussion einlassen. In Hasenböhlers Kanzlei miefte es gewaltig. Der Kommissär öffnete die Balkontür und setzte sich an Hasenböhlers Schreibtisch. Die frische Luft tat gut.

«Was suchst du eigentlich?»

«Nichts Besonderes. Wie heisst die Putzfrau?»

«Emma Schläpfer. Sie wohnt gleich hier um die Ecke.»

«Dann könnten wir ihr nachher einen Besuch abstatten, sofern sie zu Hause ist.»

Ferrari öffnete die Schubladen des Schreibtisches. Kugelschreiber, Büroklammern, eine Schachtel mit Kleenex, Briefpapier und Couverts. Hinten im Raum befand sich ein Aktenschrank, von A bis Z war alles fein säuberlich geordnet. Der Kommissär nahm die Liste zur Hand, die sie von Andrea Fahrner erhalten hatten, und ging die Unterlagen durch – Verwaltungsratsmandate, einige Firmenkunden sowie ganz wenige Privatkunden.

«Nicht gerade viele Aufträge», kommentierte Ferrari.

Nadine drängte sich vor.

«Das sind sicher nur seine laufenden Fälle. Ich kann mir nicht vorstellen, dass das alles ist.»

Der Kommissär griff nach dem dicksten Dossier.

«Ah, davon hat Frau Fahrner gesprochen: die Vorbereitung von Thoris' Börsengang.»

«Damit ist er vermutlich schon voll ausgelastet gewesen.»

«Weisst du, wie so etwas in der Praxis abläuft?»

«Keine Ahnung. Frag doch bei unserer Wirtschaftsabteilung nach oder bei einem deiner Bankfreunde. Die können dir das sicher erklären.»

Ferrari legte die Akte wieder in den Schrank zurück. Dann ging er durchs Zimmer und durchsuchte nochmals Schublade für Schublade.

«Wenn dich Peter jetzt sehen könnte, würde er einen Anfall bekommen. Du bist so was von misstrauisch.»

«Es wäre nicht das erste Mal, dass sein Team etwas übersieht. Schauen wir uns noch in seiner Wohnung um.»

Auch da folgte der Kommissär seinem bewährten Muster, wie er es nannte. Was daran bewährt sein sollte, wenn er Schubladen öffnete, darin herumwühlte, sie schloss und letztendlich nichts, aber auch gar nichts fand, das wusste nur er. Nadine setzte sich seufzend vor den Fernseher und zappte durch das Programm.

«Du könntest mir ruhig etwas helfen.»

«Ich bin sofort zur Stelle, wenn du mir sagst, wonach wir suchen.»

«Hm!»

Nach einer Stunde hatte die männliche Intuition versagt. Mürrisch schloss Ferrari die Wohnung ab.

«Volltreffer! Ich gratuliere dir zu deinem untrüglichen Instinkt.»

«Schon gut. Es hätte ja sein können.»

«Wenn und ob und hätte. Es ist aber nicht.»

Vor dem Hauseingang unterhielt sich Mark Höhner lautstark mit einem seiner Fahrschüler, der allem Anschein nach soeben sang- und klanglos durch die

Prüfung gerasselt war. Der junge Mann lief fluchend weg.

«So ein Idiot!», ereiferte sich Höhner. «Der Fahrausweis war bereits auf Nummer sicher, der Experte machte ihm sogar ein Kompliment. Aber nein, der Trottel wird übermütig, übersieht eine Stoppstrasse und rammt beinahe ein entgegenkommendes Auto.»

«Er scheint jedoch nicht ganz einsichtig zu sein.»

«Das sind sie nie. Die Schuld trifft natürlich die anderen, also mich oder den Experten. Und alle erzählen die gleichen Ammenmärchen, von wegen der Staat brauche halt Geld und der Fahrlehrer sowieso, weshalb man beim ersten Mal immer durchfalle. Ich kanns schon nicht mehr hören.»

«Er wird sich beruhigen und einen zweiten Anlauf nehmen.»

«Nur nicht bei mir. Was solls. Sie waren oben in der Wohnung von Hasenböhler?»

«Ja, und in seiner Kanzlei. Ist Ihnen in der Zwischenzeit vielleicht noch etwas eingefallen?»

«Nein, Frau Kupfer. Wie ich bereits sagte, Edgar führte nicht gerade das Leben eines Playboys.»

«Können Sie uns die Adresse seiner Putzfrau geben?»

«Aber sicher. Sie wohnt in der Hammerstrasse und seit gestern arbeitet sie bei Lorenzo.»

«Und wer ist dieser Lorenzo?»

«Lorenzo Calliotti, der Gemüsehändler. Von dem habe ich Ihnen erzählt, er führt den Laden dort an der Ecke», er zeigte zum Ende der Maulbeerstrasse.

«Der mit seinen Nachbarn im Streit liegt?»

«Genau. Oh! Ich muss los, eine weitere Fahrstunde ruft. Falls mir noch etwas einfällt, melde ich mich bei Ihnen.»

Calliotti überprüfte gerade seine Auslage, als ihm Ferrari seinen Ausweis unter die Nase hielt.

«Polizei?! Sind Sie etwa Lebensmittelkontrolleure?» Noch bevor der Kommissär antworten konnte, fuhr er in reinstem Baseldeutsch fort: «Hat mich wieder jemand angezeigt?» Wütend blickte er zu den gegenüberliegenden Häusern. «Geben denn die niemals auf? Natürlich! Jetzt, wo Edgar tot ist, geht die Scheisse wieder von vorne los.»

«Wir sind nicht wegen Ihnen da. Wir suchen eine Emma Schläpfer.»

«Wie? Nicht wegen mir?»

«Nein. Wir ermitteln im Mordfall Hasenböhler.»

«Und was wollen Sie von Emma?»

«Uns mit ihr unterhalten. Und sagen Sie bloss nicht, Sie kennen keine Emma Schläpfer. Wir wissen, dass sie bei Ihnen arbeitet.»

Wiederum schaute er zu seinen Nachbarn und erhob drohend die Faust.

«Verdammtes, räudiges Lumpenpack!», dann wandte er sich an die Frau, die hinter dem Tresen stand. «Die sind von der Polizei, Emma. Sie kommen wegen Edgar. Soll ich einen Anwalt rufen?»

Nadine schüttelte den Kopf.

«Sie haben zu viele Krimis gesehen, Herr Calliotti. Wir wollen uns nur mit Frau Schläpfer kurz unterhalten. Mehr nicht. Oder glauben Sie, dass sie die Mörderin ist?»

Calliotti warf sich förmlich zwischen Nadine und Emma Schläpfer.

«Schon gut, Lorenzo. Es ist doch ganz normal, dass sie sich mit mir unterhalten wollen. Was ist dir lieber, hier oder hinten im Lager?»

«Wie du willst, Emma. Soll ich wirklich nicht dabei sein?»

«Eine gute Idee. Kommen Sie ruhig mit. Vielleicht stellt sich ja heraus, dass Sie der Mörder sind.»

Calliotti bekreuzigte sich mehrmals.

«Na, worauf warten Sie? Abmarsch nach hinten.» Nadine kannte keine Gnade. Der Gemüsehändler schloss seinen Laden, hängte ein Schild mit der Aufschrift «Ich bin gleich zurück» an die Tür und schlich gesenkten Hauptes an Ferrari vorbei.

«Ich weiss nicht …», begann Nadine und drehte das Schild nochmals um, «vielleicht heisst es nach unserem Gespräch ‹in einigen Jahren› anstatt ‹gleich›!»

Calliotti sah sie entsetzt an, Schweiss trat auf seine Stirn, während der Kommissär nur mit Mühe ein Lachen unterdrücken konnte.

«Wann haben Sie Herrn Hasenböhler zum letzten Mal gesehen, Frau Schläpfer?», wandte sich Nadine nun an Emma Schläpfer, die es sich auf einem Holzfass gemütlich gemacht hatte.

«Am Freitag. Ich putze … putzte immer dienstags und freitags.»

«Ist Ihnen an Herrn Hasenböhler etwas aufgefallen? War er irgendwie anders als sonst?»

«Nein … Vielleicht etwas nervöser. Ja, jetzt, wo Sie es sagen, er wirkte abwesend. Aber das muss nichts heissen. Wenn er ein Dossier studierte, war er nicht mehr ansprechbar.»

«Das ist bei Männern absolut normal. Sie können nur immer eines nach dem anderen erledigen. Multitasking ist für sie ein Fremdwort.»

Ferraris beleidigter Blick übersah Nadine geflissentlich, zumal es die reine Wahrheit war.

«Als ich ging, unterhielt er sich mit Herrn Fahrner. ‹Boris, der Einsatz gilt›, hörte ich noch und dann sagte er so etwas wie: ‹Du bist schon ein misstrauischer Kerl. Komm nur auf die Schützenmatte, dann kannst du über die Runden, die ich laufe, Buch führen.›»

«Eine Frau meldete telefonisch den Mord. Waren Sie das?»

«Nein, Herr Ferrari.»

«Würden Sie einem Stimmenvergleich zustimmen?»

«Jederzeit.»

«Sagt Ihnen der Name Benjamin Stark etwas?»

«Der rief immer wieder an. Ich bekam das mit, ob ich wollte oder nicht», fügte Emma Schläpfer entschuldigend an. «Er war für Herrn Hasenböhler ein rotes Tuch. Noch am letzten Dienstag sagte er kopfschüttelnd zu mir, dieser Mann werde wohl nie klein beigeben.»

«Am vergangenen Dienstag rief Stark an?»

«Ja, sie stritten sich. Zuerst blieb Herr Hasenböhler ruhig, dann wurde er immer lauter. Es blieb mir gar nichts anderes übrig als zuzuhören. Und schliesslich drohte er Stark mit der Polizei. ‹Wenn Sie mich weiter bedrohen, zeige ich Sie an.› Das waren deutliche Worte. Herr Hasenböhler war nach dem Gespräch total fertig.»

«Gibt es, vielmehr gab es in seinem Umfeld eine Frau, die er irgendwann einmal erwähnte? Eine Freundin? Eine nahe Bekannte?»

«Mit mir sprach er nicht über private Dinge. Letzten Dienstag war die einzige Ausnahme, es hat ihn halt sehr beschäftigt.»

Lorenzo Calliotti räusperte sich.

«Ich … darf ich auch etwas dazu sagen?»

«Bitte.»

«Das ist nicht Ihr Ernst, Frau Kommissärin. Ich meine, Sie verdächtigen mich nicht wirklich?»

«Nein, Sie können ganz beruhigt sein. Das war nur ein kleiner Scherz.»

«Puh! Da bin ich aber froh. Ich möchte etwas zu der Frau sagen, die bei Ihnen anrief.»

«Kennen Sie sie?»

«Nein, nein … das nicht. Aber am Samstag bringe ich einer alten Frau, die gegenüber von Hasenböhler im ersten Stock wohnt, immer einige Früchte und etwas Gemüse. Sachen, die wir nicht mehr verkaufen können. Also, am Samstag bin ich wie gewohnt zu ihr gegangen. Auf der Strasse standen mehrere Polizeiautos und ein Krankenwagen. Hoffentlich ist nichts mit Herrn Höhner passiert, ein Unfall oder so dachte ich. Oben bei Frau Hofer schauten wir noch einen Moment aus dem Fenster – und da sehe ich doch das Fräulein Rossetti. Sie stand vor dem Restaurant.»

«Judith Rossetti?»

«Ja, die kleine Rossetti. Die von der Spenglerei. Als ich ihr zurief, sah sie kurz zu uns hoch und huschte dann beim Mulbeerli um die Ecke.»

«Beim Mulbeerli?», echote Ferrari.

«Das war unsere ehemalige Quartierbeiz.»

«Ach so.»

«Und Sie sind sicher, dass es Frau Rossetti gewesen ist?»

«Absolut. Sie kam früher immer mit ihrem Kombi, wenn es bei mir im Laden oder zu Hause etwas zum Reparieren gab. Sie ist etwas älter geworden, wie wir alle halt. Die Arme, der Konkurs hat ihr bestimmt sehr zugesetzt.»

Ferrari schüttelte gedankenversunken den Kopf. Wir jagen einem Phantom nach. Vermutlich ist Judith Rossetti irgendwie in den Fall verwickelt. Sie war es wahrscheinlich auch, die im Kommissariat anrief, und danach blieb sie in der Nähe, um zu sehen, ob die Polizei auch wirklich kommt.

«Wissen Sie, wo sie wohnt?»

«Nein. Es ist ein Jammer. Sie war so begabt. Hat immer alles schnell und sauber in Ordnung gebracht. Wirklich ein Jammer.»

Nadine reichte beiden eine Visitenkarte und schärfte ihnen ein, sofort anzurufen, wenn Judith Rossetti auftauchte. Dann verabschiedeten sie sich.

In den nächsten zwei Stunden klapperten sie die Nachbarshäuser in der Maulbeerstrasse ab. Ausser dass die alte Frau Hofer Calliottis Aussage bestätigte, gab es keine neuen Erkenntnisse.

«Das bringt nichts, Nadine. Fahren wir zurück ins Büro.»

«Stark bedrohte Hasenböhler vermutlich nicht nur am letzten Dienstag.»

«Wie kommst du darauf?»

«Seine Telefonnummer erscheint verhältnismässig oft auf Hasenböhlers Anrufliste, das habe ich dir bereits gesagt. Zuhören ist nicht gerade deine Stärke. Übrigens, ich soll dir einen lieben Gruss von Anna ausrichten.»

«Und?»

«Sie kennt Judith Rossetti nicht, aber sie würde sich über einen Besuch von dir freuen. Ich soll dich von ihr küssen.»

«Untersteh dich!»

«Oh, der Herr will nicht von mir geküsst werden?»

«Nicht wenn ich weiss, dass der Kuss von Anna stammt.»

Zurück beim Porsche liess sich Ferrari ächzend auf den Sitz fallen.

«Rutsch nicht immer so ins Auto hinein. Du bleibst irgendwann hängen und machst das Leder kaputt.»

«Quatsch!»

«Doch. Es ist jetzt schon fast durchgewetzt.»

«Aber nicht von mir. Wahrscheinlich von einem deiner scharrenden Lover», brummte Ferrari.

«Wie war das?»

Nadine hielt Mitten auf der Strasse an.

«Hier kannst du nicht stehen bleiben.»

«Wie war das?»

«Nun fahr schon weiter.»

Der Motor heulte drohend auf und im nächsten Augenblick schoss der Wagen durch die Strasse, mit Vollgas. Ferrari fühlte sich wie in einem Flugzeug.

«Spinnst du?»

«Wer hier spinnt, müssten wir noch klären. Meine scharrenden Lover wetzen das Leder durch, das ist echt krass.»

«Das war nicht so gemeint.»

«Soso. Was grinst du eigentlich fortwährend vor dich hin?»

«Och, ich habe nur eben gedacht, wenn wir nicht hierhergefahren wären, wüssten wir jetzt nicht, dass Judith Rossetti am Tatort gesehen wurde. Ich meine ja nur, von wegen männliche Intuition und so.»

Nadine schaltete zurück, überholte in der Feldbergstrasse im zweiten Gang einen Bus und raste bei

Dunkelrot über die Kreuzung Richtung Johanniterbrücke. Ich darf sie beim Fahren nicht so provozieren, sinnierte der Kommissär reumütig. Irgendwann dreht sie vollkommen durch und wir landen auf dem Dach oder ertrinken jämmerlich im Rhein.

Big Georg, der Leiter der Fahndung, schwitzte mit seinen hundertfünfzig Kilo trotz Klimaanlage. Er, der sonst immer auf dem Laufenden war, biss sich bei der Suche nach Judith Rossetti die Zähne aus. Nach dem Tode ihres Vaters hatte sie sich ordnungsgemäss beim Einwohneramt für einen mehr als sechsmonatigen Auslandsaufenthalt abgemeldet. Und damit verloren sich sämtliche Spuren.

«Aber inzwischen ist sie wieder im Land. Sie wurde von einem Zeugen gesehen.»

«Durchaus möglich, Nadine. Aber sie hat sich hier in Basel bisher nicht wieder angemeldet, was illegal ist. Allerdings ist sie da nicht die Einzige.»

«Gibt es das öfters?»

«Mehr als du glaubst. Sie melden sich ab und bleiben dann trotzdem hier, tauchen einfach unter. Meist wohnen sie bei Freunden, bezahlen anteilmässig Miete und schleusen sich so an den Steuern vorbei.»

«Wie verdienen sie ihr Geld?»

«Schwarz, anders gehts nicht. Es sind meistens gescheiterte Existenzen. Diese Rossetti, das ist doch die von der Spenglerei?»

«Ja, genau. Der Konkurs muss ihr das Genick gebrochen haben», schaltete sich der Kommissär ein.

«Wie dem Hauser, einem Dachdeckermeister, den ich kenne. Er musste wohl oder übel nach langer Selbstständigkeit wieder eine Stelle annehmen. Das ist so ziemlich das Schlimmste, was du dir vorstellen kannst. Plötzlich sagt dir einer, was du von morgens bis abends tun musst.»

«Zumindest hat er einen Job und kann seine Familie ernähren.»

«Einfacher gesagt als getan. Das Selbstwertgefühl ist futsch», er wischte sich mit einem Tuch über die Stirn, «verdammte Hitze, vermaledeite! Und die Klimaanlage ist auch nichts wert.»

«Rufst du uns an, wenn ihr die Rossetti gefunden habt?»

«Mach dir mal keine falschen Hoffnungen, Nadine. Wenn sie wirklich untergetaucht ist, wirds echt schwer. Vielleicht haben wir Glück bei einer Razzia oder einer Personenkontrolle. Na, was ist, Mädchen, willst du nicht zu mir wechseln?»

«Danke für das Angebot, Georg. Aber ich muss Francesco noch das eine und andere beibringen. Er ist ja ein leidlich guter Polizist, doch da ist definitiv noch Steigerungspotenzial vorhanden.»

«Schade. Du wärst eine wunderbare Bereicherung für meine alten Tage. Du kannst jederzeit auf mein Angebot zurückkommen. Ciao, bella.»

Nadines Büro glich einem Archiv, überall stapelten sich Dossiers, die sie sich allesamt aus Hasenböhlers Kanzlei hatte bringen lassen. Damit aber nicht genug – alles, was Strubs Leute eingepackt hatten, war auch bei ihr gelandet. Höchst konzentriert sichtete sie Dossier um Dossier, legte eines auf einen Stapel am Boden, ein anderes auf den Tisch.

«Was soll denn das?»

«Aus Mangel an Verdächtigen ackere ich jetzt alle Dossiers durch. Eigentlich dein System, aber du bist zu faul dazu. Hoffentlich wird das nicht Jahr für Jahr schlimmer.»

Wortlos verzog sich der Kommissär in sein Büro. Recht hat sie, ich bin zu faul und erst noch zu fett. Ich schiebe alles auf die Hitze, das ist wunderbar einfach und so bequem. Wenn ich die Hälfte der Dossiers übernehme, sind wir im Nu durch. Na also, worauf warte ich? Das schlechte Gewissen rang mit dem inneren Schweinehund, lange Zeit sah es nach einem Unentschieden aus. Einverstanden, sobald die Hitze abklingt, beginne ich mit dem Joggen. Jeden Tag im Hardwald auf dem Vitaparcours, zuerst zwanzig Minuten, dann eine halbe Stunde und später sogar mehrmals die ganze Runde. Genauso mache ich es. War das nun ein Sieg des schlechten Gewissens oder bloss ein fauler Kompromiss zur Güte? Zumal sich der Vorsatz, Nadine bei der Durchsicht der Dossiers zu helfen, in Luft aufgelöst hatte. Manchmal war das Leben eben doch einfach, frohlockte der innere Schweinehund.

«Viel ist nicht übrig geblieben», resümierte Nadine das Ergebnis. «Die Verwaltungsratsmandate kannst du glatt vergessen. Das ist alles in Ordnung, soweit ich es beurteilen kann. Bei den privaten Fällen bin ich auch nicht fündig geworden. Bleiben noch zwei übrig: das Restaurant Corrida in der Hegenheimerstrasse und die Dornbier-Stiftung an der Birsigstrasse beim Zolli.»

«Warum gerade die zwei?»

«Beim Corrida gehts um einen Scheidungsfall.»

«Hasenböhler war aber Wirtschaftsanwalt.»

«Urs und Alice Lehmann, das sind die Besitzer des Corrida, streiten sich ums Restaurant sowie um das gesamte Vermögen. Hasenböhler nahm das Inventar auf und versuchte zu schlichten. Pustekuchen! Die bekämpfen sich bis aufs Blut. Schau dir seine Bemerkungen an.»

Der letzte Dossiereintrag verwies auf ein Schreiben von Urs Lehmann, der Hasenböhler vorwarf, alles zugunsten seiner Exfrau in die Wege leiten zu wollen. Totale Befangenheit und üble Parteinahme lauteten die Vorwürfe.

«Und dann wäre noch die Dornbier-Stiftung. Sie bekam ein Legat, ein Haus, welches verkauft wurde. Ein Freund von Hasenböhler bot mit. Kurz vor dem Abschluss tauchte wie aus dem Nichts ein unbekannter Bieter auf, der sinnigerweise etwas mehr bot wie Hasenböhlers Freund. In der Folge schaukelten sie sich gegenseitig hoch, bis der Freund von Hasenböhler ausstieg. Inzwischen ist das Haus verkauft worden. Du darfst drei Mal raten an wen.»

«Keine Ahnung. Machs nicht so spannend.»

«An den besten Kumpel des Stiftungsleiters. Hasenböhler vermutete sogar zum ursprünglichen Preis, also jenem, bevor das Ding hochgeschaukelt wurde. Hasenböhler fackelte nicht lange und schaltete die Stiftungsaufsicht ein. Aber bisher ist kein konkretes Ergebnis herausgekommen.»

«Zwei interessante Fälle. Nur, reicht das für einen Mord?»

«Mehr habe ich leider nicht gefunden. In den letzten Wochen kümmerte er sich einzig und allein um den Börsengang von Thoris. Der steht kurz bevor. Vielleicht sollten wir da auch einsteigen und ein Schnäppchen machen. Was meinst du?»

«Ich bin kein Spekulant. Bitte, mach ruhig, was du nicht lassen kannst. Heul mir dann bloss nicht den Buckel voll, falls es schiefgeht.»

«Alles klar. Nehmen wir uns einen der beiden heute noch vor?»

«Schon wieder ein Date?»

«Mit … du kannst es nicht lassen, alter Mann.»

Kollege Stephan Moser brachte Ferrari kurz vor sechs Uhr abends noch einige Informationen über Urs Stebler vorbei. Ein schönes Früchtchen! Ziemlich gewalttätig und kein Unbekannter bei der Baselbieter Polizei.

«In Oberwil nennen sie ihn den Würger.»

«Würger?»

«Die Nachbarn riefen mehrmals die Polizei, weil sie befürchteten, er würde seine Frau umbringen. Zwei Mal wurde sie sogar mit Würgespuren ins Bruderholzspital eingeliefert. Sie bestritt aber immer, dass diese von ihrem Mann stammen.»

«Die altbekannte Sache. Mann schlägt Frau, Mann würgt Frau. Doch solange sie ihn nicht anzeigt, kann man nichts machen.»

«Danke, Stephan.»

«Verdächtigt ihr ihn im Fall Hasenböhler?»

«Nein, nein. Das ist eine private Angelegenheit.»

Ferrari erzählte ihm die Geschichte von Iris Stebler.

«Das passt ja perfekt ins Schema. Gewalttätig und skrupellos. Was willst du in dieser Sache unternehmen?»

«Wenn ich das wüsste. Ich möchte Frau Stebler wieder zu ihrem Haus verhelfen, nur habe ich keine Ahnung, wie ich das anstellen soll.»

«Der Mann hat nicht alle Tassen im Schrank. Der ist gefährlich. Egal, welche Lösung du findest, ich bitte dich nur um eines: nicht im Alleingang. Hörst du, Francesco?»

«Mal schauen, Stephan.»

«Was schauen wir?»

«Du bist noch da?»

«Mein Date ist um eine Stunde verschoben. Ciao, Stephan. Was will Francesco schauen?»

Ferrari schob ihr Stephans Recherchen hinüber.

«Voll kaputt der Typ.»

«Und genau deshalb soll Francesco auch nicht allein mit ihm reden.»

«Ich begleite ihn und passe auf ihn auf. Du musst dir also absolut keine Sorgen machen», säuselte Nadine.

Stephan Moser verdrehte die Augen.

«Ihr seid unverbesserlich. Ich spreche mit unseren Kollegen vom Baselbiet, damit sie vorgewarnt sind.»

«Das, Herrschaften, kommt überhaupt nicht infrage.»

«Guten Abend, Herr Staatsanwalt.»

«Guten Abend, Herr Moser. Niemand sucht irgendjemanden im Baselbiet auf.»

«Wir sprechen gerade über Urs Stebler in einer rein privaten Angelegenheit. Nadine und ich wollen ihm einen Besuch abstatten.»

Borer schielte auf Mosers Informationen.

«Ein unberechenbarer Mensch, dieser Stebler. Jähzornig, gewalttätig. Ich verbiete Ihnen, Stebler aufzusuchen.»

«Wie bitte? Was wir im Privatleben machen, ist doch wohl noch unsere Sache. Das geht Sie nichts an.»

«Nicht ganz, meine Verehrteste. Auch privat sind Sie Polizistin. Ein Vorbild, sozusagen … Ich hätte nie gedacht, dass ich das einmal sagen würde», murmelte er. «Aber es ist, wie es ist. Sie sind Polizisten und können nicht wie Rambo durch die Gegend schiessen.»

«Von schiessen ist nicht die Rede, Herr Staatsanwalt.»

«Sie wissen, was ich meine, Ferrari. Stellen Sie sich nicht dümmer, als Sie sind. Also, nochmals zum Mitschreiben: Ich verbiete Ihnen, auch privat, Kontakt zu diesem Stebler aufzunehmen.»

«Darf ich Ihnen einen Vorschlag zur Güte unterbreiten?»

Borer sah Nadine misstrauisch an.

«Wir besuchen ihn gemeinsam. Francesco, Sie und ich. Was sagen Sie dazu?»

«Gemeinsam? Nun … irgendwie gefällt mir das nicht, Frau Kupfer. Sie führen etwas im Schilde. Ich kann mir nicht vorstellen, dass Sie mich bei dem Gespräch dabei haben wollen, und zwar aus dem einfachen Grund, weil es dann in geordneten Bahnen abläuft.»

«Exakt deshalb wollen wir Sie ja mitnehmen, als autoritäre Instanz mit Sinn für Ordnung.»

«Nun, in der Tat, das bin ich. Gut, einverstanden. Sagen Sie mir, wann wir diesen sauberen Herrn treffen … Ach ja, beinahe hätte ich den eigentlichen Grund meines Kommens vergessen, Boris Fahrner sucht Sie, Ferrari.»

Das Gespräch mit dem Notar war niederschmetternd. Horst Locher und er hatten alle Möglichkeiten in Betracht gezogen und nach den unterschiedlichsten Lösungen gesucht. Leider vergeblich. Stebler konnte, vordergründig im Interesse seiner Tochter, ein Mehrfamilienhaus auf das Grundstück stellen. Fahrner hatte zudem in Erfahrung gebracht, dass er bereits von einem Architekten ein Projekt hatte ausarbeiten lassen. Auch die Baubewilligung lag vor und vonseiten der Nachbarn waren keine Einsprachen erhoben worden. Nur noch ein Wunder konnte den Bau verhindern. Mit diesen schlechten Neuigkeiten fuhr der Kommissär nach Hause.

«Das darf doch alles nicht wahr sein, Liebling.»

«Leider sind das die Tatsachen.»

«Und dagegen kann man keinen Rekurs, oder wie es sonst heisst, einlegen?»

«Alles gesetzeskonform, Monika. Wir suchen ihn morgen Abend auf.»

«Wer ist wir?»

«Nadine, Borer und ich. Willst du mitkommen?»

«Morgen Abend muss ich im Gundeldingerfeld einen Vortrag halten.»

«Sollen wir den Besuch aufschieben?»

«Das duldet keinen Aufschub. Wieso ist Jakob dabei?»

«Um die Seriosität zu wahren.»

«Könnte dieser Stebler für euch nicht gefährlich werden?»

«Ich glaube nicht, dass er auf uns losgeht, wenn wir zu dritt einlaufen.»

«Hoffentlich … Wie gehts mit eurem Fall voran?»

«Schleppend, man könnte eher von einem Stillstand sprechen. Eine unserer Spuren führt zu einer Judith Rossetti. Sie wurde am späteren Samstagnachmittag in der Maulbeerstrasse gesehen, doch seither ist sie verschwunden. Keine Adresse, kein Telefon, rein gar nichts. Möglicherweise ist sie die unbekannte Frau, die uns angerufen hat.»

«Und Benni Stark?»

«Der ist ebenfalls ein Kandidat. Inzwischen sind noch zwei weitere aufgetaucht: die Inhaber des Restaurants Corrida in der Hegenheimerstrasse und die Dornbier-Stiftung.»

«Das sagt mir beides nichts ... Themenwechsel. Nikki möchte für drei Wochen nach Oxford, um ihr Englisch aufzupolieren.»

«Hm.»

«Komm schon, Brummbär. Dein kleines Mädchen ist jetzt immerhin schon neunzehn.»

«Begleitest du sie?»

«Ich glaube kaum, dass sie das zulässt. Sie will mit zwei Freundinnen nach Oxford. Allerdings müssten sie sich spätestens morgen entscheiden. Es hat für die nächsten drei Wochen nur noch wenige Plätze frei.»

«Und wo wohnt sie?»

«Bei einer Familie in Oxford.»

«Ist das wirklich seriös, Monika?»

«Absolut. Das Ganze läuft über die Studentenorganisation. Sie fliegen mit easyJet nach London, steigen in die Tube und sind schon in Oxford bei der Familie.»

«Was denkst du?»

«Wir sollten sie unterstützen, ihr zeigen, dass wir sie ernst nehmen. Und wie gesagt, sie ist neunzehn und somit schon seit einem Jahr volljährig.»

«Einverstanden … Das mit der U-Bahn gefällt mir nicht.»

«Mein Gott! Dann sollen sie halt ein Taxi nach Oxford nehmen. Das bringt uns auch nicht um und wenn es deiner Seele Frieden gibt, lohnt es sich doppelt.»

Von Frieden kann gar keine Rede sein, es beruhigt mich ein wenig. Mehr nicht. Ich muss mich zuerst an den Gedanken gewöhnen. Meine kleine Nikki geht zum allerersten Mal allein ins Ausland und dann erst noch in eine Grossstadt wie London … Was da alles passieren kann! Ich darf gar nicht daran denken. In der Nacht wälzte sich Ferrari, von schlechten Träumen getrieben, unruhig auf dem Bett hin und her. Der schlimmste aller Fälle war eingetroffen – Nikki wurde entführt! Die Entführer hatten bereits mit dem Kommissär Kontakt aufgenommen und forderten als Lösegeld eine Million Franken. Woher sollen wir so viel Geld nehmen? Ganz klar, Monika muss eine ihrer Apotheken verkaufen. Und was mich betrifft, ich fliege nach London und übergebe das Geld. Puh! Ganz ruhig, einfach einen kühlen Kopf bewahren, Schritt für Schritt planen, durchziehen und Nikki gesund heimbringen. Ferrari schrie im Traum laut auf. Monika stiess ihn in die Seite, nichts passierte. Wieder ein Schrei. Nun versuchte Monika ihn wachzurütteln, was kein einfaches Unterfangen war. Endlich wachte der Kommissär schweissgebadet auf und blickte verstört um sich. Gott sei Dank, alles nur ein böser Traum! Erlöst fiel er zurück aufs Kopfkissen.

7. Kapitel

Den Stiftungsleiter der Dornbier-Stiftung konnten sie nicht erreichen. Nadine sprach mit Widerwillen auf seine Combox. Anscheinend handelte es sich um einen Ein-Mann-Betrieb, da weder auf dem Festnetzanschluss noch auf der im Internet angegebenen Handynummer jemand antwortete. Urs Lehmann, der Besitzer des Corrida, hingegen nahm ab und liess sich gnädig herab, Nadine und den Kommissär zu empfangen.

«Mir wäre es fast lieber, wenn du allein hingehst, Francesco.»

«Wieso?»

«Er klang so wie der Beizer in Kleinhüningen und …»

Und wahrscheinlich wie der Wirt in Bern, bei dem sie vor Jahren gemeinsam mit ihrem Kollegen einen Routinebesuch gemacht hatte. Tragischerweise kam damals ihr Partner ums Leben, er wurde erschossen. Das war auch der Grund, weshalb sich Nadine nach Basel versetzen liess.

«Soll ich Stephan fragen?»

«Ja … Scheisse, nein! Da muss ich durch. Wir sind schliesslich Partner. Kneifen gilt nicht.»

«Unsinn! Ich verstehe dich vollkommen.»
«Los, worauf wartest du, bringen wir es hinter uns.»

Lehmann legte Menükarten auf die bereits gedeckten Tische. Nadine setzte sich zögernd an den Stammtisch.
«Vorbereitungen fürs Mittagessen?»
«Ja, das ist meine Haupteinnahmequelle. Und genau daraus will mir meine Alte einen Strick drehen. Der Fluch der guten Tat, sozusagen. Ich baue uns eine Existenz auf und was ist der Dank? Sie lässt mich einfach sitzen. Wegen eines abgefuckten Assistenzarztes, der ihr schöne Augen macht. Aber das sage ich Ihnen, die kommt noch auf die Welt.»
Ferrari nickte und betrachtete die Speisekarte. Ein Menü mit Fleisch, eines mit Pasta und beides zum Einheitspreis von fünfundzwanzig Franken.
«Mit einem kleinen grünen Salat, Hauswein und Mineralwasser. Bier, Schnaps und Kaffee kosten extra. Über Mittag sind wir immer ausgebucht, Geschäftsleute aus der Umgebung und die vom Felix Platter-Spital, die genug vom immer gleichen Spitalfood haben. Am Abend läufts nicht besonders. Da sind wir zu weit weg vom Schuss. Nur Jassrunden aus dem Quartier und Singles, die einen Schlummertrunk nehmen … Wollen Sie etwas trinken?»
«Danke, nein … Wir möchten Sie im Mordfall Hasenböhler sprechen.»
Lehmann wischte nervös über ein Glas und hielt es dann in die Luft.

«Hat mich meine Alte verpfiffen?»

«Wenn Sie es bereits wissen, weshalb fragen Sie?», schaltete sich Nadine ein.

«Es reicht ihr nicht, dass sie mich kaputt macht. Jetzt schlägt sie auch noch voll unter die Gürtellinie. Okay, es stimmt, mir hätte die Hand nicht ausrutschen dürfen. Aber dieser verdammte Stinkstiefel mit seiner arroganten Art und seinem Getue trieb mich in die Enge. Er drehte mir so lange jedes Wort im Mund um, bis ich ausgerastet bin. Natürlich habe ich mir dann einen anderen Anwalt genommen. Dieses unsägliche Geplänkel kostet mich und meine Alte Unsummen. Nur weil er ihr die Zündung eingestellt hat.»

«Sie sind der Erste, der über Hasenböhler lästert.»

«Ein feiner Herr! Bloss zu keinem Kompromiss bereit und parteiisch wie die Sau. Der stand auf der Seite meiner Alten. Ganz klar. Ich Volldepp dachte zuerst, dass ich ihm vertrauen kann. Doch irgendwann ist mir ein Licht aufgegangen. Er wollte mich aus der eigenen Beiz rauswerfen. Stellen Sie sich das mal vor! Aber nicht mit mir, so läuft der Hase nicht. Tja, und wie das Leben so spielt, muss sich jetzt meine Alte auch einen neuen Anwalt suchen.»

«Wo waren Sie am letzten Samstag zwischen halb vier und halb fünf Uhr nachmittags?»

«Hier. Wo denn sonst? … Ah, jetzt verstehe ich. Sie glauben, dass ich den Typen gekillt habe.»

Lehmann rückte Nadine gefährlich nahe.

«Eine reine Routinefrage meiner Kollegin, Herr Lehmann. Kann jemand bezeugen, dass Sie hier waren?»

«Einige Stammgäste … und, Sie werden es nicht glauben, meine Alte. Die holte am Samstag ihre restlichen Klamotten ab … Was glotzen Sie mich so blöd an?»

«Ich …»

«Meine Kollegin glotzt nicht. Sie findet nur keine Worte für Ihr ungehobeltes Auftreten.»

«Noch so ein feiner Pinkel. Ungehobeltes Auftreten, dass ich nicht lache.»

«Wäre es Ihnen lieber, wenn ich Ihnen sage, dass Sie ein Büffel sind?»

«Von einem wie Ihnen fasse ich das als Kompliment auf. Spielen hier den grossen Max vor der Kollegin. Also, wenn Sie noch Fragen haben, dann stellen Sie sie jetzt. Ich verdiene mein Geld nämlich nicht so einfach wie ihr Beamte. Das ist ein Leben, unbescholtene Bürger belästigen und dafür noch kassieren. Und wahrscheinlich nicht zu knapp.»

Ferrari lachte.

«Was gibts da zu lachen?»

«Ich verstehe nun, weshalb Ihre Frau die Koffer gepackt hat. Wenn Sie immer so sind, hälts auf Dauer keine Frau bei Ihnen aus.»

«Du …», im letzten Augenblick hielt er sich zurück. «Nein, darauf falle ich nicht herein. Du provozierst mich, damit ich mich vergesse, dir eine knalle und dafür im Knast lande. Das möchtest du wohl gern. Pech gehabt!»

«Wann haben Sie Hasenböhler zum letzten Mal gesehen?», fragte Nadine.

«Am 30. Juni. Das weiss ich so genau, weil das der Geburtstag von Alice ist.» Er schielte zu Ferrari. «Sie provozieren mich nicht, Sie nicht! … Hasenböhler unterbreitete mir eine … eine Konvention oder so ähnlich. Ich sollte sie unterschreiben, dann wäre alles in bester Ordnung. Ha! Meine Alte hätte die Hälfte von allem bekommen.»

«Was ihr ja sicher auch zusteht.»

«Das dachte sie auch, aber dem ist nicht so. Das hier ist mein Elternhaus und ich brachte es mit in die Ehe, nicht etwa umgekehrt. Ich sagte diesem Schnösel von Anwalt, dass er spinne, und schlug ihm vor, eine Hypothek auf das Haus aufzunehmen, um ihr die Hälfte vom gemeinsam Erwirtschafteten zu geben. Und ich würde für unsere gemeinsame Tochter sorgen. Damit war er nicht einverstanden … ‹Seien Sie vernünftig. Ihrer Frau gehört die Hälfte von allem. Sie haben Gütergemeinschaft.› Es war sein hinterhältiges Lächeln, das mich zur Raserei brachte. Ich stand auf und knallte ihm eine. Dann bin ich gegangen.»

«Wo finden wir Ihre Frau?»

«Bei diesem Schaumschläger im weissen Kittel, drüben im Felix Platter-Spital. Die passen doch gar nicht zusammen. Das hier», er drehte sich im Kreis, «das hier ist ihre Welt, unsere gemeinsame Welt.

Nicht die da draussen bei so einem elitären Arsch ... Sonst noch was?»

«Wissen Sie, wie der Assistenzarzt heisst?»

«Milan Djuric, ein Chirurg. Halt etwas Besseres. Nicht so ein einfacher Beizer wie ich ... Frau ...»

«Kupfer, Nadine Kupfer.»

«Entschuldigen Sie, dass ich Sie so dumm angemacht habe, Frau Kupfer. Ich ... ich bin voll von der Rolle. Die Trennung von Alice und Olivia macht mich nudelfertig. Sie sind mein Ein und Alles. Ich weiss, eine verdammt kleine Welt, aber die beste überhaupt. Verdammte Scheisse, sie sind doch meine Familie!»

«Na, wars schlimm?»

«Nur für einen kurzen Augenblick. Danke, du hast das super hingebogen.» Nadine küsste den Kommissär auf die Wange. «Wollen wir gleich hinüber zum Arzt?»

«Fragen können wir ja, ob er da ist.»

Der Zufall wollte es, dass sie nicht nur den Arzt, sondern auch Alice Lehmann antrafen. Sie bestätigte die Aussage ihres Mannes und konnte dem bereits Gesagten nichts hinzufügen. Und der nette Assistenzarzt mit den schönen blauen Augen, wie Nadine bemerkte, hielt sich ganz vornehm aus allem heraus.

«Ein Schlag ins Wasser. Diese Spur können wir abhaken.»

«Und Lehmann seine Alice ebenfalls. Sie ist total verliebt in ihren gut aussehenden Arzt. Wo die Liebe eben hinfällt ...»

Gegen Mittag rief Stiftungsleiter Daniel Kaspar Nadine zurück. Sie vereinbarten einen Termin um zwei Uhr nachmittags in seinem Büro an der Pfirtergasse. Wie vermutet, handelte es sich bei der Dornbier-Stiftung um eine kleine Organisation. Kaspar legte ihnen einen Hochglanzprospekt auf den Tisch und erklärte des Langen und Breiten den Zweck der Stiftung. Ich kenne den Mann, ja ganz bestimmt, sinnierte Ferrari. Aber ich weiss nicht, wo ich ihn hintun muss. Bin ich ihm an einer Party bei Olivia begegnet? Nein, es muss anderswo gewesen sein. Der Kommissär griff nach dem Prospekt. Die Stiftung war von der Witwe eines erfolgreichen Verlegers ins Leben gerufen worden und sollte jegliche Art von Kulturprojekten unterstützen, die nicht selbsttragend waren. Eine gute Sache.

«Angenommen, Sie haben ein Buch geschrieben und einen Verlag gefunden. Doch dieser publiziert Ihr Werk nur unter der Bedingung, dass Sie sich finanziell beteiligen, dann können Sie bei uns eine Eingabe machen. Wir prüfen Ihr Gesuch und unterstützen Sie im Rahmen unserer Möglichkeiten. Natürlich kann es auch sein, dass Sie eine Absage erhalten. Sie können auch Gesuche für Konzerte, Theateraufführungen und vieles mehr stellen, einfach für alles, was man unter dem breiten Spektrum Kultur versteht.»

«Und das prüfen Sie dann selbst?»

«Meine Mitarbeiterin, die im Augenblick auf Kreta Ferien macht, und ich. Nach der Prüfung legen wir diejenigen Gesuche, die dem Stiftungszweck entsprechen, unserem Ausschuss vor. Das ist ein Gremium von drei Personen, ihnen obliegt die Entscheidung. Und ein Mal im Quartal trifft sich der ganze Stiftungsrat, das sind mit mir zusammen sieben Personen.»

«Ab und zu kommen weitere Legate hinzu, richtig?»

«Ich ahne, auf was Sie anspielen, Frau Kupfer. Auf die Liegenschaft in der Chrischonastrasse.»

«Exakt.»

«Wir sind sehr dankbar dafür, denn wir können nur über die Zinsen des Stiftungskapitals verfügen. Da wir keine Immobilienfirma sind, entschloss sich der Stiftungsrat, das Haus zu verkaufen.»

«Sie schrieben das Haus aus?»

«Nein, das war nicht nötig. Im Vorfeld gab es schon einige Interessenten, denn die Liegenschaft stand rund zwei Jahre leer. Der Stiftungsrat entschied, dass wir die insgesamt acht Interessenten anschreiben. Unsere Preisvorstellung für das Haus lag bei einer Million.»

«Entsprach dies auch der Schätzung?»

«Nicht ganz, diese belief sich auf achthundertfünfzigtausend.»

«Gab jemand ein Angebot für eine Million ab?»

«Ich glaube nicht, dass ich Ihnen darüber Auskunft geben muss, Herr Kommissär. Bevor ich mich weiter mit Ihnen unterhalte, möchte ich wissen, weshalb Sie sich dafür interessieren.»

«Wir sind auf Ihre Stiftung in Zusammenhang mit der Ermordung von Edgar Hasenböhler gestossen.»

«Das dachte ich mir. Dieser … dieser Moralapostel.»

«Eine schöne Bezeichnung. Können Sie uns dies näher erklären?»

«Gewiss, Frau Kupfer. Selbst jede Menge Dreck am Stecken, wirft er anderen Korruption und Vetternwirtschaft vor.»

«Was hat er Ihnen denn konkret vorgeworfen?»

«Betrug. Aber das wissen Sie ja, sonst wären Sie nicht hier.»

«Unberechtigterweise vermute ich.»

«Beim Verkauf lief alles rechtens ab.»

«Da ist Herr Hasenböhler anderer Meinung.»

«Wen wunderts. Nur weil er das Haus nicht für seinen Klienten kaufen konnte, warf er mir Insidergeschäfte vor.»

«Was natürlich nicht zutrifft.»

Kaspar blickte Nadine wütend an.

«Wenn Sie mehr wissen wollen, wenden Sie sich an den Stiftungspräsidenten … Hier ist seine Visitenkarte. Er erwartet Ihren Anruf.»

«Sie haben … Dr. Peter Forster bereits informiert, dass er mit einem Anruf von uns rechnen darf? Höchst interessant.»

«Denken Sie, was Sie wollen. Ich bin nicht bereit, weitere Fragen zu beantworten.»

Ferrari nickte und erhob sich.

«Gut, wie Sie wollen. Dann werden wir uns an Dr. Forster wenden. Was mich aber schon noch interessieren würde – Sie nannten Hasenböhler einen Moralapostel, der selbst Dreck am Stecken hat. Wie meinten Sie das?»

«Das kann ich Ihnen gern sagen. Unsere Stiftung hielt ein kleines Aktienpaket von Kohlhaus & Partner. Die Aktien warfen in jedem Jahr einiges an Dividende ab. Dann kam vollkommen überraschend der Konkurs. Hasenböhler vertrat unsere Interessen und die anderer Geschädigten. Schliesslich wurde die Sache mangels Masse eingestellt. Doch unter dem Strich gab es einige Gewinner, und zwar der Verwaltungsrat von Kohlhaus & Partner, der mit einem blauen Auge davonkam, und Edgar Hasenböhler. Ein Jahr später erfuhren wir nämlich, dass Hasenböhler mit Fahrner unter einer Decke steckt. Das zum Thema Dreck am Stecken. Die schnürten ein Paket und liessen uns im Glauben, dass alles korrekt abgewickelt wurde. Ich will Ihnen sagen, wie es abgelaufen ist: Der Verwaltungsrat, allen voran dieser Boris Fahrner, noch so eine fiese Figur, hat Hasenböhler geschmiert, damit sie nicht zur Verantwortung gezogen werden konnten. Das Ganze gipfelte im Zusammenschluss der beiden, das war echt die Krönung. Sauhäfeli, Saudeckeli!»

«Können Sie das beweisen?»

«Dann sässen die beiden und mit ihnen die anderen Verwaltungsräte längst im Gefängnis. Aber die fädelten das dermassen geschickt ein, dass alle Gläubiger, und damit auch unsere Stiftung, das Nachsehen hatten. Und jetzt tritt der Kerl wie ein Heiliger auf. Der grösste Betrüger von Basel mimt den selbstlosen Beschützer all jener, die sich nicht wehren können. Lachhaft!»

«Das ist Ihre Sicht, Herr Kaspar. Andere sehen das anders.»

«Das kann ich mir gut vorstellen. Eigentlich war das ein Traumteam: ein Schaumschläger und ein einlullender Weltverbesserer. Das konnte der Mann, die Leute einlullen und übers Ohr hauen. Der elende Mistkerl verfolgt mich noch aus dem Grab heraus. Es gab eine Sondersitzung des Stiftungsrates, weil er die Stiftungsaufsicht eingeschaltet hatte, und zu allem Elend musste ich noch im Telebasel Rede und Antwort stehen.»

Genau! Er sass letzte Woche wie ein Sünder im «7vor7» und versuchte, alle Vorwürfe zu entkräften. Daher kenne ich ihn, fiel es dem Kommissär ein.

«Das haben Sie sich doch selbst eingebrockt, indem Sie Ihrem Freund das Haus zuhielten. Korrekt?»

«Kein Kommentar! Sprechen Sie mit Dr. Forster, Frau Kupfer.»

«Ich glaube, es war so: Sie sammelten die Kaufangebote. Das Höchste lag bei einer Million und zufälligerweise taucht plötzlich aus heiterem Himmel ein höheres Angebot auf. Notabene von jemandem, der gar keine Unterlagen und das Haus auch gar nicht besichtigt hatte. Irgendwie seltsam. Finden Sie nicht?»

«Unsinn!»

«Und als Hasenböhler insistierte, weil er den Braten roch, wählten Sie einen gut schweizerischen Kompromiss. Die beiden Höchstbietenden erhielten die Möglichkeit, nachzubieten, und schaukelten sich so gegenseitig hoch, bis es dem Kunden von Hasenböhler zu bunt beziehungsweise zu teuer wurde. Ende gut, alles gut, denn jetzt ist Ihr Freund der neue Hausbesitzer.»

«Sie müssens ja wissen.»

«Und Hasenböhler vermutete sogar zum ursprünglichen Preis von einer Million Franken. Vielleicht gabs ja noch eine kleine Provision für Sie, wer weiss.»

«Sie sind mein Zeuge, Herr Kommissär. Frau Kupfer wirft mir Korruption vor. Das lasse ich mir nicht bieten. Ich werde Sie wegen Verleumdung verklagen.»

«Tun Sie das, Herr Kaspar. Ich kann solche Typen wie Sie nicht ausstehen. Bewerfen einen Toten mit Dreck. Mit dem Dreck, in dem Sie selbst bis zum Hals stecken.»

«Sie … Sie hören von der Kanzlei Forster, die wird meine Interessen vertreten.» Kaspar atmete kurz durch. «Wenn Sie ausser haltlosen Anschuldigungen keine weiteren Fragen mehr haben, möchte ich Sie bitten, mein Büro zu verlassen … Ich schwöre Ihnen, das hat ein Nachspiel, Frau Kupfer.»

«Hör auf, so dämlich zu grinsen.»

«Vermutlich werden wir von dem Ehrenmann nichts mehr hören. Der plustert sich doch nur auf. Ich bin übrigens ganz deiner Meinung, höchstens das mit der Provision könnte falsch sein. Wahrscheinlich war es einfach ein Freundschaftsdeal.»

«Ich kriege das Kotzen, wenn ich solche Typen sehe.»

«Lassen wir ihn jetzt vorerst in seinem eigenen Saft schmoren, und dieser Dr. Peter Forster läuft uns nicht davon. Was hältst du von seiner Verschwörungstheorie?»

«Durchaus möglich, dass Fahrner und Hasenböhler gemeinsame Sache machten, obwohl das ihrer eigenen Version widerspricht, nach der sie sich ja erst nach dem Konkurs von Kohlhaus & Partner zusammengetan haben.»

«Es passt auch nicht zu meinem Bild von Fahrner und auch nicht zu jenem von Hasenböhler, so wie er uns geschildert wird.»

«Entweder haben wir es mit zwei ausgekochten Schlitzohren zu tun oder dieser Kasperl da oben», sie deutete auf die zweite Etage, «lenkt bloss von seinen eigenen Sauereien ab.»

«Wir haben noch etwas Zeit, bevor wir Urs Stebler beehren. Bist du eigentlich dabei?»

«Klar. Ich lass mir doch den grossen Auftritt von unserem Staatsanwalt nicht entgehen.»

«Wir fahren mit deinem Wagen hin, Borer wird von Stephan nach Oberwil chauffiert.»

«Grosses Aufgebot.»

«Stephan traut der Sache nicht oder vielmehr Urs Stebler. Er liess sich partout nicht abschütteln. Besuchen wir kurz noch Boris Fahrner, das sollte gerade noch zeitlich reichen.»

Der Notar unterhielt sich mit einem Kunden. Er unterbrach kurz die Besprechung und bat Nadine und den Kommissär um etwas Geduld. Sie verabredeten sich in einer halben Stunde im Beschle in der Aeschenvorstadt.

«So, da bin ich. Entschuldigen Sie bitte. Ich habe so schnell wie möglich gemacht, doch es gab noch das eine oder andere zu besprechen.»

«Kein Problem. Wir sind schliesslich unangemeldet gekommen.»

«Gibt es neue Erkenntnisse?»

«Wir gehen im Augenblick Hasenböhlers Kundenkartei durch. Dabei sind wir auf zwei Fälle gestossen, die wir näher untersuchen möchten. Beim einen handelt es sich um den Restaurantbesitzer Urs Lehmann, das Lokal namens Corrida befindet sich in der Hegenheimerstrasse.»

«Der Name sagt mir nichts.»

«Hasenböhler sollte in einer Scheidungsangelegenheit die Vermögenswerte gerecht aufteilen.»

«Was nicht ganz einfach ist. Aber, wie gesagt, darüber sprach er nicht mit mir.»

«Beim anderen Fall handelt es sich um eine Stiftung, die ein Haus veräusserte.»

«Daniel Kaspar und die Dornbier-Stiftung, da bin ich im Bilde. Eine undurchsichtige Sache. Meiner Meinung nach lag ein klares Insidergeschäft vor. Edgar hat sich an die Stiftungsaufsicht gewandt.»

«Kaspar bestreitet alle Vorwürfe.»

«Das wundert mich nicht. Übrigens heisst der Käufer des Hauses Dino Hirzenbach. Als Edgar damals zu mir kam und mir die Story erzählte, setzten wir uns hin und googelten Hirzenbach. Dem Internet sei Dank, denn zum Vorschein kamen einige Verbindungen. So ist Kaspars Bruder Teilhaber in der Kanzlei Forster. Forster seinerseits sitzt im Stiftungsrat der Dornbier-Stiftung und Hirzenbach, der übrigens Treuhänder ist, sitzt im Verwaltungsrat der Forster AG.»

«Zufälle gibts!»

«Sie sagen es, Frau Kupfer. Alles reiner Zufall. Kaspar war noch so dumm und erzählte Edgar, dass ein Kaufangebot von jemandem eingegangen sei, der das Haus nicht einmal besichtigt hat. Ein Angebot auf gut Glück. Das Ganze war ein Witz und eine abgekartete Sache. Edgars Klient hätte sein Angebot auch verdoppeln können, Hirzenbach wäre trotzdem zum Handkuss gekommen. Gut, dass Sie mich daran erinnern. Ich werde das weiterverfolgen, Edgar zuliebe.»

«Kaspar wirft Ihnen und Hasenböhler Korruption vor.»

Boris Fahrner schmunzelte.

«Und, was halten Sie von seinen Anschuldigungen?»

«Wir glauben ihm kein Wort», preschte Nadine vor.

«Vielen Dank, Frau Kupfer. Ich will gar nicht erst wissen, was das für Vorwürfe sind. Kaspar soll sich vor mich hinstellen und mir seine Anschuldigungen an den Kopf werfen. Sie können sicher sein, dass ich mir das ruhig anhöre und danach entsprechend reagiere. Ich lasse erstens nicht zu, dass das Andenken von Edgar beschmutzt wird, und zweitens werden diese dubiosen Brüder mich kennenlernen. Ich werde mit Nachdruck dafür sorgen, dass der Skandal mit dem Immobilienverkauf publik wird. Doch zuerst muss ich das Ergebnis der Stiftungsaufsicht abwarten.»

«In einer Stunde treffen wir noch einen sauberen Herrn, Urs Stebler», wechselte Ferrari das Thema.

«Auf legale Weise kommen Sie dem nicht bei, Herr Kommissär. Sie dürfen mir glauben, Horst und ich haben alles geprüft. Stebler muss das von langer Hand geplant haben. Zuerst die Gütertrennung, dann wird er Beistand seiner Tochter. Ich kann Ihnen auch schon sagen, wie die Geschichte endet. Sobald die Eigentumswohnungen verkauft sind, verschwindet Stebler mit den Millionen, während Mutter, Grossmutter und das behinderte Kind in eine billige Wohnung ziehen müssen. Mehr können sie sich nicht leisten. Vermutlich sind sie langfristig gar nicht in der Lage, sich um das behinderte Kind zu kümmern, und es muss in ein Pflegeheim. Das wird wiederum die Mutter nicht verkraften.»

«Düstere Aussichten.»

«Leider realistisch, Herr Kommissär. Und niemanden kümmerts.»

«Uns wird schon etwas einfallen», brummte Ferrari, aber sehr glaubwürdig klang es nicht.

«Am liebsten würde ich sagen, machen Sie ihn fertig. Bildlich gesprochen natürlich. Doch ehrlich gesagt, glaube ich, dass Sie sich den Weg nach Oberwil sparen können.»

Genau so war es. Stephan Moser und Staatsanwalt Jakob Borer warteten bereits vor dem Haus. Stebler hatte dafür gesorgt, dass das Gespräch ohne seine Frau und die Tochter stattfand. Gekonnt und ziemlich überzeugend spielte er den besorgten Vater, dem es uneigennützig nur um das Wohl seiner Tochter ging. Das Mehrfamilienhaus sei eine Investition in die Zukunft, das müsse doch auch seine Mutter einsehen. Zudem sei das jetzige Haus viel zu gross für sie allein.

«Sie könnten doch mit Ihrer Familie zu Ihrer Mutter ziehen.»

«Das ginge nicht gut, Herr Ferrari. Wie gesagt, die Entscheidung ist bereits gefallen. Ich danke Ihnen, dass Sie sich um meine Mutter und meine Familie Sorgen machen. Aber das ist vollkommen unnötig. Meine Mutter hatte schon immer einen Hang zum Übertreiben. Wir werden für sie vorübergehend einen wunderschönen Platz finden. Das garantiere ich. Und das Geld, das wir für die Eigentumswohnungen lösen, lege ich sicher an, damit es unserer Tochter auch später gut geht, wenn wir nicht mehr für sie da sein können.»

«Das klingt sehr schön, Herr Stebler. Sie garantieren also, dass Sie das Geld nicht für eigene Zwecke ausgeben werden?», brachte sich Borer ein.

«Darauf können Sie sich verlassen.»

«Gut, dann wäre das geklärt. Wenn Sie gestatten, würde ich Sie gern mit einem meiner Freunde in Verbindung bringen. Der könnte Sie bei der Anlage des Kapitals kompetent beraten.»

«Vielen Dank, Herr Borer. Aber das ist nicht notwendig. Das schaffe ich schon allein.»

«Das kann ich mir gut vorstellen», fügte Nadine an.

«Dann ist ja alles bestens. Nochmals vielen Dank, dass Sie sich die Mühe gemacht haben.»

«Ja, ich kann mir gut vorstellen, dass Sie das Geld abzocken und dann abhauen.»

«Sie irren sich, Frau Kupfer. Ich bin nur um das Wohl meiner Familie besorgt. Der Verkauf der Eigentumswohnungen ist unsere Absicherung.»

«Passen Sie nur auf, dass niemand einen Dreh findet, damit Sie womöglich Ihre Funktion als Beistand abgeben müssen.»

«Das wird nicht der Fall sein, Frau Kupfer», lächelte Stebler betont freundlich.

«Wir wissen alle, was passieren wird. Sie hauen ab und lassen Ihre Familie verrecken. Sie sind ein übles Schwein!»

«Vorsicht, Frau Kupfer. Ich lasse mich nicht beleidigen.»

«Sie sind eine einzige Beleidigung. Dass ich Sie mit einem Schwein verglichen habe, bedaure ich. Denn ein Schwein ist für seine Jungen da. Für Leute wie Sie gibt es gar keine Bezeichnung, nur abgrundtiefe Verachtung.»

Stebler holte aus. Noch bevor Ferrari reagieren konnte, warf sich Borer dazwischen. Der erste Schlag verfehlte sein Ziel, doch der zweite traf den Staatsanwalt an der Schulter. Borer torkelte rückwärts, stolperte über eine auf dem Boden stehende Vase und schlug unsanft mit dem Hinterkopf auf dem Boden auf.

«Stephan!», schrie der Kommissär seinem Kollegen zu, der bislang draussen gewartet hatte. Stebler wehrte sich heftig, doch mit vereinten Kräften konnten sie ihn ruhigstellen. Währenddessen kniete sich Nadine zu Borer hinunter.

«Bleiben Sie liegen», flüsterte sie ihm zu.

«Was … spinnen Sie?»

Nadine drückte ihn fest zu Boden.

«Stephan, leg Stebler die Fesseln an und nimm ihn mit. Staatsanwalt Borer ist ohnmächtig, wir müssen ihn ins Spital bringen.»

«Was?!», riefen Ferrari und Moser im Chor, während Stebler versuchte, sich zu befreien.

«Er hat Staatsanwalt Borer niedergeschlagen … Sie sind verhaftet, Herr Stebler!» Erneut drückte sie Borer auf den Boden zurück. «Mach schon, Stephan.»

«Aber …»

«Nichts aber, bring ihn in den Waaghof.»

Stephan Moser sah Ferrari fragend an, der zustimmend nickte.

«Leg ihm die Bänder an, Stephan. Komm, wir bringen ihn hinaus.»

Sie zerrten ihn zum Wagen und setzten ihn auf den Rücksitz.

«Seid ihr von allen guten Geistern verlassen, Francesco?», wandte sich Moser an den Kommissär. «Wir sind hier nicht in der Stadt. Der ist in wenigen Stunden wieder draussen und wir haben ein Disziplinarverfahren am Hals.»

«Ich weiss. Behalt ihn im Auge. Ich muss wieder rein.»

Nadine klopfte Borer den Staub vom Rücken.

«Was sollte das eigentlich, Frau Kupfer? Sie hätten mir beinahe das Genick gebrochen. Es reicht nicht, dass Sie den Unmenschen so provozieren, dass er durchdreht. Nein, ich stolpere auch noch über diese blöde Vase. Und statt mir aufzuhelfen, drücken Sie meinen Kopf aufs Parkett. Zwei Mal sogar, um genau zu sein.»

«Stebler hat Sie tätlich angegriffen, Herr Staatsanwalt.»

«Blödsinn. Er streifte mich nur leicht mit seiner Faust. Ich bin gestolpert, als ich Ihnen zu Hilfe kam.»

«Er versetzte Ihnen einen heftigen Schlag. Sie torkelten rückwärts über die Vase und jetzt müssen Sie zum Arzt.»

Ferrari schüttelte verwundert seinen Kopf. Ich bin wohl im falschen Film!

«Aha … ach so … Jetzt, wo Sie es sagen, Frau Kupfer. Genau. Er hat mich vorsätzlich geschlagen. Ich versuchte noch auszuweichen und bin dann hingefallen. Wahrscheinlich eine Gehirnerschütterung. Mir ist schwindlig, ich muss mich hinsetzen.»

«Sie müssen zu einem Arzt.»

«Fahren Sie mich bitte zu meinem Hausarzt, zu Professor Tobler. Ein guter, ein sehr guter Freund von mir. Aber lassen Sie mich bitte noch einen Augenblick hier sitzen. Es dreht sich alles.»

Ferrari verfolgte ungläubig das Gespräch, das sich soeben um hundertachtzig Grad gedreht hatte. Eben noch spinnefeind, waren sich Nadine und Borer nun einig. Und tatsächlich setzte sich der Staatsanwalt auf einen Stuhl, griff sich an den Kopf und begann jämmerlich zu stöhnen.

«Kann mir jemand sagen, was hier gespielt wird?», schaltete sich der Kommissär in die Unterhaltung ein.

«Urs Stebler hat Staatsanwalt Borer angegriffen. Das war ganz klar eine Tätlichkeit, die wir beide bezeugen können.»

«Nun mach mal halblang. Er ist rückwärts über die Vase gestolpert, das sagt er doch selbst.»

Borers Jammern wurde deutlich stärker.

«Wir buchten Stebler für diesen Übergriff ein und lassen unsere Aktion von den Baselbieter Kollegen absegnen.»

«Das kannst du vergessen. Im Nachhinein sanktioniert das keiner.»

«Ich widerspreche Ihnen nur ungern, Ferrari», äusserte sich ein quietschfideler Staatsanwalt. «Aber in einem solchen Fall musste Frau Kupfer als Polizistin sofort einschreiten, um Schlimmeres zu verhindern. Unsere Kollegen werden das natürlich einsehen.»

«Und wozu das ganze Theater?»

Wie auf Kommando griff sich Borer erneut an die Stirn und begann zu jammern.

«Stebler gilt als gewalttätig, was wir ja nun bestätigen können. Für den Angriff auf unseren Staatsanwalt kriegt er mit Sicherheit eine Haftstrafe. So verschwindet er von der Bildfläche. Was will man mehr?»

«Und die Behörde wird ihn als Beistand seiner Tochter absetzen», resümierte Borer zufrieden. «Mit etwas Glück übernimmt dann die Mutter diese Funktion, aber wahrscheinlich wird eine externe Person mit dieser Aufgabe betreut.»

«Und das klappt?», fragte Ferrari skeptisch.

«Es ist unsere einzige Chance.»

«Und wenn es schiefgeht?»

«Also bitte, Ferrari. Glauben Sie wirklich, dass der Mann eine Chance hat? Ein Angriff auf einen Staatsanwalt, bezeugt von einem Kommissär und seiner Partnerin, ein Attest eines arrivierten Professors, der die schwere Gehirnerschütterung infolge der Tätlichkeit diagnostiziert …», Borer erhob sich. «Können Sie mir bitte helfen, Frau Kupfer. Es dreht sich schon wieder alles. Fahren Sie mich bitte zum Arzt, sobald Kollege Ferrari seinen Mund geschlossen hat und endlich mit Kommissär Moser und dem Gewalttäter weggefahren ist.»

8. Kapitel

Auch knapp eine Woche nach dem Mord blieb Judith Rossetti spurlos verschwunden. Es wird doch wohl noch möglich sein, in einer Stadt mit zirka zweihunderttausend Einwohnern diese Frau aufzutreiben. Was machen denn Big Georgs Leute den ganzen Tag? Vermutlich Däumchen drehen und zwischendurch mal irgendwelche Schwarzarbeiter jagen.

«Wenn man die Fahndung braucht, versagt der Apparat. Na prima.»

«Das würde ich lieber nicht zu laut sagen, Francesco.»

«Ist doch wahr! Wo bleibt die Unterstützung? Die sitzen faul herum und warten, dass ihnen die Delinquenten ins Maul fliegen.»

«Judith Rossetti ist keine Verbrecherin, sie wird polizeilich nicht gesucht.»

«Aber möglicherweise ist sie die Schlüsselfigur in unserem Fall.»

«Vielleicht weiss Stark, wo wir sie finden.»

«Einen Versuch ist es wert. Fahren wir zu ihm – mit deinem Porsche, im Augenblick macht es keinen Spass, Tram zu fahren.»

Benni Stark war nicht ansprechbar. Unüberhörbares Schnarchen aus dem Schlafzimmer deutete darauf hin, dass er sich wieder einmal die Lampe gefüllt hatte. Isabelle Köstner bot Ferrari und Nadine einen Kaffee an.

«Wenn er wach ist, sage ich ihm, dass Sie ihn sprechen wollen. Kann ich Ihnen vielleicht weiterhelfen?»

«Wir suchen nach einer Frau. Sie heisst Judith Rossetti. Kennen Sie sie?»

«Rossetti? Der Name sagt mir nichts.» Sie schrieb sich den Namen auf einen Zettel. «Mit zwei s und zwei t?»

«Ja. Sie führte erfolgreich eine kleine Spenglerei, die sie von ihrem Vater übernommen hatte. Beim Konkurs eines grossen Bauunternehmers wurde ihre Firma jedoch mit in den Strudel hineingezogen.»

«Und was hat Benni damit zu tun?»

«Zur jener Zeit war Ihr Freund noch als Architekt tätig. Vielleicht kennt er sie beruflich und weiss, wo sie sich aufhält.»

«Wenn er sich noch daran erinnern kann, Frau Kupfer. Er verliert langsam, aber sicher den Verstand. Es dreht sich immer nur alles um die Isteinerstrasse und Hasenböhler. Das ist eine richtige Manie geworden.»

«Sind Sie schon lange zusammen?»

«Fast zwei Jahre. In dieser Zeit gings mit ihm immer weiter bachab. Unaufhaltsam. Kein Job, keine Perspektive, keine Lebensfreude und kein Funken von Selbstwertgefühl mehr. Eines Tages komme ich nach

Hause und er liegt tot auf dem Bett. Das ist mein grösster Albtraum.»

«Geht er noch zur Therapie?»

Sie lachte bitter.

«Zu diesem Kurpfuscher? Der soll endlich aufhören. Anstatt ihm zu helfen, verunsichert er ihn nur.»

«Darf ich fragen, was Sie beruflich machen, Frau Köstner?»

«Sicher. Ich arbeite in der Fakturierungsabteilung einer Versicherung, Herr Kommissär.»

«Wie lernten Sie Herrn Stark kennen?»

«An einem FCB-Match.»

«Sie sind FCB-Fan?»

«Um Himmels willen, nein. Einige Kollegen schleppten mich an ein Spiel mit. Als ich in der Pause Getränke holte, schlug mir Benni versehentlich ein Bier aus der Hand. Ihm war das total peinlich. Er entschuldigte sich, sorgte für Nachschub und lud mich zum Essen ein. So fing es an … Und wenn es so weitergeht, endet es bald.»

Ferrari warf einen Blick ins Schlafzimmer, Stark lag schnarchend auf dem Rücken. Seine Alkoholfahne roch der Kommissär bis an die Tür.

«Sagen Ihnen folgende Namen etwas, Frau Köstner: Urs Lehmann?»

Sie verneinte.

«Boris Fahrner?»

«Nein. Aber Benni erwähnte ab und zu eine Andrea Fahrner.»

«Das ist die Frau von Boris.»

«Von ihr schwärmt er in den höchsten Tönen.»

«Daniel Kaspar?»

«Kaspar? Nein, noch nie gehört.»

«Und von Beat Sieber haben wir ja bereits gesprochen.»

«Der Mann ist selbst hochgradig krank.»

«Sie kennen ihn?»

«Ich war ein Mal mit Benni dort, weil ich mit ihm reden wollte. Als er nur Benni ins Sprechzimmer liess, bin ich einfach an der Sekretärin vorbei hineingehuscht und habe ihm deutlich meine Meinung gesagt. Er liess mich von zwei Mitarbeitern rauswerfen ... Benni ist diesem Pfuscher richtiggehend ausgeliefert. Ich kann über Sieber sagen, was ich will. Er hört mir einfach nicht zu.»

Nadine gab ihr den Namen von Nora Erb und die Adresse der Universitären Psychiatrischen Kliniken.

«Das ist die Schwester von Andrea Fahrner, sie ist angeblich eine gute Psychiaterin. Frau Fahrner empfiehlt sie. Übrigens, sie findet, dass Professor Sieber ein schlechter Arzt ist.»

«Danke, Frau Kupfer. Das ist vielleicht eine Chance. Auf Andrea Fahrner lässt Benni nichts kommen. Ich rufe einfach bei dieser Nora an und mache einen Termin aus. Gleichzeitig sage ich Sieber ab. Wenn ihm Nora Erb gefällt, gibt es vielleicht wieder Hoffnung.»

Das Gespräch hatte sie zwar keinen Schritt weitergebracht, doch ein Wechsel von Beat Sieber zu Nora Erb konnte sich für Stark nur positiv auswirken. Immerhin etwas.

«Keine leichte Aufgabe für Isabelle Köstner.»

«Sie scheint eine starke Persönlichkeit zu sein. Vielleicht packen sie es.»

«Hoffentlich. Du hast ja gleich die erste Gelegenheit genutzt, um Sieber eins auszuwischen.»

«Das hat er auch verdient. Allerdings dachte ich wirklich zuerst nur daran, Stark zu helfen. Ob dus glaubst oder nicht.»

Nadine stoppte auf der Höhe der Schützenmatte.

«Wieso hältst du an?»

«Damit du deine Spielwiese anschauen kannst. Glaub nur nicht, dass wir deinen Lauf vergessen werden. Aufgeschoben ist eben nicht aufgehoben. Das wollen wir sehen. Am liebsten als Vorspann zu einem Meisterschaftsspiel der Old Boys.»

«So weit kommts noch. Ich renne wie abgemacht, aber sicher nicht vor Zuschauern.»

«Am letzten Samstag wäre dir das egal gewesen.»

«Das ist etwas anderes.»

«Wieso?»

«Weil noch andere dabei waren.»

«Du meinst, am Sponsorenlauf liefen noch viele andere mit dickem Bauch und zu engem Shirt durch die Gegend.»

«Fängst du schon wieder damit an? Du und Monika, ihr könnt es einfach nicht lassen. Macht es euch dermassen Spass, mich zu ärgern?»

«Ehrlich gesagt, ja. Apropos Monika, was sagt sie zu unserem gestrigen Teilerfolg?»

«Sie ist begeistert.»

«Was machen wir jetzt als Nächstes?», fragte Nadine, während sie in den Spalenring einbog.

Der Kommissär blickte aus dem Autofenster in den endlosen Himmel, Nadines Worte verhallten ungehört. Morgen früh fliegt Nikki nach London. Hoffentlich stürzt das Flugzeug nicht ab … Der ganze Sprachaufenthalt kommt so überraschend, irgendwie überstürzt. Ich hatte kaum Zeit, mich an den Gedanken zu gewöhnen. Gemäss Angaben des Bundesamts für Statistik sind die meisten Toten im Strassenverkehr zu beklagen. Im 2012 haben sich auf den Schweizer Strassen achtzehntausendeinhundertachtundvierzig Unfälle mit Personenschaden ereignet, dreihundertneununddreissig Menschen verloren dabei ihr Leben. Der leichte Anstieg zum Vorjahr hängt mit dem tragischen Busunglück in Siders zusammen. Im Vergleich zu diesen Zahlen sind die Opfer in der Luftfahrt gering. Ich sollte also froh sein, dass Nikki nach London fliegt, und nicht etwa mit dem Auto oder dem Bus fährt. Diese Fakten verdankte Ferrari seinen ausführlichen Internetrecherchen, nur wirklich beruhigt war er nicht. Und letztendlich gab es keine Garantien im Leben. Was, wenn es Nikki bei der Gastfamilie nicht gefällt? Wenn sie plötzlich Heimweh hat? Dann soll sie sich in das nächste Flugzeug setzen und nach Hause kommen. Genau. Ob hier wohl der Wunsch der Vater des Gedankens war? Hm. Wie auch immer, der Abnabelungsprozess hat nicht erst vor zwei Tagen begonnen, ich muss mich damit abfinden. Je früher, desto besser für alle Beteiligten.

«Hallo … bist du da?»

«Wie? Nikki fliegt morgen nach London.»

«Sie freut sich tierisch.»

«Du weisst davon?»

«Monika hat es mir gesagt. Nur Papa freut sich nicht, er kann einfach nicht loslassen.»

«Jaja. Hauptsache, ihr könnt euch über mich lustig machen.»

«Dein Handy vibriert. Hörst du das denn nicht?»

Ferrari versuchte, sein Natel aus dem Hosensack zu fischen, was in angeschnalltem Zustand nicht ganz einfach war. Als er es endlich schaffte, hatte der Anrufer aufgelegt.

«In dieser Sardinenbüchse kann man sich nicht bewegen.»

«Normale Menschen schon, Übergewichtige weniger. Wer wars?»

«Das weiss ich doch nicht. Bin ich ein Hellseher?»

«Schau aufs Display.»

«Unbekannter Anrufer.»

«Na prima!»

«Der Unbekannte wird schon …», weiter kam Ferrari nicht, denn in diesem Augenblick begann es wieder zu vibrieren. Big Georg fluchte wie ein Rohrspatz.

«Weshalb nimmst du nicht ab, Francesco?»

«Weshalb rufst du mit einer unterdrückten Nummer an?»

Der Chef der Fahndung informierte den Kommissär, dass ein ehemaliger Mitarbeiter von Judith Rossetti seine Chefin vor einer Woche zufällig in der Bodega getroffen habe.

«Moment, ich notiere mir den Namen … Gustav Klumb … Wo wohnt er? … Oetlingerstrasse … Okay, danke Georg. Gute Arbeit …»

«Was ist los?», erkundigte sich Nadine.

«Ein ehemaliger Arbeitskollege hat Judith Rossetti zufällig getroffen. Er erwartet uns in der Oetlingerstrasse.»

Das Alter des Mannes war schwer einzuschätzen. Im Laufe des Gesprächs stellte sich heraus, dass er damals kurz vor der Pensionierung stand, als die Firma Rossetti Konkurs anmelden musste.

«Noch zwei Jahre und ich wäre ganz normal pensioniert worden. Es sollte nicht sein. Zum Glück konnten wir diese Zeit finanziell überbrücken. Wenn ich meine jungen Kollegen sehe, bin ich froh, nicht mehr im Berufsleben zu stecken. Der Stress, dem sie ausgesetzt sind, ist unerträglich. Mich wunderts nicht, wenn immer mehr junge Menschen zusammenbrechen oder Selbstmord begehen.»

«Ja, es ist eine schwierige Zeit … Wann haben Sie Judith Rossetti gesehen, Herr Klumb?»

«Vor gut einer Woche. Genau weiss ich es nicht mehr, man verliert irgendwie das Zeitgefühl. Ob Montag, Mittwoch oder Sonntag, die Tage sind immer gleich.»

«Sie sind also Ihrer ehemaligen Chefin begegnet», nahm Ferrari den Faden wieder auf.

«Ja, genau. Sie lief mir förmlich in die Arme. Wir haben dann in der Bodega ein Bier getrunken und die guten alten Zeiten hochleben lassen.»

«Wissen Sie, wo sie lebt und was sie so macht?»

«Sie war einige Zeit im Ausland, in Australien und in Kanada. Aber dort ging es ihr nicht gut. Gar nicht gut. Psychisch hat sie gesagt. Deshalb ist sie zurückgekommen.»

«Wissen Sie, wo sie wohnt?»

«Nein. Darüber sprachen wir nicht. Sie war halt schon immer eine verrückte Nudel. Immer eine Einzelgängerin. Es wundert mich nicht, dass sie keinen Partner gefunden hat, Frau Kommissärin.»

«Hatte sie denn keinen Freund?»

«So viel ich weiss nicht. Eine Beziehung hätte ihr sicher gutgetan und ihr auch über den Tod ihres Vaters hinweggeholfen. Sie fühlte sich schuldig. Sie hatte ihn durch den Bankrott ins Grab gebracht, zumindest glaubte sie das. Nun war sie ganz allein. Ihre Mutter ist ja schon vor etwa fünfzehn Jahren gestorben. Auch so eine traurige Geschichte. Wissen

Sie, ich habe so viele Jahre für die Rossettis gearbeitet. Ich gehörte praktisch zur Familie. Damals, als ein Arzt feststellte, dass Frau Rossetti keine Kinder kriegen konnte, da dachte ich, jetzt ist die Ehe am Ende.»

«Frau Rossetti konnte keine Kinder kriegen?»

«Ja, eine traurige Sache. Zum Glück konnten sie Judith adoptieren.»

«Wie bitte? Judith Rossetti ist nicht ihr leibliches Kind?»

«Nein, sie ist adoptiert. Judith ist ein Waisenkind und wurde ihr Ein und Alles. Das Glück war komplett.»

Nadine blickte Ferrari nachdenklich an.

«Wissen Sie, was sie jetzt macht?»

«Sie sagte mir, dass sie sich zuerst einmal neu orientieren wolle. Wenn möglich, möchte sie wieder auf ihrem Beruf arbeiten, eventuell sogar einen Neubeginn wagen. Sie sprach von einer Ich-AG. Ich bot ihr meine Hilfe an. Sie lachte und meinte, sie komme vielleicht schneller auf mein Angebot zurück, als mir lieb sei.»

«Und wie sind Sie verblieben?»

«Wir tauschten unsere Handynummern aus. Ich kann sie Ihnen gern geben.»

Nadine schrieb die Nummer ab und rief sie an.

«Der gewünschte Teilnehmer kann momentan nicht erreicht werden. Bitte rufen Sie später wieder an», imitierte sie die Stimme am anderen Ende.

Kurz entschlossen rief sie Stephan Moser an und bat ihn, bei der Swisscom nachzufragen, ob diese 079er-Nummer geortet werden konnte.

«Weshalb ziehen Sie eigentlich Erkundigungen über Judith ein? Hat sie etwas angestellt?»

Klumbs Stimme klang besorgt.

«Reine Routine. Sie hat vergessen, sich bei ihrer Rückkehr ordnungsgemäss anzumelden.»

«Typisch Judith. Kommt und geht, wie es ihr passt. Und typisch für die Polizei.»

«Wie meinen Sie das?»

«Zwei Kommissäre ermitteln, weil sich jemand nicht anmeldet.» Er schüttelte den Kopf. «So werden unsere Steuergelder verschwendet. Ein Jammer.»

Ferrari schmunzelte und bedankte sich für das aufschlussreiche Gespräch.

«Wir sind nahe dran, Francesco. Das spüre ich.»

«Es gibt eine Beziehung zwischen Edgar Hasenböhler und Judith Rossetti.»

«Wie kommst du darauf?»

«Beide sind Waisenkinder.»

«Aber sie gehören verschiedenen Generationen an.»

«Trotzdem. Ich glaube nicht an einen Zufall. Die Rossetti hielt sich vor Hasenböhlers Haus auf. Mein Bauchgefühl sagt mir, dass sie nicht nur die Polizei, sondern auch ihn auf der Schützenmatte anrief. Sie wollte dringend etwas mit ihm besprechen. So dringend, dass er alles stehen und liegen liess. Es muss eine Verbindung geben, bloss welche?»

«Hat sie ihn erschlagen?»

«Möglich. Allerdings gehe ich nicht davon aus. Wir fahren in die Maulbeerstrasse und befragen nochmals den Fahrlehrer.»

«Und wenn wir im Waisenhaus Erkundigungen einziehen?», schlug Nadine vor.

«Wie alt war Hasenböhler?»

«Vierundsechzig und Judith Rossetti ist achtunddreissig. Das hat mir das Einwohneramt verraten», ergänzte Nadine, als sie Ferraris fragenden Blick sah.

«Dann ist es höchst unwahrscheinlich, dass sie sich vom Waisenhaus her kennen. Es muss eine andere Verbindung geben.»

«Okay, wir fahren zuerst in die Maulbeerstrasse und danach ins Waisenhaus. Vielleicht stossen wir ja auf irgendeinen Hinweis, der uns weiterbringt.»

Im Treibhaus von Mark Höhner war es unangenehm feucht. Nadine bat den Gemüsehändler Calliotti dazu, der zwei undefinierbare Flaschen mitbrachte.

«Das wird aber auch Zeit, Lorenzo. Spielschulden sind Ehrenschulden.»

«Und alles, weil ich patriotisch veranlagt bin … Ich habe bei der letzten Champions League auf Juve gesetzt, das schon nach der Gruppenphase rausflog, und Mark auf Real.»

«Apropos Patriotismus, deine Azzurri haben es ja

an der WM nicht einmal in die Achtelfinals geschafft. Im Gegensatz zu uns Schweizern.»

Calliotti winkte ab, diese Wunde war noch zu frisch.

«Komm, gib die zwei Flaschen Amber her … Tante grazie, amigo.»

«Was ist das? Ich kenne nur Amberbier.»

«Ein Whisky-Likör mit Ahornsirup. Wollen Sie probieren, Herr Kommissär?»

«Nein, das will er nicht.»

«Doch, das will er!»

Höhner holte drei Gläser.

«Sie möchten wirklich keinen, Frau Kupfer?»

«Nein!»

Ferrari nahm die Flasche in die Hand und las aufmerksam die Etikette. Sehr interessant. Der Likör stammte aus Schottland, enthielt fünfundzwanzig Volumenprozent Alkohol, das geht ja noch, und schmeckte angeblich süss, ohne zu kleben, mit nussigen Aromen. Das war ein Versuch wert. Sie prosteten sich zu.

«Mh! Schmeckt hervorragend. Süss und süffig.»

«Hoffentlich bleibt dir das Eis im Hals stecken, Mark.»

«Du bist ein schlechter Verlierer. Wieso setzt du auch immer auf die Falschen?»

«Ich bin eben ein Patriot … Noch einen, Herr Kommissär?»

«Nur noch einen Kleinen.»

Jetzt geht das wieder los. Die drei Schnapsdrosseln lassen sich langsam volllaufen und ich sitze wie ein Depp hilflos daneben. Nadines Blick sprach Bände.

«Danach ist aber Schluss, Francesco. Wir sind im Dienst.»

«D'accord! Noch diesen, dann ist Feierabend.»

«Jetzt, wos gerade anfängt, gemütlich zu werden. Sie müssen sich entspannen, Frau Kommissärin. Das Leben ist so kurz», lallte Calliotti.

«Bevor ihr euch die Birne ganz vollhaut, möchte ich noch etwas fragen. Ihr kennt doch Judith Rossetti.»

Sie prosteten sich zu und nickten.

«Am Mordabend hielt sie sich hier in der Strasse auf.»

«Ist das wahr?», grunzte Höhner.

«Si. Ich sah sie von Mamma Hofer aus», nuschelte Calliotti.

«Aber vorher habt ihr sie nicht gesehen?»

«Io no. Du Mark?»

«Auch nicht.»

«Und sonst auch niemanden, den ihr kennt?»

«Io no. Du Mark?»

«Nur den Typ aus dem Fernsehen.»

«Kann ich noch einen Amber haben? Aber nur einen Kleinen», meldete sich Ferrari.

«Nein! Gib mir dein Glas.»

«Schon gut, du brauchst nicht gleich garstig zu werden. Ich bin noch voll da.»

«Im wahrsten Sinn des Wortes.»

«Hm!»

«Augenblick mal. Wie war das eben?»

«Ich bin noch voll da.»

«Das meine ich nicht. Was haben Sie gesagt, Herr Höhner?»

«Sagen Sie einfach Mark. Und das ist der Lorenzo.»

«Und ich bin der Francesco.»

Sie prosteten sich erneut zu, der Kommissär mit einem leeren Glas.

«He! Ihr drei Suffköpfe! Ich habe etwas gefragt.»

«Was hast du gefragt? … Wie heisst deine Partnerin?»

«Nadine.»

«Schöner Name. Ich hatte einmal eine Freundin, die Nadine hiess. Aber so schön wie deine Nadine war sie nicht.»

«Sie ist nicht meine Nadine.»

«Oh! Schade. Was wolltest du wissen, Nadine?»

Sie nahm die beiden Flaschen und stellte sie zuhinterst im Treibhaus auf den Boden.

«So, das Besäufnis ist zu Ende. Wie war das mit dem Mann aus dem Fernsehen, Herr Höhner?»

«Du kannst ruhig Mark zu mir sagen, Nadine … Na der, der sich wie ein glitschiger Aal wand.»

«Ging es dabei um ein Immobiliengeschäft?»

«Nein, um eine Stiftung. Dosenbach oder so.»

«Hiess der Mann Daniel Kaspar?»

«Daran kann ich mich nicht mehr erinnern. Es ging um eine Stiftung, bei der etwas faul war. Edgar hat den Stein ins Rollen gebracht. Das sagte zumindest der Moderator. Eines Abends tauchte der Kerl plötzlich hier auf und ging hinauf zu Edgar.»

«Wann war das?»

«Das weiss ich nicht mehr. Es muss nach dem ‹7vor7›-Auftritt gewesen sein, sonst hätte ich ihn ja nicht erkannt.»

«Weshalb sagst du uns das erst jetzt, Mark?»

«Weil es mir erst jetzt eingefallen ist. Sorry, Francesco. Das war keine Absicht. Nehmen wir noch einen Amber? Ich hol die Flaschen.»

«Aber nur einen Kleinen.»

Während sich Ferrari dem verführerischen Getränk hingab, telefonierte Nadine bereits mit Telebasel. Daniel Kaspar war ursprünglich am Montag eingeladen gewesen, erklärte sich nach anfänglicher Weigerung jedoch erst am Dienstag dazu bereit, Stellung zu beziehen. Somit blieben die Tage Mittwoch bis Freitag übrig. Doch Höhner konnte sich beim besten Willen nicht mehr daran erinnern, wann genau er Kaspar gesehen hatte.

«Wir gehen», entschied Nadine.

«Ich trinke nur noch das Glas aus.»

«Das lässt du gefälligst stehen. Dieses Gesöff findet hier schon einen Abnehmer. Wir gehen – jetzt!»

Mark Höhner und Lorenzo Calliotti prosteten ihrem neuen Freund zu.

«Schade, dass ihr gehen müsst!»

«Besucht uns doch bald wieder. Ciao, amici.»

Ferrari wankte leicht und liess sich vorsichtig auf den Recarositz gleiten.

«Weshalb bist du immer so garstig?»

Seine Stimme klang vorwurfsvoll.

«Weil ich keinen besoffenen Partner brauchen kann.»

«Wegen den drei kleinen Gläschen bin ich doch nicht betrunken. Der Likör hat schlaffe fünfundzwanzig Prozent. Da könnte ich locker eine ganze Flasche leeren.»

«Sagt die Schnapsdrossel mit schwerem Zungenschlag und torkelndem Gang. Hast du überhaupt mitbekommen, was Sache ist?»

«Kaspar war hier.»

«Na, immerhin so viel. Er war letzte Woche bei Telebasel und suchte in den folgenden Tagen Hasenböhler auf.»

«Dann sollten wir uns nochmals mit Daniel Kaspar unterhalten.»

«Bist du überhaupt in der Lage dazu?»

«Also, bitte! Ich …»

Ferraris Handy vibrierte. Dieses Mal erwischte er es mit einem Griff, der etwas zu schwungvoll war. Das Natel landete irgendwo auf dem Boden. Kurzentschlossen hielt Nadine am Strassenrand, angelte das Handy und rief den Anrufer zurück, der bereits aufgegeben hatte.

«Hallo, Stephan … der sitzt neben mir … er fühlt sich nicht so gut … ja, genau … Wem? … Bist du sicher? … Okay, ich richte es ihm aus. Danke.»

Der Kommissär starrte abwesend ins Leere, jegliche Farbe war aus seinem Gesicht gewichen.

«Was ist, Francesco?»

«Mir ist schlecht. Ich habe heute noch nichts gegessen.»

«Na, prima! Willst du … he, Moment mal, was heisst, mir ist schlecht?»

Nadine rannte ums Auto herum und öffnete die Beifahrertür.

«Steig sofort aus meinem Auto aus. Du bist im Stande und kotzt mir in den Wagen.»

Mühsam rappelte sich Ferrari hoch.

«So schlimm ist es nicht. Es geht mir schon wieder besser.»

«Bestimmt?»

«Ganz sicher.»

«Ich glaube dir kein Wort. An der Ecke ist ein Bistro, wir setzen uns jetzt dorthin, trinken einen Tee und du verdrückst ein Sandwich.»

Gesagt, getan. Danach fühlte sich Ferrari merklich besser.

«Das war gut. Jetzt bin ich wieder voll einsatzfähig. Was wollte Stephan?»

«Rate mal, wer die Rechnungen von Judith Rossettis Handy bezahlt?»

«Machs nicht so spannend.»

«Edgar Hasenböhler!»

Ferraris Überraschung hielt sich in Grenzen, zumal er eine Verbindung zwischen den beiden vermutet hatte. Den Weg zum Waisenhaus konnten sie sich jetzt auch sparen. Gut so.

«Konnte das Gerät geortet werden?»

«Nein, sie muss es inzwischen ausgeschaltet haben.»

«Also los, wir nehmen uns Daniel Kaspar vor.»

Nadine liess den Motor aufheulen und fuhr rasant an.

«Mir ist schlecht!»

Entsetzt riss sie einen Vollstopp. Zu spät sah sie Ferraris schelmisches Lächeln.

«War nur ein kleiner Scherz! Fahr endlich!»

Der gute Mann schien tatsächlich etwas zu verbergen. Weshalb sonst gab ihnen der Stiftungspräsident, Dr. Peter Forster, die Ehre? Selbstverständlich ein reiner Zufall, wenn man den Worten von Daniel Kaspar glaubte.

«Sie haben doch sicher nichts dagegen, wenn Herr Forster an dem Gespräch teilnimmt?», säuselte Kaspar.

«Wie könnten wir?», schnurrte Nadine wie Puma, bevor sie ihre Krallen zeigte. «Können Sie sich an Ihr letztes Treffen mit Edgar Hasenböhler erinnern?»

«Lassen Sie mich überlegen. Das war ... ja, so vor etwa zwei Monaten.»

«Ja, die Zeit vergeht wie im Fluge.»

«Sie sprechen in Rätseln, Frau Kupfer.»

«Zwei Monate können sich zuweilen wie eine Woche anfühlen.»

«Falls Sie das amüsant finden, hier kann niemand darüber lachen», mischte sich Peter Forster ins Gespräch ein.

«Zum Lachen ist mir auch nicht zumute, Herr Forster. Lächerlich macht sich hier höchstens Herr Kaspar.»

«Siehst du, Peter? Das ist genau die Art, wie sich die Polizei aufführt: arrogant und frech.»

«Ich werde mich über Sie bei Regierungsrat Schneider beschweren, Frau Kupfer.»

«Dagegen bin ich machtlos. Francesco, was meinst du dazu?»

«Ich empfehle Ihnen dringend, mit Ihren Spielereien aufzuhören, Herr Kaspar.»

«So, nun ist es gut. Das braucht sich Daniel nicht weiter gefallen zu lassen. Er orientierte mich über Ihren letzten, äusserst unverschämten Auftritt. Ich konnte es nicht glauben. Aber inzwischen bin ich davon überzeugt, dass er die pure Wahrheit sagt.»

«Sonst tut er sich anscheinend mit der Wahrheit etwas schwerer.»

«Herr …»

«Ferrari, Francesco Ferrari.»

«Sie mögen sich für Gott halten, Herr Ferrari. Daran kann und will ich Sie nicht hindern. Doch zum guten Glück leben wir hier in der Schweiz in keinem totalitären Staat. Es gibt Gesetze, die auch Leute Ihres Schlages in die Schranken weisen.»

«In einer Diktatur könnte ich auch nicht leben, Herr Forster. Offenbar sind wir uns in diesem Punkt einig. Schön. Was allerdings unser Rechtssystem betrifft, so muss auch ein Polizist nicht vor Angst erstarren, nur weil ein Peter Forster seine Muskeln spielen lässt. Doch zurück zu unseren Ermittlungen, wir wollten Herrn Kaspar die Peinlichkeit ersparen, bei uns im Kommissariat eine Aussage machen zu müssen … Sie wissen nämlich ganz genau, wovon wir sprechen, Herr Kaspar.»

«Moment! Was erlauben Sie sich, Herr Ferrari. Sie beleidigen meinen Freund und glauben womöglich, uns mit Ihrem forschen Auftreten verunsichern zu können.»

Forster packte den Kommissär am Arm.

«Nimm die Hand weg!»

«Was?»

«Nimm die Hand von meinem Arm, Forster, oder ich breche dir sämtliche Knochen.»

«Schon gut, Francesco.» Nadine wandte sich an den Stiftungspräsidenten. «Lassen Sie bitte meinen Chef los, Herr Forster.»

Sie drängte ihn ab und stellte sich zwischen die beiden.

«Das ist doch …»

«Wagen Sie es nie mehr, mich zu berühren», zischte Ferrari mit funkelnden Augen.

Forster wich erschrocken hinter den Schreibtisch von Kaspar zurück.

«Noch ein Wort zu Ihnen, Herr Kaspar, bevor wir gehen. Sie wurden von einem Zeugen in der Maulbeerstrasse gesehen, wie Sie Edgar Hasenböhler besuchten, aber nicht vor zwei Monaten, sondern in der letzten Woche. Er erkannte Sie als den Mann, der in ‹7vor7› zu einem Insidergeschäft Red und Antwort stehen musste. Wir werden Sie ordnungsgemäss vorladen – als Zeugen und seit heute als dringend Tatverdächtigen im Mordfall Hasenböhler. Selbstverständlich steht es Ihnen frei, Ihren Anwalt mitzubringen. Nun zu Ihnen, Herr Dr. Forster. Mein direkter Vorgesetzter ist Staatsanwalt Jakob Borer, falls Sie sich über mein Auftreten beschweren möchten. Das ist Ihr gutes Recht. Sie müssen wissen, ich bin im Allgemeinen ein sehr geduldiger und gutmütiger Mensch. Mit einigen kleinen Einschränkungen. Eine davon haben Sie eben miterlebt.»

Ferrari verliess das Büro.

«Warten Sie, Frau Kupfer … Ich möchte dazu etwas sagen.»

Nadine blieb im Türrahmen stehen.

«Du bist nicht verpflichtet dazu, Daniel, wenn du dich damit selbst belastest.»

«Schon gut, Peter. Danke für deine Unterstützung. Frau Kupfer … holen Sie bitte den Kommissär zurück.»

Nach einem kurzen Wortwechsel auf der Strasse trottete Ferrari hinter Nadine ins Büro zurück.

«Nehmen Sie Platz, Herr Ferrari … Bitte!»

Der Kommissär setzte sich demonstrativ widerwillig auf einen der Besucherstühle.

«Ihr … Der Mann hat recht. Ich war am vergangenen Freitag bei Hasenböhler.»

«Weshalb?»

«Um mit ihm ins Reine zu kommen.»

«Und, kamen Sie?»

«Nein, Frau Kupfer. Ich konnte seine Bedingungen nicht erfüllen.»

«Die da waren?»

«Der Hausverkauf sollte rückgängig gemacht und die Liegenschaft zum ursprünglichen Preis an Hasenböhlers Klienten verkauft werden. Also zum damaligen Angebot von einer Million Franken.»

«Damit war der Käufer natürlich nicht einverstanden.»

«Nein. Er nicht und … und andere auch nicht.»

«Zum Beispiel?»

«Ich möchte niemanden in die Sache hineinziehen. Es ist so, wie Hasenböhler vermutete. Ich gab Dino … Dino Hirzenbach einen Tipp. Er suchte schon so lange ein Haus im Wettsteinquartier. Das war eine einmalige Gelegenheit. Ich …» Er schaute zu Forster, der wie versteinert am Fenster stand. «Ich wusste, dass es Schwierigkeiten geben würde. Hasenböhler ist … war ja bekannt als harter Hund. Und es ist genau so gekommen, wie ich befürchtet hatte.»

«Trotzdem gaben Sie Ihrem Freund den Tipp?»

«Ja … eine Dummheit, ich weiss. Dass Hasenböhler Stunk machen würde, war mir klar. Dass er aber gleich an die Öffentlichkeit geht, die Stiftungsaufsicht einschaltet und mich verklagt, damit konnte niemand rechnen.»

«Er hat Sie verklagt?»

«Nein. Er drohte mir damit. Als ich ihn besuchte, bot ich ihm einen Deal an. Wir besitzen noch ein weiteres Haus im Gotthelfquartier, das auch zum Verkauf steht. Aber Hasenböhler blieb stur, er wollte kein anderes Haus. Da bin ich gegangen. Das ist alles. Ich schwörs, es ist die Wahrheit.»

«Nun, dann lag Hasenböhler mit seinen Vermutungen doch nicht so quer in der Landschaft, wie Sie bei unserem ersten Gespräch sagten.»

«Wo waren Sie am vergangenen Samstag zwischen halb vier und halb fünf Uhr nachmittags?»

«Auf der Schützenmatte beim Sponsorenlauf von Olivia Vischer. Ich habe Sie übrigens gesehen, Herr Kommissär, Sie und Yvo Liechti. Ich bin nicht sicher, aber ich glaube, dass auch Sie dabei gewesen sind, Frau Kupfer.»

«In der Tat. Doch bevor der Kommissär seine Runden für einen guten Zweck drehen konnte, mussten wir zum Tatort. Kann jemand bezeugen, dass Sie dort gewesen sind?»

«Lukas Richterich lief mit mir. Wir trafen uns um halb vier, tranken vor dem Stadion noch etwas und starteten eine Stunde später. Lukas und ich blieben die ganze Zeit zusammen.»

«Der Richterich von der BVB?»

«Ja, genau. Ein Schulfreund. Unsere Freundschaft haben wir über all die Jahre gepflegt.»

Ferrari stand auf.

«Wir werden das nachprüfen, Herr Kaspar. Aber Ihre Sorgen mit der Chrischonastrasse sind Sie trotz allem noch nicht los.»

«Ich weiss. Es war erst der Anfang.»

«Wie kommst du denn darauf?», fragte Peter Forster.

«Hasenböhler war stur und uneinsichtig, doch ehrlich gesagt, nicht gerade ein grosses Kaliber. Für die Medien ist das längst Schnee von gestern. Die Stiftungsaufsicht wird vermutlich ein Insidergeschäft wittern, ohne es beweisen zu können.»

«Na also, dann ist ja alles bestens.»

«Nicht ganz. Boris Fahrner rief mich an. Er will die Klage einreichen und dafür sorgen, dass die Stiftung in Verruf kommt.»

Peter Forster erbleichte.

«Dann … so leid es mir tut, Daniel, wir müssen die Stiftung schützen. Wir sind auf Spenden und Legate angewiesen. Einen Skandal können wir uns nicht leisten.»

«Sie sehen, Frau Kupfer. Sie haben es hier nur mit Ehrenmännern zu tun. Geschickt eingefädelt und nicht zu beweisen, wer die Fäden bei dem Deal zog.»

«Du willst mich allen Ernstes vor den Kommissären anschwärzen?», Forsters Stimme klang drohend.

«Nein, Peter», seufzte Kaspar niedergeschlagen. «Es gibt keinerlei Beweise. Du und deinesgleichen, ihr würdet mich fertigmachen. Das weiss ich nur zu gut. Ich stehe dazu, Hirzenbach erhielt den Tipp von mir.»

«Schon besser!»

«Vielleicht … ja, wäre diese dumme Gans nicht in unser Gespräch geplatzt … aber was solls. Wer sich mit dem Teufel einlässt, muss sich nicht wundern, wenn er sich die Finger verbrennt.»

«Von welchem Gespräch und von welcher Frau reden Sie?»

«Als ich bei Hasenböhler war, stand sie plötzlich hinter mir. Ich kannte die Frau nicht und fragte mich noch: Wer hat denn die hereingelassen? Sie wollte dringend mit Hasenböhler reden, was sie im Gang auch kurz taten. Worüber sie sprachen, konnte ich nicht hören. Hasenböhler kam dann allein zurück, und von diesem Augenblick an blockte er alles ab, er wollte mich so rasch als möglich los sein.»

«Können Sie die Frau beschreiben?»

«Um die vierzig würde ich schätzen, schwarzes Haar, eher hager mit einem irren Blick. Ich glaube, sie heisst Judith, aber sicher bin ich nicht. Möglicherweise war sie seine Freundin und es ging um irgendwelche Beziehungsprobleme. He … vielleicht hat sie ihn umgebracht. Ist das abwegig?»

«Danke für den Hinweis. Wären Sie bereit, mit einem unserer Zeichner ein Phantombild anzufertigen?»

«Selbstverständlich. Jetzt gleich?»

Ferrari schaute auf die Uhr.

«Jetzt ist zu spät. Sagen wir morgen um zehn Uhr?»

«Im Spiegelhof?»

«Nein, wir sind im Waaghof. Verlangen Sie meine Kollegin oder mich. Falls wir beide unterwegs sind, dann fragen Sie nach Stephan Moser.»

Kaspar notierte sich den Namen.

«Sie sollten die Entlassung von Herrn Kaspar nochmals überdenken, Herr Dr. Forster», wandte sich der Kommissär an den Stiftungspräsidenten.

«Ich glaube nicht, dass Sie das etwas angeht, Herr Ferrari.»

«Betrug geht alle etwas an.»

«Sie werfen mir Betrug vor?»

«Keinesfalls. Ich könnte mir allerdings vorstellen, dass Boris Fahrner wissen möchte, wer der eigentliche Drahtzieher hinter der Geschichte ist.»

«Dummes Geschwätz!»

«Wie Sie meinen. Denken Sie einfach darüber nach – Sie beide.»

Mit diesen Worten verabschiedeten sich Ferrari und Nadine.

«Du bist schon ein komischer Vogel, Francesco.»

«Wieso?»

«Was kümmert uns dieser Kaspar?»

«Der Mann braucht diesen Job. Wenn Forster ihn hinauswirft, spricht sich das herum. Wie alt schätzt du ihn?»

«Um die sechzig.»

«Siehst du, in dem Alter ist es fast unmöglich, etwas Neues zu finden.»

«Glaubst du, dass Forster seine Meinung ändert?»

«Er ist ein gewiefter Hund und weiss genau, wann er einlenken muss. Er wird den christlichen Wohltäter raushängen, ganz im Stil von: Kaspar ist ein Sünder, aber sind wir das nicht alle? Vergeben wir ihm noch einmal im Wissen, dass er ja von Fahrner sein Fett abkriegt.»

«Clever. Und immer wieder taucht Judith Rossetti auf.»

«Sie ist der Schlüssel zur Lösung unseres Falls. Wir müssen sie auftreiben. Unbedingt.»

«Bloss wie? Sie geht nicht ans Handy. Vielleicht war sie wirklich Hasenböhlers Freundin und lebte auf seine Kosten.»

«Gut möglich. In Hasenböhlers Wohnung haben wir jedoch keine Frauenkleider gefunden, keine zweite Zahnbürste. Falls die beiden wirklich ein Paar waren, haben sie nicht zusammengelebt.»

«Stimmt. Bleibt die finanzielle Unterstützung. Womöglich hat er auch ihre Miete bezahlt.»

«Und vermutlich nicht bar. Denkbar wäre es zwar, dass er ihr monatlich das Geld in die Hand drückte. Wo sind seine Kontoauszüge?»

«Die liegen bei mir auf dem Schreibtisch. Ich habe sie überprüft, es sind keine Überweisungen an Judith Rossetti dabei. Was ist?»

«Ich fühle mich nicht so gut.»

«Soso. Offenbar lässt der Whisky-Likör noch immer herzlich grüssen. Drei Promille bei zweiunddreissig Grad scheinen sogar dich umzuhauen.»

«Mir gehts wirklich nicht gut.»

«Soll ich dich ins Bettchen bringen, Saufbärchen?»

«Nur nach Hause fahren. Sonst nichts.»

Nikki packte! Schlagartig war Ferrari nüchtern.

«Du bist schon da, Liebling?» Monika huschte an ihm vorbei und drückte ihm einen Kuss auf die Lippen. «Oh! Etwas gebechert?»

«Einen Amber bei einem Zeugen.»

«Das riecht aber nicht nach Bier.»

«Nein. Kein Bier, ein Whisky-Likör.»

Nikki schwebte auf Wolke sieben an ihnen vorbei.

«Dein kleines Mädchen ist glücklich», flüsterte Monika ihm ins Ohr. «Komm schon, die drei Wochen gehen im Nu vorbei. Mach jetzt nur keine Szene. Sie freut sich unheimlich. Du willst ihr doch nicht den Aufenthalt in Oxford vermiesen, oder?»

Ohne eine Antwort abzuwarten, verschwand Monika in der Küche. Ferrari schlurfte in den Garten und machte es sich auf einem Liegestuhl bequem. Mit einem eleganten Sprung gesellte sich Puma zu ihm. Wenigstens eine treue Seele, die mich nicht verlässt. Im Gegensatz zu anderen. Apropos andere, wer fährt Nikki morgen früh zum Flugplatz? Und wer sorgt dafür, dass sie das richtige Flugzeug erwischt? Ich könnte meinen Kollegen Auf der Maur von der Flughafenpolizei anrufen, damit er ein Auge auf sie hat. Hm, ob das wirklich eine gute Idee ist? Zumindest würde es mich beruhigen, sehr sogar. Puma drehte sich und begann wohlig zu schnurren. Für einen kurzen Moment schweiften seine Gedanken zurück zum Fall. Was wollte Judith Rossetti von Hasenböhler? An eine Beziehungskiste glaube ich nicht. Vielleicht wollte sie ihn warnen, ihn auf irgendeine Gefahr aufmerksam machen, doch Hasenböhler schlug die Warnung in den Wind, sonst wäre er dem Mörder nicht blindlings in die Falle gelaufen. Ferrari wippte leicht mit dem Liegestuhl hin und her. Hier im Garten ist es auszuhalten. Eine leichte Brise und angenehme Temperaturen. Hoffentlich vergisst Nikki nichts. Ausweis, Geld und Flugtickets sind das Wichtigste, den Rest kann man kaufen. Weiter kam der Kommissär nicht, denn er tauchte ins Reich der Träume ab. Monika schlief längst, als Ferrari mit Rückenschmerzen ins Bett kroch. Warum hat sie mich nicht geweckt? Jetzt schmerzt jeder einzelne Knochen im Leib. Dieser verfluchte Liegestuhl! Oder waren es die Nachwehen des Ambers?

9. Kapitel

Ferrari sass mürrisch neben Monika im BMW, während Nikki fröhlich auf dem Rücksitz plauderte und nur so vor Ideen sprudelte, was sie alles von Oxford und natürlich vor allem von der Metropole London sehen möchte. So ist das also. Das dreiwöchige Studium ist nur ein Vorwand, um mit meiner Erlaubnis durch London ziehen zu dürfen. Na prima. Monika stellte ihren Wagen auf ein Feld für Kurzparker.

«Sollen wir nicht zum Einchecken mitkommen?», fragte Ferrari wider der Abmachung.

«Wirklich nicht nötig, Paps. Meine Freundinnen warten bereits drinnen. Mach dir keine Sorgen. In drei Wochen bin ich wieder da. Versprochen.»

Nikki küsste ihre Eltern zum Abschied und winkte kurz. Dann war sie weg.

«Wenn sie drin ist, schleichen wir uns hinein und schauen, ob alles klappt. Einverstanden, Monika? He … wohin gehst du?»

«Ich dachte schon, dass du Nikki nicht einfach so locker-flockig ziehen lässt.»

Ferrari schlich wie ein Verschwörer hinter Monika her. Eigentlich haben wir einen schönen Flughafen, ging es ihm durch den Kopf. Er liegt auf französischem Boden, hat einen binationalen Status und gehört sowohl Frankreich als auch der Schweiz. Vor zwölf Jahren kam es wegen dem Konkurs der Swissair allerdings zu einem deutlichen Rückgang der Passagierzahlen. Doch seit 2005 boomt der Flughafen wieder – dank der Billigfluggesellschaft easyJet. Tja, es hat eben alles seine Vor- und Nachteile.

«Los, wir nehmen die Rolltreppe und warten oben, bis das Flugzeug gestartet ist.»

«Jaja, schon gut. Du musst mich nicht anschreien.»

«Immerhin spionieren wir unserer eigenen Tochter nach, nur weil du nicht loslassen kannst.»

«Also bitte, das ist jetzt aber eine total unpassende Bemerkung.»

«Wie würdest du es denn nennen?»

Der Kommissär zog es vor zu schweigen.

Monika und Ferrari standen auf der Aussichtsplattform und schauten dem startenden Flugzeug nach.

«Jetzt ist sie weg!»

«Sie wird es toll haben und gesund zurückkommen. Solche Erfahrungen bringen unsere Tochter weiter. Birsfelden ist ja schön und gut, aber nicht die Welt.»

«Mir gefällt Birsfelden.»

«Mir auch. Darum geht es doch gar nicht.»

«Sie ist noch so jung.»

«Mein Gott, Francesco! Sie fliegt mit zwei Freundinnen zu einem Sprachkurs nach Oxford. Sie wandert nicht nach Alaska aus.»

«Das verstehst du nicht.»

Monika küsste ihn lachend.

«Bist du wieder nüchtern?»

«Dieser verfluchte Likör und die Hitze haben mir echt zugesetzt. Warum hast du mich nicht geweckt, als du schlafen gingst? Mir tut alles weh.»

«Strafe muss sein. Das lehrt dich vielleicht, dich nicht sinnlos zu betrinken.»

«Hm. Trinken wir noch einen Kaffee?»

«Ja, kurz. Ich fahre dich anschliessend ins Kommissariat. Um neun bin ich mit Iris Bogner verabredet.»

«Gruss und Kuss von mir.»

«Gruss ja, Kuss unter keinen Umständen, denn sie wäre garantiert nicht abgeneigt. Ich teile äusserst ungern – und schon gar nicht meinen Brummbären.»

«Lass das! Hör auf, mich ins Ohr zu beissen. Es schauen bereits alle zu uns rüber.»

«Oh, der Herr Kommissär schämt sich seiner Partnerin.»

«Das stimmt nicht und das weisst du. Sag mal, kennst du Nora Erb?»

«Super-Nora!»

«Meinst du das jetzt sarkastisch?»

«Nein. Sie hatte immer nur summa cum laude, eine Intelligenzbestie. Die musste nie büffeln, Nora las etwas und es blieb für immer haften. Sie könnte locker im Zirkus auftreten.»

«Ein fotografisches Gedächtnis?»

«Ja. Es war unglaublich. Die Professoren hatten ihre liebe Mühe mit ihr, sie war sozusagen ihr Albtraum. So viel ich weiss, wurde sie die Nachfolgerin von Sieber in der UPK.»

«Der Frauenhasser wurde von einem weiblichen Genie verdrängt. Ironie des Schicksals.»

«Das ist die Zukunft. Wir Frauen übernehmen das Szepter auf dieser Welt.»

«Woher kennst du eigentlich all diese Leute?»

«Von meinem Hexenbasar. Wir hecheln an diesen Abenden alle durch. Und da wir so ziemlich das ganze Spektrum von Apothekerin bis Zahnärztin abdecken, entwischt uns niemand.»

«Redet ihr auch über mich?»

«Du bist unser Hauptthema. Vor allem die intimen Details unserer Beziehung interessieren meine Freundinnen brennend.»

«Hm!»

Nadine und Stephan Moser sprachen mit Urs Stebler. Den hätte ich beinahe vergessen. Der sitzt bereits sechsunddreissig Stunden in Untersuchungshaft.

«Guten Morgen, Ferrari. Man könnte gar nicht meinen, dass heute Samstag ist. In den meisten Büros wird fleissig gearbeitet.»

«Guten Morgen, Herr Staatsanwalt. Ja, das spricht nicht gerade für ein friedliches Basel. Ich wäre schon früher gekommen, aber wir haben Nikki zum Euro-

Airport gebracht. Sie fliegt heute nach London.»

«Wie alt ist die kleine Nikki eigentlich?»

«Sie wird Ende Jahr neunzehn.»

«Ja, die Kinder werden grösser und erwachsen. Ich kann mich noch gut an Martins erste Reise erinnern, obwohl es schon eine Weile her ist. Er flog nach Berlin. Tja, leider sind das keine guten Erinnerungen.»

Ferrari sah ihn entsetzt an.

«Am ersten Wochenende erhielten wir einen Anruf aus der Charité. Ein Autounfall. Der Wagen, in dem Martin hinten sass, prallte bei einem Ausweichmanöver gegen eine Wand. Unser Sohn wurde heftig nach vorne geschleudert. Zuerst hiess es, es sei eine Nierenquetschung, dann sprachen die Ärzte von einem Lungenriss. Wir flogen natürlich so rasch als möglich nach Berlin. Es war gar nicht einfach, Flugtickets zu bekommen ... Was ist mit Ihnen, Ferrari? Ist Ihnen schlecht?»

Der Kommissär torkelte in sein Büro. Vor seinem geistigen Auge spielten sich die schlimmsten Szenarien ab. Was machen wir, wenn Nikki einen Unfall hat? Werden sie uns rechtzeitig informieren? Weiss das Spital überhaupt, wer ihre Eltern sind? Und wie sieht es in London oder Oxford mit der medizinischen Versorgung aus? Was sagte Borer noch? Es sei schwierig gewesen, Flugtickets zu kaufen. Sofort ging Ferrari bei easyJet die Buchungsmöglichkeiten durch. Da, schon haben wir den Salat. Bis Mitte August ist schon ziemlich viel ausgebucht. Der Kommissär wechselte zur Swiss. Ebenso! Natürlich, wegen unserem Nationalfeiertag waren alle Flüge voll. Das hätte ich wissen müssen. Ich muss sofort Monika anrufen und mit ihr die nötigen Massnahmen besprechen.

«Ah, da bist du ja. Siehst bleich aus. Wohl gestern doch einen Amber zu viel getrunken.»

«Es ist wegen Nikki.»

«Was ist mit ihr?», fragte Nadine besorgt.

«Borer hat mir eine Geschichte von Martin erzählt. Auf seiner ersten Auslandsreise wurde er mit inneren Verletzungen ins Spital eingeliefert.»

«Um Himmels willen! Hatte Nikki einen Unfall?»

«Wie kommst du darauf? Sie ist doch erst abgeflogen. Aber ich mache mir Sorgen. Was ist, wenn sie einen hat? Ende Juli sind alle Flüge nach London ausgebucht. Wenn du mich bitte kurz entschuldigst, ich rufe jetzt Monika an.»

Nadine nahm ihm den Hörer aus der Hand.

«Mach das nicht noch einmal. Mir ist beinahe das Herz stehen geblieben. Und nur weil du Nikki schon im Spital siehst. Du hörst jetzt augenblicklich mit diesem Terror auf. Nikki gehts gut. Sie wird ihren Aufenthalt in London geniessen und putzmunter nach drei Wochen zu Papa heimkehren. Und drüben wartet Urs Stebler auf uns.»

«Aber …»

«Möchtest du, dass ich den Kollegen von deinen Problemen erzähle? … He, Stephan, kommst du kurz zu Francesco?»

«Schon gut. Schon gut.»

«Ja, Nadine, was gibts?», erkundigte sich Kollege Stephan Moser.

«Es hat sich erledigt. Wir kommen gleich rüber.»

Frauen! Nadine und auch Monika, sie erpressen mich laufend, dabei geht es mir nur um das Wohl meiner Tochter. Aber das sehen die Hyänen natürlich nicht ein.

Abwesend sass der Kommissär im Verhörraum.

«Ihnen ist klar, was jetzt auf Sie zukommt?»

«Ich will einen Anwalt sprechen», erwiderte Urs Stebler.

«Das ist Ihr Recht. Aber vorher erklären wir Ihnen noch, wie es weitergeht. Staatsanwalt Borer wird Anzeige gegen Sie erstatten. Wegen Tätlichkeit.»

«Unsinn. Ich habe ihn höchstens gestreift.»

«Bei Ihrem Angriff auf Staatsanwalt Jakob Borer zog er sich eine schwere Gehirnerschütterung zu. Wir mussten ihn zum Arzt bringen.»

«Sie bluffen!»

«Hier bitte sehr, das Attest des Professors.»

Stebler überflog den Brief.

«Es wird Sie kein Richter ungeschoren davonkommen lassen. Vermutlich müssen Sie mit Gefängnis rechnen. Wenn Sie Glück haben, erhalten Sie eine bedingte Strafe.»

«Was verlangen Sie?»

«Sie treten freiwillig als Beistand Ihrer Tochter zurück.»

«Kommt nicht infrage.»

«Wie Sie wollen, dann nimmt alles seinen normalen Lauf. Wir informieren jetzt die entsprechenden Behörden über Ihre Verhaftung und Sie nehmen am besten Kontakt mit Ihrem Anwalt auf. Das wärs. Stephan, bring ihn bitte in die Zelle zurück.»

«Dieser Borer», begann Stebler zögernd, «ich meine, wenn ich als Beistand zurücktrete, verklagt er mich dann trotzdem?»

«Er ist wild entschlossen dazu, aber Kommissär Ferrari ist ein sehr guter Freund von Jakob Borer, nicht wahr, Francesco?»

«Wie? Ja … einer meiner besten Kumpel …»

Nadine blitzte ihren Chef wütend an.

«Sie hören es. Er wird seinen Einfluss geltend machen.»

«Wenn Sie ihn dazu kriegen, die Anzeige fallen zu lassen, bin ich einverstanden.»

«Was meinst du, Francesco?»

«Borer … Ich versuche Jakob umzustimmen. Das wird nicht einfach sein.»

«Gut, dann sind wir uns ja einig», stellte Nadine zufrieden fest.

«Bingo!»

Nadine und Stephan Moser klatschten ab.

«Das hat ja wunderbar funktioniert. Ich werde Borer informieren und die ganze Sache regeln, Nadine.»

«Danke, Stephan. Du bist eine grosse Hilfe.»

«Gehts dir nicht gut, Francesco?», wandte sich Moser besorgt an den Kommissär.

«Mir? Doch, doch … ich bin in Ordnung.»

«Wirklich? Irgendwie wirkst du abwesend … Na dann, bis bald.»

Nadine wandte sich an ihren Chef, ihre Miene verriet nichts Gutes.

«Eine grosse Hilfe warst du nicht gerade. Beinahe hättest du es vermasselt.»

«Das ist doch gar nicht wahr.»

«Der Herr suhlt sich ausgiebig im Weltschmerz, sitzt auf dem Stuhl wie ein Häuflein Elend und ist nicht ansprechbar. Prima. Ich dachte, dir liegt etwas an Iris Stebler. Weshalb ziehen wir sonst diese Show ab?»

«Pst! Schrei nicht so.»

«Ich schrei, wann, wo und so laut ich will. Vielleicht sollte ich Big Georgs Angebot annehmen, oder noch besser, Borer soll mich versetzen – am besten zu Stephan.»

«Jetzt ist es aber genug! Anscheinend sind Gefühle überhaupt nicht mehr erlaubt. Nur immer wie ein Roboter funktionieren, das ist hier angesagt.»

«Du bestehst ja nur aus Gefühlen. Jede einzelne Faser, jedes Gramm deines sportlichen Körpers sind reine Emotionen! Die gesamte Menschheit tut dir leid. Nehmen wir zum Beispiel dieses Arschloch Kaspar – sogar dem hilfst du. Du bist so was von verschroben.»

«Weshalb regst du dich eigentlich darüber so auf? Und vor allem, warum bleibst du meine Partnerin, wenn dich das so wahnsinnig nervt?»

Nadine schletzte die Tür hinter sich so heftig zu, dass die «Winterlandschaft» von Karl Moor an der Wand bedenklich wackelte.

Unkonzentriert überflog Ferrari die Schlagzeilen der «Basler Zeitung». Es ist im Augenblick nicht viel los. Das bekannte Sommerloch. Alle sind ausgeflogen, wie Nikki! Da, der Kommissär tippte mit dem Finger energisch auf einen Artikel, ein Bericht über einen Skandal in deutschen Kliniken. Man vermutet, dass einige Patienten nicht an einer lebensgefährlichen Krankheit starben, sondern wegen unhygienischen Instrumenten. Ferrari warf einen Blick auf sein Handy. Weshalb schickt mir Nikki kein SMS? Sie müsste doch längst gelandet sein. Hoffentlich ist nichts mit dem Flugzeug.

«Nora Erb will dich sprechen.»

«Ist sie hier?»

«Sie erwartet uns in der UPK. Natürlich nur, wenn du in deinem labilen Zustand einsatztauglich bist.»

Einer meiner spektakulärsten Fälle endete hier in den Universitären Psychiatrischen Kliniken mit einem Showdown. Damals lernte ich Olivia Vischer und vor allem auch ihren Vater kennen und ich war noch solo unterwegs. Francesco Ferrari, der einsame

Wolf. Das war einmal. Nora Erb erwartete sie in der Cafeteria.

«Danke, dass Sie so kurzfristig kommen konnten. Ich habe schon viel von Ihnen gehört, Herr Ferrari.»

«Bestimmt von Lisa», brummte Ferrari. «Glauben Sie nur nicht alles, was sie Ihnen erzählt.»

«Ein Körnchen Wahrheit wird ja wohl schon dabei sein.»

Sie zwinkerte Nadine zu.

«Er stellt sein Licht immer unter den Scheffel, Frau Erb.»

«Nora.»

«Freut mich. Ich bin Nadine. Mein Chef wirkt etwas tapsig, aber in Wirklichkeit ist er clever und raffiniert.»

«Aha, ein stilles Wasser.»

«Gut. Das hätten wir somit auch besprochen. Danke, Nadine, für die interessanten Ausführungen über meine Person.»

«Gern geschehen.»

Ferraris Handy vibrierte.

«Es ist Nikki … Gott sei Dank, sie sind gelandet. Es ist alles bestens. Sie müssen wissen, meine Tochter ist zu einem Studienaufenthalt nach London geflogen, aber das gehört nicht hierher … Sie wollten uns sprechen, Frau Erb?»

«Eine Frau Köstner bat mich, ihren Freund zu therapieren. Auf Ihre Empfehlung.»

«Die Initialzündung stammt von Ihrer Schwester Andrea.»

«Sie steckt also dahinter. Das wundert mich nicht … Nun, Frau Köstner liess nicht locker. Als ich nämlich hörte, dass Benjamin Stark ein Patient von Professor Sieber ist, lehnte ich zuerst ab. Mein Verhältnis zum Professor ist … sagen wir, etwas zwiespältig.»

«Auch das wissen wir bereits von deiner Schwester.»

«Typisch Andrea. Sie hält damit nicht hinter den Berg. Wenn sie könnte, würde sie ihm Gift geben. Es war für mich eine schlimme, eine sehr schlimme Zeit. Am Anfang gings gut. Als Sieber realisierte, dass ich besser bin, das klingt sicher schrecklich, wenn ich es selbst sage, aber es entspricht der Wahrheit, versuchte er mich kaltzustellen. Ich wollte nur noch weg. Hätte Andrea mir nicht den Rücken gestärkt, hätte ich das Handtuch geworfen.»

«Ging Sieber freiwillig?»

«Vor zehn Jahren wurde er pensioniert. Er kämpfte wie ein Löwe darum, länger bleiben zu können, doch der Verwaltungsrat zog einen Schlussstrich unter die Sache und wählte mich zur Nachfolgerin. Es kam einem Rauswurf gleich und ich trug meinen Teil dazu bei. Er oder ich lautete mein Ultimatum. Meine Kollegen und der Verwaltungsrat stellten sich geschlossen hinter mich.»

«Damit bist du sicher nicht seine beste Freundin geworden.»

«Er lässt keine Gelegenheit aus, mir eins auszuwischen. Aber da muss ich durch. Inzwischen nimmt man ihn auch nicht mehr besonders ernst. Ein alter, verbitterter Mann. Dabei war er immer mein Vorbild gewesen. Er hat auf unserem Gebiet Einzigartiges geleistet, seine Fachbücher sind unerreicht. Ich frass sie förmlich in mich hinein. Nur hätte ich die Person, die dahinter steckt, nicht kennenlernen dürfen. Das raubt einem die Illusionen.»

«Eigentlich tragisch.»

«Der Nachwelt wird er als einer der grössten Psychiater des zwanzigsten Jahrhunderts erhalten bleiben. Doch zurück zum eigentlichen Thema: Frau Köstner kam gestern Nachmittag unangemeldet mit Benjamin Stark hierher. Ich liess mich, wahrscheinlich weil beide einen total depressiven Eindruck machten, überreden, ein Gespräch mit Herrn Stark zu führen. Es war vollkommen erschreckend. Am liebsten hätte ich ihn gleich hierbehalten. Benjamin Stark ist im höchsten Grade suizidgefährdet, was ich Frau Köstner auch unter vier Augen mitteilte. Sie stimmte einem stationären Aufenthalt sofort zu und meinte, sie würde ihn von der Notwendigkeit überzeugen. Doch als wir ins Wartezimmer zurückkamen, war er weg … Heute morgen versuchte ich, Frau Köstner telefonisch zu erreichen, aber sie nimmt das Handy nicht ab. Ich mache mir grosse Vorwürfe und noch grössere Sorgen.

«Wir kümmern uns um die Sache, Nora. Wir fahren sofort zu ihm.»

«Da ist noch etwas anderes … Frau Köstner muss Sieber informiert haben, dass Stark nicht mehr zu ihm kommt, leider sagte sie ihm auch, wer die neue Therapeutin ist.»

«So ein Mist!»

«Ich will nicht alles wiederholen, was er mir am Telefon an den Kopf schleuderte. ‹Dreckige Schlampe› war vielleicht noch eine der harmlosesten Bemerkungen.»

«Sollen wir mit ihm reden?»

«Das ist nicht notwendig, Nadine. Das stecke ich locker weg. Die Beleidigungen prallen an mir ab. Mich trifft vielmehr, wie sich ein hoch angesehener, von mir über alles geschätzter Kollege so gehen lassen kann. Ich frage mich, wie es überhaupt so weit kommen konnte. Irgendwie ist es schizophren. Sieber behandelt kranke Menschen, hat aber selbst eine gespaltene Persönlichkeit.»

«Sollen wir Benni Stark zu dir bringen?»

«Das wäre mir ein grosses Anliegen. Sieber hin oder her. Ich werde versuchen, ihm zu helfen. Hältst du mich auf dem Laufenden, Nadine?»

«Versprochen.»

«Danke, dass Sie beide gekommen sind. Und keine Sorge, Herr Ferrari, Ihre Tochter wird viel Spass haben und Sie können sie in einigen Wochen gesund und glücklich in die Arme schliessen.»

Mein Gott, noch so eine, die wie in einem offenen Buch in mir liest!

Nadine drückte das Gaspedal durch und erreichte Starks Wohnung in wenigen Minuten. Ein glückliches Lächeln huschte über ihre Lippen, während der Kommissär zittrigen Fusses aus dem Porsche stieg. Des einen Freud war des anderen Leid. Sie klingelten mehrmals, doch Benni Stark öffnete nicht.

«Versuchen wir es bei jemand anderem.»

Ferrari drückte sämtliche Klingeln im Haus.

«Na bitte! Einer öffnet immer.»

Und der empfing sie im Pyjama. Es stellte sich heraus, dass er Kellner in einem Innenstadtlokal war und seinen wohlverdienten Schlaf suchte.

«Gibt es im Haus einen Abwart?»

«Nein», gähnte der müde Kellner. «Wenn sonst nichts ist, verziehe ich mich wieder ins Bett.»

Nadine rief in der Polizeiwerkstatt an und bestellte einen der Techniker.

«Treten wir doch die Tür einfach ein.»

«Wir warten, Francesco. In einigen Minuten ist Klaus hier.»

Ferrari setzte sich auf die Treppe. Zumindest ist Nikki heil angekommen. Er blickte auf die Uhr. Jetzt ist sie sicher bereits in Oxford, hoffentlich wohnt sie bei anständigen Leuten.

Klaus Berger drängte sich an Ferrari vorbei.

«Was ist denn mit dem los? Er hat mich nicht einmal begrüsst», beschwerte sich der Techniker bei Nadine.

«Er lebt zurzeit auf dem Planeten Oxford.»

«Wie? Ich verstehe nur Bahnhof. Ihr seid schon ein seltsames Paar. Ein Träumer und eine Sphinx. Wir fragen uns alle, wie ihr überhaupt eure Fälle löst. Und erst noch praktisch jeden.»

«Mit hellseherischen Fähigkeiten, Klaus.»

«Sehr witzig», Berger schüttelte den Kopf und betrachtete das Schloss. «Eine meiner leichtesten Übungen. Sagen wir – zwölf Sekunden.»

Er griff in seine Tasche, fischte einen Dietrich heraus und öffnete problemlos die Wohnungstür.

«Bitte sehr.»

«Danke, Klaus. Das ging ja schnell. Hallo … Chef … die Tür ist offen!»

«Wie? Ach, hallo, Klaus. Ich habe dich gar nicht gesehen.»

Nadine stürmte in die Wohnung, zuerst ins Wohnzimmer, dann in die Küche. Im Schlafzimmer stockte ihr der Atem.

«Mein Gott!»

Benni Stark lag reglos auf dem Bett. Nadine prüfte seinen Puls.

«Er ist tot. Verdammte Scheisse, wie konnte das passieren?»

Ferrari deutete auf das Nachttischchen, auf dem eine Unmenge von Tablettenpackungen und eine leere Flasche Gin standen. Nadine rief Peter Strub an.

«Ich geh dann mal», verabschiedete sich der Techniker. «Das ist nicht mein Job … Dass ihr das könnt, immer um Leichen herum … Vielleicht seid ihr ja deshalb so verrückt.»

Polizeiarzt Strub konnte nur noch den Tod von Benni Stark feststellen.

«Schwer zu sagen, wann er sich umgebracht hat. Womit ist wohl klar. Habt ihr einen Tipp bekommen?»

«Von seiner Psychiaterin. Er ist gestern Nachmittag aus der Sprechstunde abgehauen.»

«Und hat dann wahrscheinlich Tabletten genommen und mit Gin nachgespült. Traurig, traurig. Sollen wir den Raum nach etwas Bestimmtem absuchen, Francesco?»

«Das ist nicht notwendig. Danke, Peter.»

«Wie du meinst. Wir nehmen ihn mit und obduzieren ihn zur Sicherheit.»

Ferrari setzte sich im Wohnzimmer auf die Couch. Vor einigen Tagen sprachen wir noch mit ihm. Eine kaputte Existenz, vom Selbstmitleid zerfressen, ohne Hoffnung, jemals wieder Fuss zu fassen. Aber musste es denn wirklich so enden? Hätte ich es ahnen müssen? Vielleicht.

«Wo ist Isabelle Köstner?», fragte Nadine.

«Was meinst du?»

«Seine Freundin, wo ist sie?»

«Keine Ahnung. An sie habe ich gar nicht gedacht. Wir schreiben sie zur Fahndung aus, Big Georg soll sie mit Nachdruck suchen. Glaubst du, sie weiss, dass Stark tot ist?»

«Mit Sicherheit, sonst wäre sie hier. Vermutlich fuhr sie gestern von der UPK nach Hause, fand ihren Freund schlafend vor, was sie zunächst beruhigte. Erst als sie ins Bett wollte, realisierte sie seinen Tod. Daraufhin ist sie abgehauen.»

«Aber wohin?»

«Zu einer Bekannten oder zu einer Freundin.» Nadine zuckte die Achseln und zeigte auf ein Foto, das auf dem Tisch stand. «Das nehmen wir mit. Georg wird sie auftreiben, sofern sie noch in Basel ist.»

Ferrari zog eine Schublade heraus.

«Oh, nein! Jetzt fängst du wieder damit an. Und komm mir ja nicht mit deiner männlichen Intuition!», seufzte Nadine und schaltete den Fernseher ein. Bei einer beliebten Soap blieb sie hängen. Soeben erklärte ein junger gut aussehender Mann seiner schmachtenden Freundin, dass er sie nicht mehr liebe. Für sie brach derweil eine Welt zusammen, denn sie war schwanger, was er, im Gegensatz zu den Zuschauern, natürlich nicht wusste. Aber jetzt, wo er ihr die Liebe zu einer anderen gestand, behielt sie ihr Geheimnis für sich. Wie im richtigen Leben, schmunzelte Nadine.

«Wenn du dich für einen Augenblick von der Glotze losreissen könntest, dann komm doch einmal her.»

Nadine schaltete den Fernseher aus.

«So ganz durch den Wind war er nicht, unser Architekt. Er sammelte eifrig Informationen über Hasenböhler. Schau dir diesen Ordner an, angefangen beim Kohlhaus & Partner-Konkurs. Am Rand hat er überall Bemerkungen notiert.»

«Das sind mindestens zweihundert Artikel.»

«Hier sind auch Hasenböhlers Kolumnen. Er schrieb sogar die Namen der Leute dazu, die Hasenböhler auf die Schippe nahm.»

In einem zweiten Ordner fanden sie einige Artikel über Andrea und Boris Fahrner.

«Weshalb auch über Andrea Fahrner?», staunte der Kommissär.

«Seltsam. Schau dir seine Notizen an. Boris verdammte er, Andrea hob er in den Himmel.»

«Lass uns die letzten Artikel genauer unter die Lupe nehmen.»

«Hasenböhler und Fahrner traten immer gemeinsam auf, ausser bei der Dornbier-Stiftung. Da war Fahrner nicht involviert.»

«Und bei Thoris ist Fahrner am Anfang auch nirgends erwähnt.»

«Vielleicht ist der erst später dazugestossen.»

«Möglich. Bei der Dornbier-Stiftung erwähnt er sogar den Stiftungspräsidenten Peter Forster.»

«Und nicht nur den, Francesco. Schau mal. Da hat er eine ganze Seite aus der Zeitung herausgerissen. Zuerst geht es um die Dornbier-Stiftung und darunter befindet sich eine kleine Notiz über die Vorbereitung des Börsengangs von Thoris. Man könne bald Aktien zeichnen.»

«Was immer das bedeutet.»

«Das weiss doch jedes Kind. Eine Firma geht an die Börse, wie jetzt Thoris. Die Transaktion wird von einer Bank durchgeführt. Ab einem gewissen Zeitpunkt kannst du der Bank mitteilen, wie viele Aktien du kaufen willst.»

«Und wenn jemand hunderttausend Aktien zeichnen will?»

«Die Aktienanzahl ist natürlich beschränkt. Wenn mehr gezeichnet als ausgegeben werden, gibt es verschiedene Varianten. Ganz genau weiss ich das allerdings nicht. Wahrscheinlich erhält jeder nur einen Teil oder es gilt die Devise, wer zuerst kommt, mahlt zuerst.»

«Besitzt du auch Aktien?»

«Ja, von … das geht dich nichts an … Schau dir die Namen an, die Stark an den Rand geschrieben hat: Hasenböhler, Fahrner, Forster, Kaspar. Und hier steht ‹Mit Sieber reden. Geld, Geld, Geld! Immer nur Geld, aber keine Moral›.»

«Was meint er damit?»

«Dass die Menschheit nur dem Gott Mammon nachrennt. Darüber wollte er mit seinem Psychiater sprechen.»

«Nehmen wir die zwei Ordner mit?»

«Wir wissen ja, wo wir sie finden. Im Gegensatz zu Isabelle Köstner. Wenn du mit deiner Sucherei fertig bist, könnte ich Georg das Foto bringen.»

Ferrari verdrückte sich wortlos in die Küche. Offenbar war das intuitive Erkunden noch nicht abgeschlossen, denn Nadine hörte, wie Schubladen auf- und zugingen. Kopfschüttelnd setzte sie sich auf die Couch und blätterte die «Schweizer Illustrierte» durch. Immer die gleichen Promis. Mister Schweiz kann es nicht mit Miss Schweiz, dabei wären sie ein ideales Paar. Ah! Jetzt wirds ganz spannend: Der einundneunzigjährige Erbe einer Kosmetikfirma heiratet seine achtundzwanzigjährige Sekretärin. Zum Ärger seiner Kinder, die ihr Erbe schwinden sehen. Irgendwie verständlich. Der nächste Artikel, ein Bericht über Menschenaffen, weckte Nadines wirkliches Interesse und sie begann konzentriert zu lesen.

«So, fertig. Wir können gehen. Was liest du da?», erkundigte sich der Kommissär.

«Einen Artikel über Menschenaffen. Im Vergleich zu den Affenmenschen, von denen es im Heft nur so wimmelt, sind mir die Menschenaffen richtig ans Herz gewachsen.»

Big Georg gab die Fahndung nach Isabelle Köstner sofort heraus.

«Das wird ein Kinderspiel, falls sie sich in Basel aufhält und nicht vollkommen in der Versenkung verschwunden ist», meinte er gut gelaunt. «In vierundzwanzig Stunden haben wir sie beim Schlafittchen. Darauf wette ich mit euch ein Fünf-Gang-Menü.»

«Lieber nicht. Francesco ist schon fett genug», entgegnete Nadine.

«Und was bin dann ich?»

«Gut gebaut, Georg. Ein Muskelpaket im Vergleich zu meinem schwammigen Chef.»

«Es stimmt zwar nicht, aber aus deinem Mund klingt es gut. Danke für das schöne Kompliment. Ich fühle mich gleich viel jünger und irgendwie schlanker. Mach nicht so ein Gesicht, Francesco. Wir werden eben alle älter und setzen einige Gramm an.»

Der Kommissär enthielt sich jeglichen Kommentars. Das war mit Abstand die beste Strategie in einer solchen Situation. Absolut, wenn auch nicht ganz einfach.

«Er war schon immer etwas träge, doch in der letzten Zeit wirds mir fast zu viel.»

«Mein Angebot steht noch immer. Du kannst jederzeit zu mir wechseln, schöne Frau.»

«Wer weiss, vielleicht komme ich eines Tages darauf zurück.»

Nadine zwinkerte dem Fahndungschef zu.

Ferrari trank mürrisch seinen Kaffee. Tiefschwarz, um ein paar Kalorien zu sparen. Aller Anfang ist bekanntlich schwer, aber ich werde es ihnen zeigen. Dem Fettsack, den Hyänen und meinem Freund Yvo, diesem jung gebliebenen und verdammt gut aussehenden Hungerturm.

«Was sinnierst du?»

«In zwei Monaten bin ich unter achtzig Kilo.»

«Ich höre die frohe Botschaft, nur fehlt mir der Glaube.»

Tolle Kollegin, die kein bisschen an mich glaubt. Ihr werdet euch alle noch wundern.

Der Phantomzeichner trat in Begleitung von Daniel Kaspar ins Büro.

«Ich muss die Zeichnung noch etwas überarbeiten, in einer Stunde ist sie fertig. Herr Kaspar möchte dich kurz sprechen, Francesco. Also, bis gleich.»

Kaspar setzte sich.

«Ich wollte mich noch bei Ihnen bedanken, Herr Ferrari. Forster belässt mich auf meinem Posten.»

«Verdient haben Sie es ja nicht.»

«Ich weiss, Frau Kupfer. Wie hätten Sie an meiner Stelle reagiert?»

«Forster klipp und klar gesagt, dass ich das Dreckspiel nicht mitmache.»

«Aus Ihnen spricht die Jugend. Wenn Sie älter sind, denken Sie anders. Dann fragen Sie sich nämlich zuerst, was ist, wenn Sie sich weigern. Ein paar Jahre muss ich noch durchhalten, ich freue mich jetzt schon auf den Moment, in dem mich alle Forsters und Hasenböhlers der Welt kreuzweise können. Aber bis dahin muss ich kriechen. Eine bittere und zugleich realistische Einschätzung nach vierzig Arbeitsjahren.»

«Wenn ich Sie bei unserem letzten Gespräch richtig verstanden habe, wurden Sie von Peter Forster zum Insidergeschäft angestiftet?»

«Nicht ganz, Herr Kommissär. Hirzenbach ist mein Freund. Der Gedanke, meinem Chef und meinem Freund einen Gefallen machen zu können, stand für mich im Vordergrund. Als plötzlich Hasenböhler als Vertreter von Schaub auftauchte, bekam ich ein mulmiges Gefühl. Forster stärkte mir den Rücken.»

«Na ja, wohl eher vordergründig.»

«Immerhin hat er mir nun doch nicht das Messer in den Rücken gesteckt. Gestern Abend bin ich bei Boris Fahrner gewesen, um zu Kreuze zu kriechen. Mit geringem Erfolg. Der ist genau so verbohrt wie sein Spezi Hasenböhler. Die passten gut zusammen.»

«Sie müssen also mit einer Anklage rechnen?»

«Das steht so gut wie fest, leider. Fahrner will unbedingt zu Ende führen, was Hasenböhler begonnen hat.»

«Endlich einmal eine Sache, die in Basel nicht unter der Hand geregelt wird.»

«Das freut Sie natürlich, Frau Kupfer. Irgendwie verstehe ich das sogar.»

«Sie erwarten doch kein Mitleid von mir, oder?»

«Nein! Ich erwarte gar nichts von Ihnen … Doch, etwas erwarte ich von Ihnen.»

«Und das wäre?»

«Besuchen Sie mich in der Stiftung und beurteilen Sie meine Arbeit. Lesen Sie die Zeitungsartikel, die über mich publiziert wurden, sprechen Sie wahllos mit zwei oder drei Personen, die mich kennen. Schriftsteller, Künstler, Inhaber von Kleintheatern. Eben jene Menschen, mit denen ich täglich zu tun habe. Wenn Sie mich dann immer noch im gleichen Licht betrachten, in mir nichts als einen Betrüger sehen, dann lassen wir es so im Raum stehen. Ganz unrecht haben Sie ja nicht … Aber vielleicht gibt es einen anderen Daniel Kaspar. Einen, den Sie im Moment noch nicht kennen … Entschuldigen Sie meinen Monolog, ich wollte Sie nicht aufhalten. Nochmals herzlichen Dank, Herr Ferrari, dass Sie Peter Forster umgestimmt haben. Ich werde Ihnen das nie vergessen. Falls Sie mich brauchen, Sie wissen, wo Sie mich finden.»

Er drehte sich zu Nadine um und streckte auch ihr die Hand hin.

«Ich wünsche Ihnen alles Gute, Frau Kupfer.»

Nachdenklich schlug Nadine ein.

«Starker Abgang!»

«Die Wahrheit ist ein zweischneidiges Schwert.»

«Oh, wir werden zum Philosophen.»

«Das habe ich irgendwo gelesen», antwortete Ferrari. «Kaspar hat einen groben Fehler gemacht. Vielleicht ist es sogar sein einziger, und aus dem dreht man ihm jetzt einen Strick.»

«Glaubst du das wirklich?»

«Ja, irgendwie schon. Das ist übrigens eine gute Idee.»

«Was meinst du?»

«Wir fragen einige unserer Künstlerfreunde und bilden uns eine objektive Meinung über Kaspar. Fangen wir in der Kaserne an.»

«Wenn das dein grösstes Problem ist, bitte, an mir

solls nicht liegen. Allerdings sollten wir unseren Fall nicht ganz vergessen, Dominik kommt bestimmt gleich mit dem Phantombild.»

«Am besten wir gehen zu ihm. Das geht schneller.»

«Nice try!»

«Was ist denn jetzt wieder?»

«Glaubst du, ich bin blöd? Ganz zufälligerweise befindet sich Dominiks Büro gleich neben Noldis Reich. Du kannst es einfach nicht lassen, was?! Genau wie mein Vater.»

Daran habe ich überhaupt nicht gedacht, aber das glaubt sie mir sowieso nicht. Wenn ich nur wüsste, wie ich die beiden wieder zusammenkriege? Vermutlich gar nicht.

«Dann warten wir eben, bis sich Dominik aus den Katakomben zu uns in den Olymp hinaufbewegt.»

In der Zwischenzeit schickte Ferrari seiner Tochter ein SMS und wartete vergeblich auf Antwort. Warum meldet sie sich nicht? Es wird doch nichts passiert sein? Um die Zeit zu vertreiben und auf andere Gedanken zu kommen, rief er einen alten Freund aus dem Bankensektor an und liess sich die Abläufe eines Börsengangs erklären, die er sich fein säuberlich notierte. Nochmals erwischt mich Nadine nicht, bei der nächsten Diskussion bin ich gewappnet. Beim bevorstehenden Börsengang von Thoris handelte es sich also um eine Emission. Das heisst, die Firma wollte sich frisches Kapital besorgen, um zu expandieren. Anscheinend waren die Thoris-Aktien weit überzeichnet worden, da es sich um eine sichere Zukunftsanlage handelte.

«Und was geschieht bei einer Überzeichnung?», fragte Ferrari seinen Freund.

«Die, die zu spät kommen, bestraft das Leben, sagte Gorbatschow. Oder anders formuliert, die müssen warten, bis die Aktien im freien Verkauf sind.»

«Und wann ist das?»

«Nach dem Börsengang. Dann ist es eine börsenkotierte Firma. Weshalb interessiert dich das, Francesco? Willst du dir ein Aktienportfolio zulegen?»

«Nein, aus reiner Neugier. Ehrlich gesagt, habe ich mich mit Nadine darüber unterhalten und bin ziemlich untergegangen.»

«Ach so, verstehe. Jetzt bist du auf dem Laufenden, du kannst sogar mit Fachwörtern um dich werfen.»

«Du sagst, die Aktie kostet zum Beispiel am … am Ausgabetag einhundertneunzig Franken. Welchen Wert hat sie später?»

«Bei einer Firma wie Thoris investierst du in die Zukunft. Du bist davon überzeugt, dass in einigen Jahren ein Riesengewinn erwirtschaftet wird. Trifft das zu, dann profitierst du von einer grossen Dividende und die Aktie steigt im Wert. Wahrscheinlicher ist jedoch, dass Thoris von einem Grösseren geschluckt wird. In diesem Fall wird den Thoris-Aktionären ein Übernahmeangebot unterbreitet.»

«Das höher ist als die anfänglichen einhundertneunzig Franken.»

«Viel höher. Vor etwa zehn Jahren gab es in Basel einen mit Thoris vergleichbaren Run, allerdings mit schlechtem Ausgang. Die Firma hiess Sipon. Die Aktien gingen weg wie warme Semmeln, der Emissionspreis lag etwa bei vierhundert Franken. Kurz nach dem Börsengang kletterte die Aktie auf über siebenhundert Franken.»

«Und dann?»

«Die Aktie stürzte grausam ab, weil die Firma keine Gewinne erwirtschaftete. Letztendlich wurde die Firma von einem Grosskonzern übernommen. Ich glaube, die bezahlten pro Aktie noch vierzig Franken.»

«Ein schöner Verlust für alle jene, die zu Beginn einstiegen.»

«Das ist das Risiko, Francesco. Die Börse gibts, die Börse nimmts.»

«Kannst du mir jetzt noch erklären, welche Rollen ein Anwalt und ein Notar bei einem Börsengang spielen?»

«Jetzt mal Klartext. Warum willst du das alles wissen?»

«Wir ermitteln im Fall Hasenböhler.»

«Ach so, daher dein Interesse. Die Hürden, um eine Firma an die Börse zu bringen, sind ziemlich hoch. Zuerst wird eine Due Diligence gemacht.»

«Eine was?»

«Due Diligence. Der Begriff stammt aus dem amerikanischen Kapitalmarkt- und Anlegerschutzrecht und bezeichnet eine mit gebotener Sorgfalt durchgeführte Risikoprüfung. Stärken und Schwächen werden analysiert, Zahlen geprüft. Anwälte, Wirtschaftsprüfer sowie Fachleute mit spezifischen Kenntnissen arbeiten unterstützend mit. Man kann sagen, dass die ganze Firma auf Herz und Nieren durchleuchtet wird.»

«Und das war Hasenböhlers Job? Er war doch eine Einzelmaske.»

«Nicht in Zusammenarbeit mit Fahrner. Die Kanzlei ist auf Börsengänge spezialisiert und beschäftigt Anwälte, Steuerberater, Wirtschaftsprüfer. Fahrner ist einer der ganz Grossen in diesem Geschäft.»

«Das wusste ich nicht.»

«Ich vermute, Hasenböhler hat Thoris im Auftrag der Kanzlei Fahrner beraten, sozusagen als Projektleiter. Im Alleingang ist so etwas nicht zu schaffen.»

«Und welche Rolle spielt die Bank dabei?»

«Sie führt das Geschäft im Auftrag des Kunden durch. Im vorliegenden Fall ist Thoris der Kunde.»

«Verstehe. Was hältst du von Thoris?»

«Viel. Ich habe tausend Aktien gezeichnet. Du hättest auch investieren sollen, Francesco. Sagt dir Synovecta etwas?»

«Noch nie gehört.»

«Das ist eine Pharmafirma in Deutschland. Die bringen im Oktober ein neues Medikament gegen Arthrose auf den Markt.»

«Was hat das mit Thoris zu tun?»

«Thoris ist der Generalimporteur von Synovecta in

der Schweiz. Der Erfolg ist programmiert. Die Menschen werden immer älter und die Beschwerden nehmen zu. In ein paar Jahren nimmst du das Medikament auch, um fit zu bleiben.»

«Vorausgesetzt, es bringt auch etwas.»

Ferrari bedankte sich und übertrug seine gesammelten Weisheiten auf den Computer. Auch da bin ich nicht gerade ein Hirsch, aber immerhin beherrsche ich inzwischen Word und auch ein wenig Excel, wobei ich die Tabellenkalkulationssoftware, wie es so schön heisst, praktisch nie brauche. Vielleicht sollte ich auch einige Thoris-Aktien zeichnen? Hm, immerhin scheint es eine relativ sichere Sache zu sein. No risk, no fun, würde Nadine jetzt sagen. Nur, wirklich risikofreudig bin ich ja nicht. Mir liegen sichere, verbindliche Werte und reale Dinge, die man anfassen kann. Alles Virtuelle ist mir ein Graus. Und wenn schon, ich bin eben etwas konservativ.

Dominik winkte fröhlich mit einem Stick.

«Kann ich an deinen PC, Francesco?»

«Wir gehen besser zu Nadine ins Büro», entschied der Kommissär.

Nadine telefonierte gerade mit ihrem Vater, anscheinend stritten sie sich. Als Ferrari klopfte und eintrat, beendete sie sofort das Gespräch. Ihr Blick sagte alles. Instinktiv nahm der Kommissär eine abwehrende Haltung ein. Schon gut, du brauchst mich gar nicht so anzuschauen. Ich weiss, dein Vater und ich, wir sind alte, geschwätzige Männer, die dich verkuppeln wollen.

«Dominik ist mit einem Stick da. Kann er deinen PC benutzen?», fragte Ferrari in überaus höflichem Ton.

«Kommt rein.»

Dominik setzte sich an den Computer und öffnete die Dateien.

«Dieser Kaspar war echt gut. Da gibt es andere, die im Minutentakt ihre Meinung ändern. Wir haben uns zwei Stunden lang immer mehr angenähert. So, jetzt gehts los ... Das hier sind die ersten Bilder.»

«So sieht sie aus? Das könnte jede Frau auf der Welt sein.»

«Richtig. Ich beginne ganz allgemein, doch Schritt für Schritt nimmt der Mensch seine unverwechselbare Gestalt an, indem ich die Details hinzufüge. Hier, das ist meine Kollektion: Wimpern, Augen, Nase, Mund, Kinn. Ich füge alles zu einem Puzzle zusammen.»

«Und wie sieht das Ergebnis aus?»

«Hier. Das ist eure Frau.»

«Die sieht aus wie Isabelle Köstner», meinte Ferrari spontan.

Nadine sah ihn mit grossen Augen an. Ihr war soeben klar geworden, wer sich hinter der unbekannten Frau verbarg.

«Isabelle Köstner ist Judith Rossetti!»

«Wie kommst du darauf?»

«Kaspar sagte, dass Hasenböhler die Frau Judith nannte.»

«Was … wie ist das möglich, Nadine?»

Dieser Frage gingen sie in der nächsten Stunde auf den Grund. Nadine fragte bei Nora Erb nach der Handynummer von Isabelle Köstner.

«Genau die gleiche Nummer, die Judith Rossetti ihrem ehemaligen Arbeitskollegen Gustav Klumb gab», stellte sie fest.

Nach einem weiteren Anruf, der etwas länger dauerte, weil sich der Waisenhausvater zuerst rückversichern wollte, ob er die Informationen herausgeben durfte, war die Sache klar. Judith Rossetti hiess in Wirklichkeit Judith Isabelle Köstner und nahm nach der Adoption den Namen Rossetti an.

«Unsere unbekannte Frau lief uns mehrmals über den Weg, nur wussten wir es nicht. So ein Mist!»

«Hasenböhler und Rossetti, ehemals Köstner, sind beide Waisenkinder. Zwar gehören sie verschiedenen Generationen an, aber es gibt eine Verbindung. Irgendwann, irgendwo lernten sie sich kennen.»

«Und welche Rolle spielte Benni Stark? Wusste er gar von dieser Beziehung? Stell dir vor, sein Erzfeind und seine Freundin kennen sich. Mehr noch, Hasenböhler hat sie finanziell unterstützt. Vielleicht hatten die beiden ein Verhältnis. Eifersucht ist ein starkes Motiv.»

«Gute Fragen, Nadine. Ich befürchte, die kann uns nur Frau Rossetti, ich meine Köstner, beantworten.

Wir müssen sie unbedingt finden. Ich weiss, ich wiederhole mich.»

«Wo könnte sie untergetaucht sein?»

«Gibt es bei den Kontoauszügen keinen Hinweis, dass er ihr auch eine Wohnung bezahlt?»

«Fehlanzeige. Und Hasenböhler besitzt nebst der Liegenschaft in der Maulbeerstrasse auch kein weiteres Haus oder eine Eigentumswohnung, in der sie sich verstecken könnte. Das ist schon ein Ding. Wir suchen unablässig Judith Rossetti, dabei haben wir sie längst gefunden. Wir reden mit ihr und fragen sie sogar, ob sie sie kennt. Das ist echt schräg.»

«Sie hat sich auch noch den Namen notiert und gefragt, mit zwei s und zwei t ... Eine gute Schauspielerin. Mein Bauchgefühl sagt mir, dass sie weiss, wer der Mörder ist.»

«Dann ist sie in grosser Gefahr.»

«Und mit gutem Grund abgetaucht. Wahrscheinlich ist ihr der Mörder auf den Fersen. Wir müssen einen Zahn zulegen, sonst läuft uns die Zeit davon.»

«Oder aber sie hat sich ihrer Männer entledigt und ist unsere Mörderin.»

«Judith Rossetti als schwarze Witwe. Bloss, aus welchem Grund?»

Big Georg verstärkte seine Bemühungen. Wo immer er einen Polizisten entbehren konnte, zog er ihn ab und setzte ihn auf Judith Rossetti an.

«Schon da, Schatz? Hallo, Nadine, isst du mit uns?»

«Wenn ich nicht störe.»

«Du gehörst doch zur Familie.»

Automatisch sah Ferrari die Treppe hoch.

«Sie ist in Oxford!»

«Hm!»

Ferrari verzog sich in den Garten. Dieses Mal schlafe ich auf dem Liegestuhl nicht ein. Ganz bestimmt nicht. Allein der Gedanke daran liess ihn seine Rückenschmerzen spüren. Ich bin und bleibe ein Hypochonder. Aus der Küche erklang fröhliches Lachen, die beiden Damen scheinen sich prächtig zu unterhalten. Gut so. Weniger gut ist die Entwicklung unseres Falls, sinnierte der Kommissär weiter. Wir kommen nur schleppend voran, von einer heissen Spur, die wir verfolgen, oder von dringenden Tatverdächtigen, die wir im Auge haben, kann keine Rede sein. Unsere einzige Hoffnung, Licht ins Dunkel zu bringen, ruht auf Judith Rossetti. Wenn wir nur schon früher im Waisenhaus nachgefragt hätten, wüssten wir längst, dass Judith Rossetti und Isabelle Köstner ein und dieselbe Person sind. Wie ist sie in den Fall verwickelt? Kennt sie den Mörder? Oder ist sie die Täterin? Wo ist eigentlich meine schwarze Katzenfreundin? Auch ausgeflogen, wie Nikki.

«Kommst du, Francesco? Wir wollen essen», rief Monika.

«Nadine hat mir die Geschichte mit Judith Rossetti erzählt. Ein starkes Stück.»

«Darauf muss man erst einmal kommen.»

«Big Georg findet sie.»

«Hoffentlich lebend.»

«Ist sie denn in Gefahr?»

«Wir vermuten, dass sie den Mörder kennt. Wenn er sie vor uns findet, wird er sie ebenfalls umbringen. Möglich ist auch, dass sie die Mörderin ist.»

Ferrari stocherte in seinem Teller herum.

«Schmeckt es dir nicht?»

«Doch, schon.»

«Das sind die Folgen des Herzschmerzes, Nadine. Sein Töchterchen fehlt ihm.»

«Hat sie sich gemeldet?»

«Ja, per SMS. Die Leute in Oxford seien super. Sie fühlt sich wie zu Hause.»

Schöne Aussichten! Womöglich bleibt sie gleich dort, um ein oder zwei Jahre zu studieren. Nach dem Essen holte Ferrari sein Handy, doch es war keine Nachricht eingegangen.

«Mir schickt sie kein SMS.»

«Armer Francesco!»

Die beiden kicherten wie kleine Kinder.

«Ich finde das gar nicht lustig.»

«Vielleicht eine Störung. Das gibts. Schalt das Gerät aus und dann wieder ein.»

Ferrari drückte unbeholfen auf Aus, um es Sekunden später wieder einzuschalten.

«Mist! Ich weiss meinen Code nicht mehr.»

«Hast du ihn nirgends notiert?»

«In meiner Agenda. Verschlüsselt … Ich hole sie.»

Ferrari blätterte das Telefonverzeichnis seiner Basler Agenda durch. Hier ist es, unter F wie Frederico, sozusagen der Tarnname von Francesco. Aber wie war das doch gleich noch? Die ersten drei Zahlen sind falsch, dann kommen die richtigen vier Zahlen. Oder wars umgekehrt?

«Wird das Handy gesperrt, wenn ich einen falschen Code eingebe?»

«Nach dem dritten Mal. Du hast jedoch noch einen Sicherheitscode, das ist eine längere Nummer. Mit der kannst du eine neue Codierung eingeben.»

«Den habe ich aber nicht.»

Monika reichte ihm einen Zettel.

«Was ist das?»

«Dein Code. Ich wusste, das du ihn eines Tages brauchst.»

«Danke», murmelte der Kommissär verlegen.

Rasch gab er die Zahlen ein, und siehe da, innert Sekunden trafen zwei SMS ein – beide von Nikki. Im zweiten, das er zuerst öffnete, fragte sie, ob er das erste erhalten habe, und im ersten erklärte Nikki, dass es ihr gut gehe und dass er und Monika ihr fehlen würden. Ferrari strahlte, gerührt antwortete er: «Du fehlst mir auch, mein Schatz. Sehr sogar.»

10. Kapitel

Am Sonntagmorgen rief Ferrari kurz nach zehn Uhr Big Georg an. Der Fahndungschef war ein sicherer Wert, sass er doch praktisch rund um die Uhr im Büro. Judith Rossetti war jedoch nicht aufgetaucht, und so beschlossen der Kommissär und Nadine, einen ermittlungsfreien Tag einzulegen. Ganz im Sinne des Herrn.

«Das kommt mir gelegen», entgegnete Nadine am Telefon.

«Gehst du weg?»

«Neugierig wie immer. Yvo hat mich gefragt, ob ich ihn nach Zürich begleite. Oder hast du etwas dagegen?»

«Du bist erwachsen. Du kannst tun und lassen, was du willst», brummte Ferrari.

«Ganz neue Töne, das lob ich mir. Was unternimmst du heute?»

«Monika macht einen Ausflug mit unseren Müttern, zum Ballenberg.»

«Gehst du nicht mit?»

«Oh, nein. Ich trinke in Ruhe meinen Kaffee und dann mache ich eine Velotour.»

«Echt?», kicherte Nadine.

«Was gibts da zu lachen? Ich habe ein tolles Citybike. Sobald Monika weg ist, fahre ich zum Eglisgraben hinauf.»

«Übernimm dich nur nicht, alter Mann.»

«Hm.»

Monika fuhr weg und das Drama nahm seinen Anfang. Frohen Mutes trug Ferrari sein Fahrrad aus dem Keller, das auch schon bessere Tage gesehen hatte. Der Staub war zwar schnell weggewischt, aber die platten Reifen mussten gepumpt werden. Daran führte kein Weg vorbei. Bloss, wo war die verflixte Velopumpe? Die stand doch immer im Keller. Nachdem er eine halbe Stunde vergeblich gesucht hatte, wandte er sich vertrauensvoll an seinen Nachbarn Andreas. Zwanzig Minuten später war es soweit, es konnte losgehen. Läuft prima, der Kommissär strampelte zufrieden vor sich hin, bis kurz vor der Anhöhe des Eglisgrabens. Mit jedem Meter wurde er langsamer und langsamer, die Wärme tat das Übrige. Den letzten Hügel schaffe ich noch. Es kommt auf die mentale Stärke an, versuchte sich Ferrari zu motivieren. In Gedanken sass er bereits beim wohlverdienten Bier, als ein Jogger locker an ihm vorbeizog, freundlich grüsste und ihm mit der Bemerkung, das sei ein klasse Stehversuch, den Todesstoss versetzte. Genug ist genug. Ferrari stieg vom Rad und schob es den Hang hinauf. Immerhin, drei Viertel habe ich geschafft, und dass mich ein Jogger überholt hat, weiss niemand.

Oh nein, auch das noch! Das Restaurant war geschlossen. Missmutig fuhr er nach Pratteln hinunter und erreichte nach einer halben Stunde Birsfelden. So, Ende gut, alles gut. Er stellte sein Fahrrad an die Hauswand und genehmigte sich ein kühles Bier. Wunderbar. Dann legte er sich auf die Hollywoodschaukel und schlief ein.

«Hallo, ich bin wieder da! Wo bist du?»

«Hier … hier im Garten», gähnte der Herr des Hauses.

«Bist du mit dem Fahrrad gefahren?»

«Ich war auf dem Eglisgraben.»

«Ohne Probleme?»

«Es ging ganz gut. Ich bin besser in Form, als ihr immer glaubt. Und wie wars mit den Müttern?»

«Gut. Wenn wir etwas unternehmen, sind sie eigentlich immer friedlich. Trinken wir noch ein Glas Wein im Wintergarten?»

«Gern.»

«St. Saphorin oder lieber Champagner?»

«Zur Feier des Tages Champagner.»

Monika liess den Korken knallen.

«Worauf wartest du? Stossen wir an?»

«Ich … ich komme gleich.»

Monika kam mit zwei Gläsern Champagner in den Garten hinaus.

«Wir können auch hier draussen bleiben. Es ist noch so schön und warm. Rutsch etwas zur Seite.»

«Das … das geht nicht.»

«Wie meinst du das?»

«Ich kann mich nicht mehr bewegen. Vermutlich Muskelkater oder eine kleine Zerrung. Das passiert selbst den besten Sportlern. Hilfst du mir bitte hoch?»

Vor lauter Lachen verschüttete Monika den teuren Champagner. Immerhin war keine Stunde verloren, die man mit Sport verbrachte, wie schon Winston Churchill konstatierte.

11. Kapitel

Auch am folgenden Tag blieb Judith Rossetti wie vom Erdboden verschwunden. Untergetaucht bei einer Freundin oder sonst wo, ohne irgendwelche Spuren zu hinterlassen. Nadine hatte das letzte Gespräch mit Daniel Kaspar keine Ruhe gelassen. Was ist, wenn dieses Insidergeschäft wirklich sein einziger Fehltritt in der Karriere war? Seit dem tragischen Fall mit den Devils vor ein paar Jahren besass Nadine gute Beziehungen zur Basler Musikszene. Sie rief einen der ehemaligen Bandmitglieder an, der inzwischen eine erfolgreiche Solokarriere lanciert hatte, und fragte ihn nach Daniel Kaspar.

«Der Name sagt mir nichts, Nadine. Aus der Szene bin ich halt schon lange raus. Aber eine meiner Ex spielt im Fauteuil und beim Förnbacher. Ich ruf an, wenn du willst.»

«Ja, gern. Wie gehts Christine?»

«Das ist passé. Sie steht jetzt auf klassische Musik und lebt mit unseren drei Kindern in Mailand.»

«Bist du solo, Mark?»

«Ja … He, wie wärs mit uns beiden, du steiler Zahn?»

«Danke für das nette Angebot, ich muss leider passen. Du bist nicht mein Typ.»

«Wahrscheinlich stehst du auf alte Männer wie deinen Chef. Es hat damals schon arg geknistert.»

«Mach dir über mich keine Gedanken, Superstar. Ruf deine Exfreundin an und frag nach Daniel Kaspar. Vielleicht hat sie ja zurzeit keinen Lover. Dann kannst du einspringen.»

«Gute Idee. Und falls du einmal einen richtig harten Typen willst, Anruf genügt. See you, Nadine.»

Es dauerte nicht lange, bis Nadine Rückmeldungen erhielt. Sie wurde förmlich mit Informationen zugeschüttet, die ihre Meinung von Kaspar arg ins Wanken brachten. Nicht nur Marks Ex schwärmte in den höchsten Tönen von ihm, ohne Kaspar und seine Stiftung würde die Basler Kleintheaterszene ziemlich am Boden liegen. Nebst dem Swisslos-Fonds, dem grössten Subventionsgeber im kulturellen Bereich, war die Dornbier-Stiftung eine der letzten Institutionen, die in grossem Stil flächendeckend Unterstützungsbeiträge ausschüttete. Kaspar schien wirklich gute Arbeit zu leisten.

«So nachdenklich?», fragte Ferrari, der mit zwei Kaffeetassen in der Hand das Büro betrat.

«Oh, danke. Einen Kaffee kann ich gut gebrauchen. Ich soll dir einen Gruss von Mark ausrichten.»

«Von den Devils?»

«Schau nicht so. Er ist nicht mein Typ. Ich wollte etwas von ihm wissen. Eine seiner Ex konnte mir weiterhelfen und sie löste so etwas wie einen Dominoeffekt aus. Das hier», sie zeigte auf das klingelnde

Telefon, «wird sicher der nächste aus dem Kulturkuchen sein, der nur so von Kaspar schwärmt.»

Nadine wartete, bis der Anrufer aufgegeben hatte, hob den Hörer ab und bat die Zentrale, keine weiteren Gespräche mehr durchzustellen.

«Dein Kaspar scheint ein Wohltäter zu sein. Das meine ich absolut ernst, ohne Sarkasmus.»

Sieh an! Die hartgesottene, unbarmherzige Gerechtigkeitsfanatikerin holt Informationen über einen armen Sünder ein. Noch ist nicht alles verloren. Wer weiss, vielleicht gibt sie ja auch Noldi noch eine letzte Chance.

«Ich finde, eine Frau muss auch manchmal einsichtig sein und vergeben können», fügte sie an. «Ohne die Dornbier-Stiftung und den Swisslos-Fonds wäre es um die Kleinkunst-, die Literatur- und die regionale Musikszene nicht gut bestellt.»

«Und wie geht es weiter?»

«Wir besuchen jetzt Boris Fahrner. Er möchte uns dringend sehen, aber der Herr Kommissär lag ja noch in den Federn. War gestern wohl doch zu viel Sport auf einmal.»

Nadine grinste hämisch. Jetzt war sie wieder ganz die Alte. Schade, eine Prise Milde, Liebenswürdigkeit und Einsicht hätten ihr nicht geschadet. Ganz und gar nicht.

Der Notar stand auf dem Balkon.

«Danke, dass Sie so rasch kommen konnten. Eigentlich wollten wir heute Abend eine muntere Gästeschar bewirten, doch ich habe den Anlass abgeblasen. Ich kann im Moment nicht den Pausenclown spielen, der Verlust meines Freundes schmerzt mich zu sehr. Man muss die Trauer zulassen und sich Zeit nehmen. Auch die diesjährige 1.-August-Party wird nicht stattfinden.»

Ferrari schaute zum Rhein hinunter. An die hunderttausend Menschen werden sich in einigen Tagen am Rheinbord drängeln und das imposante Feuerwerk bestaunen. Bisher ist es immer gut gegangen, aber das Horrorszenario wäre ein Panikausbruch. Wie damals vor vier Jahren in Duisburg bei der Loveparade, als es im Zugangsbereich der Veranstaltung zu einem Gedränge kam. Einundzwanzig Menschen starben, über fünfhundert wurden verletzt. Ein tragisches Unglück.

«Darf ich Ihnen etwas zu trinken anbieten?»

«Nein, danke. Wir hatten soeben Kaffee.»

«Bitte, setzen Sie sich. Gibt es Neuigkeiten?», erkundigte sich Fahrner.

Nadine fasste die jüngsten Ereignisse kurz zusammen.

«Es tut mir aufrichtig leid um Benjamin Stark. Leider, das klingt jetzt sehr brutal, musste man mit einer solchen Kurzschlusshandlung früher oder später rechnen. Ich kenne mehrere Architekten, die ihm eine Chance als Zeichner gaben, doch er schmiss jeden Job nach wenigen Tagen. Seit dem Debakel an der Isteinerstrasse brachte er keinen Fuss mehr auf den Boden. Andrea, meine Frau, mochte Stark sehr.»

«Kannten Sie seine Freundin?»

«Wir sind uns nie begegnet. Das heisst, natürlich kenne ich Judith Rossetti, wir hatten ja darüber gesprochen, aber ich wusste nicht, dass sie Isabelle Köstner ist.»

«Sprach Edgar Hasenböhler über seine Kontakte zu Judith Rossetti?»

«Nein.»

«Was könnte der Grund dafür sein?»

«Es gibt keinen.»

«Ein Verhältnis, das er geheim halten wollte, zumal sie auch Starks Freundin war?»

«Das schliesse ich aus.» Er schenkte sich ein Glas Wasser ein, trank bedächtig ein paar Schlucke, bevor er weiterfuhr: «Edgar war ein wenig verknorzt, Andrea nahm ihn deswegen gern auf die Schippe. Er sehnte sich nach einer Beziehung, gleichzeitig fürchtete er sich davor. Unsere Versuche, ihn zu verkuppeln, endeten jeweils in einem Desaster. Andrea nannte ihn den Mister Unnahbar … Was ich sagen will, wäre Judith Rossetti seine Partnerin gewesen, wüsste ich es, und eine Affäre wäre für ihn nie infrage gekommen.»

«Gut, das klärt sich auf, wenn wir Judith Rossetti gefunden haben. Worüber wollten Sie mit uns sprechen?»

«Richtig!» Er ging zum Schreibtisch. «Dieser Brief lag heute früh im Briefkasten, unfrankiert. Es muss ihn also jemand eingeworfen haben … Ich wollte ihn nicht ohne Zeugen öffnen.»

«Aus welchem Grund?»

«Die Handschrift auf dem Umschlag ist unverkennbar von Edgar … Soll ich ihn öffnen?»

«Bitte.»

Nadine und der Kommissär verfolgten gespannt, wie Fahrner das Couvert öffnete. Mit zittriger Hand nahm er das Blatt heraus, überflog den Inhalt und legte sichtlich irritiert das Schreiben auf den Tisch zurück.

«Edgars Testament!», hauchte er.

Nadine nahm das Schreiben und las laut vor.

«Ich, Edgar Hasenböhler, wünsche, dass mit meinem Vermögen eine Stiftung gegründet wird. Boris Fahrner soll die Stiftung initiieren, die Leitung der Stiftung soll Isabelle Köstner übernehmen. Im Aufsichtsrat sollen Andrea und Boris Fahrner sein.»

«Und der Stiftungszweck?», erkundigte sich Ferrari.

«Unterstützung von Waisenkindern und Familien, die in Not geraten sind.»

Fahrner rang um Fassung, mit Tränen in den Augen trat er auf den Balkon hinaus.

«Er weint», flüsterte Nadine.

«Lassen wir ihn einen Augenblick allein.»

«Das ist doch kein Zufall, Francesco. Das Testament wurde zwei Tage vor seiner Ermordung verfasst. Hasenböhler muss gewusst haben, dass er in Gefahr ist. Ich frage mich nur, warum er seinen letzten Willen nicht von seinem Freund Fahrner aufsetzen liess oder ihn zumindest informierte?»

«Stimmt. Er hätte das Testament ja bei ihm hinterlegen können, doch er gab es vermutlich Isabelle Köstner, die es im Fall seines Todes Fahrner aushändigen sollte.»

«Vielleicht wollte Hasenböhler seinen Freund vor irgendetwas beschützen.»

«Möglich.»

Nach einigen Minuten kam Boris Fahrner zurück.

«Entschuldigen Sie bitte, es war etwas viel in den letzten Tagen … Es ist unverkennbar Edgars markante Schrift. Eine Fälschung schliesse ich aus. Falls Sie es wünschen, gebe ich Ihnen eine Kopie mit.»

«Gern.»

«Ich … meine Frau und ich, wir werden seinen letzten Wunsch sehr gewissenhaft in die Tat umsetzen.» Er schluckte. «Es ist nicht gerade meine Art, Gefühle in der Öffentlichkeit zu zeigen … nur, das Testament wirft mich ein wenig aus der Bahn … Edgar wusste offenbar, dass er in Gefahr war. Das ist einfach schrecklich … Unzählige Male bat ich ihn, ein Testament zu machen, doch er lachte mich nur aus, und jenes, das ich dann aufsetzen durfte, hat er nie unterschrieben. Aber das habe ich Ihnen ja bereits erzählt … Er hat es sich anscheinend anders überlegt. Ich dachte, dass das Geld in die Stiftung meiner Frau fliesst. Selbstverständlich werden wir seinen letzten Willen erfüllen und Isabelle Köstner als Stiftungsleiterin herzlich willkommen heissen. Finden Sie bitte Frau Köstner. Lebend! Sie bedeutete Edgar mehr, als ich bisher vermutet habe …»

Erneut erhob sich Fahrner und trat auf den Balkon, Nadine folgte ihm.

«Geht es einigermassen, Herr Fahrner?»

«Ich bin am Anschlag oder vielleicht etwas darüber hinaus … Seit dem Tod von Edgar ist mir klar, wie endlich das Leben ist. Uns bleibt nur eine kurze Zeit und anstatt diese sinnvoll zu nutzen, mich für schwache Menschen einzusetzen, wie Edgar das tat, renne ich jeden Morgen ins Geschäft, setze Verträge auf und verdiene viel Geld. Doch wozu? Ist das der Sinn des Lebens? Müsste es nicht mehr geben, etwas Höheres, das jede Anstrengung lohnt? Wo bleibt die Moral, die Ethik? Wie verantworten wir unser Handeln vor dem höchsten Richter? Edgar hat seinen Worten auch Taten folgen lassen. Er war zeitlebens ein Kämpfer für die Gerechtigkeit, und solche Menschen hinterlassen eine grosse Lücke, wenn sie nicht mehr unter uns sind. Und was tat ich? Ich belächelte ihn als einen liebenswerten Spinner. Inzwischen sehe ich das anders. Edgar war ein Waisenkind und wusste, wie es am unteren Ende der Leiter aussieht, wie es ist, wenn man Sprosse für Sprosse erklimmen muss. Immer darauf bedacht, nicht von der Leiter zu fallen. Doch es ging ihm nicht um persönlichen Reichtum, er wollte eine bessere Welt schaffen. Mir hingegen wurde alles in den Schoss gelegt, meine Eltern waren reich … Hätte ich es geschafft, von unten nach oben zu klettern? Oder wäre ich immer wieder von der Leiter gefallen? Und wieso habe ich mich nie für die

Schwachen eingesetzt? An den Mitteln und Möglichkeiten fehlte es nicht ...»

«Sie wären ganz oben angekommen.»

Fahrner tastete nach Nadines Hand.

«Ich bin mir da nicht so sicher, Frau Kupfer. Gar nicht so sicher.»

Erst jetzt bemerkte er, dass er Nadines Hand festhielt, eilig zog er sie zurück.

«Entschuldigen Sie. Ich wollte Sie nicht belästigen.»

Sie nahm ihn für einen kurzen Moment in den Arm.

«Sie sind ein guter Mensch, und es ist nie zu spät, anderen Gutes zu tun. Kommen Sie, wir gehen wieder rein.»

«Ich beneide Sie um Ihre Partnerin, Herr Ferrari», wandte sich Fahrner an den Kommissär, der die Szene vom Büro aus beobachtet hatte.

«Ich bin auch sehr stolz auf meine Partnerin. Und ich kann Ihnen sagen, es gibt nicht viele, die behaupten können, dass sie von Nadine in den Arm genommen wurden. Die meisten ...»

«Vorsicht, Francesco», zischte Nadine.

«Gut, lassen wir das. Wolltest du Herrn Fahrner nicht noch um etwas bitten?»

«Ein anderes Mal. Heute ist nicht der richtige Zeitpunkt.»

«Ich finde schon», insistierte Ferrari.

«Was kann ich für Sie tun, Frau Kupfer?»

«Nennen Sie mich bitte Nadine.»

«Freut mich. Boris. Was kann ich für dich tun, Nadine?»

«Es …»

«Es geht um Daniel Kaspar», vollendete Ferrari den Satz.

«Wollen wir uns auch duzen?», bot der Notar an.

«Gern. Also, Nadine möchte dich bitten, die Anklage gegen Daniel Kaspar zurückzuziehen.»

«Ich bin selber gross, Francesco.»

«Bitte!»

«Kaspar hat einen grossen Fehler gemacht, das weiss er und es tut ihm sehr leid. Ich habe mich bei einigen Leuten, die im Kulturbereich arbeiten, über ihn erkundigt. Das Echo war beeindruckend, alle schwärmen von ihm. Er macht einen wirklich guten Job. Hätte er nicht eine zweite Chance verdient? Wenn du ihn anklagst, wird er verurteilt und hat keine Perspektiven mehr.»

«Ich habe die Anzeige formuliert.» Fahrner schob sie zu Nadine hinüber. «Du kannst damit machen, was du willst.»

«Danke!»

Nadine zerriss das Papier in unendlich viele Teile.

«Ich werde mich ab sofort auf die wirklich wichtigen Dinge im Leben konzentrieren. Bringt mir bitte Isabelle Köstner. Sie ist Bestandteil von Edgars Vermächtnis.»

«Wir suchen sie fieberhaft.»

«Wir leben in einer eigenartigen Welt, rennen blindlings dem Erfolg nach, der über Macht und

Reichtum definiert wird. Dabei bleibt alles andere auf der Strecke. Die Menschlichkeit, zum Beispiel. Auch Edgar war Teil dieses Systems, ganz konnte er sich nicht entziehen. Habt ihr heute schon die Zeitung gelesen?», ohne eine Antwort abzuwarten fuhr Fahrner fort: «Die ‹BaZ› vermutet einen Zusammenhang zwischen dem Mord an Edgar und dem Börsengang von Thoris.»

«Ist bei Thoris etwas faul?»

«Nein, keine Angst. Börsengeschäfte sind äusserst heikel. Edgar war seit über einem Jahr bei der Lancierung federführend, zusammen mit einem Spezialistenteam unseres Hauses. Du kannst keine Firma an die Börse bringen, ohne alles durchleuchtet zu haben. Da steht viel zu viel auf dem Spiel. Es gibt natürlich immer irgendwelche Schlaumeier unter den Journalisten, die einen Skandal wittern, insbesondere jetzt nach dem Mord. Heute früh hatten wir bereits eine Besprechung mit Vertretern der Börse, der Bank und von Thoris. Einer meiner Geschäftspartner, die Treuhand- und Wirtschaftskanzlei Furrer, die von Beginn weg mit dabei war, sass auch am Tisch. Letztlich gibt es kein Zurück mehr, Artikel hin oder her. Am Mittwoch ist es soweit, Thoris geht an die Börse.»

«Ein komisches Geschäft.»

«In der Tat. Ein Zunami in Japan bewirkt, dass die Kurse in den Keller rutschen, und ein Erdbeben in Amerika hätte verheerende Auswirkungen. Ich könnte noch Stunden lang darüber referieren. Aber wie gesagt, bei Thoris ist alles in Ordnung. Edgars letztes Geschäft soll von Erfolg gekrönt sein.»

Nachdenklich schlenderte Ferrari zum Münsterplatz.

«Falsche Richtung … He, wohin gehst du, Francesco?»

«Lass uns etwas im Isaak trinken. Fahrner … Boris ist ziemlich am Ende.»

«Das kannst du laut sagen. Das Testament gab ihm den Rest.»

«Es wird noch eine Weile dauern, bis er den Verlust seines Freundes verarbeitet hat. Sofern das überhaupt je gelingt. Du hast mich vorhin ziemlich überrascht.»

«Wie das?»

«Die intelligente und schöne unnahbare Nadine Kupfer umarmt einen Zwerg und setzt sich für ein korruptes Schwein ein. Wirst du womöglich weich auf deine alten Tage?»

Der gezielte Schlag in Ferraris Seite überzeugte ihn deutlich vom Gegenteil.

Eine Gruppe von Touristen filmte und fotografierte vor dem Münster, was das Zeug hielt. Überall das Gleiche. Der Kommissär dachte an den Städtetrip nach Stockholm vergangenen Mai. Das war schön, nur das nächste Mal fahren wir auf eigene Faust. Organisierte Ferien und geführte Touren können mir gestohlen bleiben. Nadines Handy kicherte hysterisch, im wahrsten Sinn des Wortes.

«Was ist denn das für ein wahnsinniger Klingelton?»

«Mir gefällts ... Hallo, Peter ... gut, wir kommen ... Bis gleich. Strub will uns den Bericht von Benni Stark persönlich übergeben.»

«Ist er denn schon fertig?»

«Bei Suizid gibts nicht viel zu untersuchen.»

«Ich möchte noch auf die Pfalz, so viel Zeit muss sein.»

«Dachte ich mir. Das ist auch so eine Marotte von dir, Francesco. Kein Besuch auf dem Münsterplatz, ohne dass wir durch den Kreuzgang spazieren und kurz auf der Pfalz einen Blick auf den Rhein werfen. Du bist ein absolutes Gewohnheitstier. Und wehe, es läuft nicht nach deinem gewohnten Rhythmus ab.»

Ferrari schaute andächtig auf den Rhein hinunter. Tausend Mal habe ich ihn von hier oben gesehen, wie er Richtung Deutschland fliesst, und doch bin ich immer von Neuem fasziniert. Es ist diese Weite, das endlose Fliessen, das mich beruhigt und mir ein Gefühl von Freiheit gibt. Nadine ging zum Kreuzgang.

«Wohin gehst du?»

«Durch den Kreuzgang zur Rittergasse. Beim Bankverein steigen wir in den Elfer und fahren bis zum St. Johanns-Tor. Da staunst du was? Vorwärts, Peter wartet nämlich. Oder verzichtest du auf den Kreuzgang?»

«Nein!»

Strub sass mit einem Mann fröhlich plaudernd beim Kaffee, hinter ihnen lag auf einem der Obduktionstische Benni Stark. Ich muss mich jedes Mal überwinden, hierherzukommen. Die Kaltschnäuzigkeit von Peter ist bemerkenswert. Wie kann er nur im Autopsieraum trinken oder – noch schlimmer – essen? Na ja, vermutlich gewöhnt man sich einfach an alles.

«Auch einen?»

«Nein, danke. Der würde mir in dieser Atmosphäre nicht bekommen.»

«Unser Kommissär ist ein zartes Pflänzchen, Jost. Ah ja, ihr kennt euch noch gar nicht. Das ist Jost Koch, ein Berufskollege, und das sind Nadine Kupfer und Francesco Ferrari.»

«Ich habe schon von Ihnen gehört.»

«Sicher nur das Beste.»

«Selbstverständlich, Frau Kupfer», er zwinkerte ihr verschwörerisch zu. «Auf jeden Fall freue ich mich, Sie persönlich kennenzulernen.»

«Hier ist das Ergebnis. Benni Stark ist an einer Kombination von Gin und Medikamenten gestorben, ein grausamer Cocktail.»

«Danke, Peter. Wir nehmen den Bericht mit. Komm, lass uns gehen, Nadine.»

«Moment, ich bin noch nicht fertig. Wir haben Stark aufgeschnitten, willst du es sehen, Francesco?»

«Lass die Dummheiten. Ich bin nicht in Stimmung dazu.»

«Du hast Glück, ich bin heute nämlich besonders gut gelaunt und verschone dich ausnahmsweise.»

«Wie edel!»

«Also, wir untersuchten seinen Mageninhalt und verglichen die Substanzen mit den Tabletten, die auf Starks Tisch lagen. Ehrlich gesagt ist keiner von uns ein Spezialist auf diesem Gebiet, deshalb bat ich Kollege Koch, er ist Toxikologe, um Unterstützung. Und er bestätigte, was wir vermuteten.»

«Machs nicht so spannend.»

«Bitte, Jost, dein Part.»

«Das mit dem Cocktail stimmt. Eine wahnsinnig hohe Konzentration von Medikamenten zusammen mit dem Alkohol hat bei Benjamin Stark zum Herzversagen geführt, aber es waren nicht nur die Medikamente, die Peter vor Ort fand. Im Magen des Toten fanden wir noch andere Substanzen.»

«Oder, ums einfacher zu sagen, jemand hat nachgeholfen.»

«Was? Bist du sicher, Peter?»

«Zu neunzig Prozent, nachdem Jost unsere Vermutungen bestätigte. Du musst wissen, er ist ein Genie auf dem Gebiet der Toxikologie.»

«Du übertreibst, Peter.»

«Nein, du bist der beste Toxikologe Europas. Warum sonst fragt man dich international um Rat? Eben.»

«Stark wurde vergiftet?»

«Nein, Frau Kupfer, nicht vergiftet. Es wurde mit starken Medikamenten nachgeholfen, die in Kombination mit Alkohol mit grosser Wahrscheinlichkeit zum Tod führen. Die Menge und die Kombination sind entscheidend.»

«Verstehe. Jemand nützte Starks labilen Zustand und seine Gewohnheiten bewusst aus, füllte ihn mit Gin und Medikamenten ab. Und damit ja nichts schiefgeht, wurden zusätzliche Substanzen beigemischt.»

«Genau! Du hast es auf den Punkt gebracht, Francesco.»

«Jetzt müssen wir nur noch herausfinden, wer das gewesen ist. Ein Kinderspiel!»

«Wenn du meinst, Nadine. Ich habe meinen Teil erledigt. Wenn ihr keine Fragen mehr habt, dann würden Jost und ich gern essen gehen.»

«Könnte es sein», setzte Ferrari nach, «dass er diese anderen Medikamente eine gewisse Zeit vor seinem normalen Cocktail schluckte?»

«Nein, das schliessen wir aus, zumal er danach nicht mehr fähig gewesen wäre, irgendetwas zu sich zu nehmen.»

«Was sind das für Medikamente?»

«Ich dachte mir, dass Sie diese Frage stellen, Frau Kupfer. Eine schlüssige Antwort kann ich Ihnen nicht geben. Noch nicht. Ich nehme die Proben mit und untersuche sie im toxikologischen Institut. Sobald die Ergebnisse vorliegen, werde ich sie Ihnen zukommen lassen.»

«Vielen Dank für Ihre Unterstützung.»

«Das ist mir ein Vergnügen. Noch mehr Spass macht es, wenn ich bei der Arbeit nicht immer das Gefühl habe, von einem Toten beobachtet zu werden.»

Jost Koch sprach Ferrari aus dem Herzen. Endlich jemand, der mich versteht.

Gemeinsam verliessen sie den Obduktionsraum. Koch tippte auf einen Artikel in der «Basler Zeitung», die Strub sich unter den Arm geklemmt hatte.

«Das wird meinem Mentor und Doktorvater nicht gefallen.»

«Was?»

«Dass es um den Börsengang von Thoris einen Skandal geben soll.»

«Spekulierst du etwa, Jost?»

«Ich sitze am Abend oft vor dem Computer und analysiere die Börsenkurse. Das ist spannend und ein wunderbarer Ausgleich zu meiner täglichen Arbeit.»

«Und, bist du erfolgreich?»

«Na ja, eher mässig. Vor einem Jahr kaufte ich aus Spass Aktien einer chinesischen Edelmetallfirma zu zwölf Cent das Stück. Leider erwarb ich nur zweihundert, denn inzwischen sind die auf eine riesige Goldader gestossen, sodass der Kurs auf vierundzwanzig Euro pro Aktie hochschnellte. Hätte ich statt zweihundert zwanzigtausend Aktien gekauft, wäre ich jetzt ein reicher Mann.»

«Und was halten Sie von Thoris?»

«Viel, Herr Kommissär. Ich habe Thoris-Aktien gezeichnet.»

«Wie viele Aktien kaufst du?»

«Das ist ein Geheimnis, Peter. Doch ich verrate es dir. Es sind eintausendfünfhundert.»

«Das Geld muss man auch zuerst haben.»

«Zugegeben, ich bin kein armer Mann und meine Frau ist Chefärztin im Kantonsspital.»

«Noch eine Verständnisfrage.»

«Bitte, Frau Kupfer.»

«Sie erwähnten vorhin Ihren Mentor und Doktorvater. Wie heisst er und was hat er mit Thoris zu tun?»

Inzwischen standen sie auf der Strasse vor der Gerichtsmedizin.

«Kommt doch einfach mit zum Essen. Da lässt es sich gemütlicher plaudern. Wie wärs mit der Pizzeria beim St. Johanns-Tor?»

Ferrari nickte, allein der Gedanke ans Essen liess seinen Magen in den lautesten Tönen knurren. Nach einem grünen Salat und einer Pizza Calzone – wie üblich studierte der Kommissär die Menükarte von vorne nach hinten und wieder zurück, um danach die immer gleiche Pizza zu bestellen – nahmen sie das Gespräch wieder auf.

«Sie wollten mir noch einige Fragen beantworten, Herr Koch.»

«Ursprünglich eine», lachte er. «Wie hiessen die Fragen gleich noch? … Genau, jetzt fällt es mir wieder ein. Sie möchten wissen, wer mein Mentor und

Doktorvater ist. Hierzu muss ich vorausschicken, dass ich Chemie und Medizin studiert habe, gefolgt von einer mehrjährigen Spezialisierung zum Psychiater. Mein Doktorvater ist kein Geringerer als Professor Beat Sieber. Ich erachte es noch heute als ganz grosses Privileg, dass ich bei solch einer Koryphäe meine Dissertation schreiben durfte. Das war wirklich ein Glücksfall für mich.»

«Und was hat Professor Sieber mit Thoris zu tun?», fragte Ferrari erstaunt.

«Er ist mit den Inhabern befreundet und sitzt im Beraterstab von Synovecta. So viel ich weiss, hat er auch Thoris und Synovecta zusammengebracht. Mein Mentor hat mir den Tipp gegeben, er ist total vom neuen Arthrose-Medikament überzeugt. Die Resultate seien sensationell. Sieber steigt selbst ganz gross bei Thoris ein. Wenn das Medikament erst lanciert ist, werden die Aktienkurse von Synovecta und Thoris hochschnellen. Das ist eine todsichere Anlage.»

Bei den letzten Worten, die Koch ehrfurchtsvoll aussprach, blieb dem Kommissär ein Stück Pizza im Hals stecken. Der nachfolgende Hustenanfall beendete das Essen mit einem fulminanten Schlusspunkt, wie Nadine zynisch bemerkte.

Plötzlich erschien der Mord an Edgar Hasenböhler in einem anderen Licht. Hatte das Opfer den Thoris-Berater und Psychiater Professor Beat Sieber persönlich gekannt? Wenn ja, wie war ihr Verhältnis? Hasenböhler-Stark-Sieber, irgendwo in diesem Beziehungsdreieck lag die Lösung. Nur wo? War Beat Sieber der Mörder? So wie es im Moment den Anschein erweckte, liefen alle Fäden bei ihm zusammen, und doch empfand Ferrari diesen Schluss als zu einfach. Vielleicht konnte die Bank im Fall Thoris weiterhelfen. Nadine erkundigte sich nach der Person, die für den Börsengang von Thoris verantwortlich war.

«Wir sollen in einer Stunde zu einem gewissen André Fischer kommen. Da bewegen wir uns aber auf dünnem Eis, Francesco. Das ist dir doch wohl klar.»

«Mein Bauchgefühl sagt mir, dass Sieber eine Rolle spielt. Ich weiss nur nicht welche.»

«Hoffentlich irrst du dich nicht.»

«Hasenböhler arbeitete am Börsengang von Thoris, zu dessen Besitzern Sieber enge Kontakte hat. Stark war Patient von Sieber und wurde mit einer Mischung aus Medikamenten und Alkohol ermordet. Das ist kein Zufall. Es muss eine Verbindung geben. Hören wir uns diesen Fischer von der Bank an. Möglicherweise wissen wir danach mehr über Thoris.»

«Weshalb wollen Sie mehr über Thoris in Erfahrung bringen?»

«Hallo, Herr Staatsanwalt. Wir haben Sie gar nicht kommen gehört. Schön, Sie zu sehen.»

«Sie kommen immer zum falschen Zeitpunkt, wollten Sie in Wirklichkeit sagen. Nun, ich warte auf die Antwort.»

«Wir wollen uns nur etwas genauer über Thoris informieren.»

«In welchem Zusammenhang?»

«Im Mordfall. Es war Hasenböhlers letzter grosser Auftrag.»

«Gut. Eine ganz normale Recherche.»

«Haben Sie auch Aktien gezeichnet?»

«Es geht Sie zwar nichts an, aber in der Tat und nicht zu knapp. Ist denn bei Thoris etwas faul?»

«Das wollen wir herausfinden.»

«Dann nichts wie los und lassen Sie mich sofort wissen, was Sie herausgefunden haben. Das ist ein Befehl … Ach ja, warum ich eigentlich hier bin. Den Fall Iris Stebler können Sie abschliessen. Urs Stebler tritt als Beistand zurück, nun suchen die Behörden einen neuen. Die Mutter des Kindes ist keine Option und die Grossmutter sei zu alt, deshalb lehnen sie beide ab.»

«Wie wärs mit Ihnen, Herr Staatsanwalt? Ihnen macht doch niemand ein X für ein U vor.»

«Danke, Ferrari. Aber erstens falle ich auf Ihre Schmeicheltour nicht herein und zweitens bin ich dafür absolut nicht geeignet. Es geht immerhin um eine grosse Verantwortung und, wenn man die Vermögenswerte der alten Frau Stebler anschaut, um einen erheblichen Betrag. Sie kennen bestimmt jemanden, der dafür infrage kommt. In diesem Sinne wünsche ich frohes Schaffen und nicht vergessen – ich erwarte umgehend Ihren Bericht.»

Und falls wir bei Thoris etwas Negatives herausfinden, wird der Herr Staatsanwalt versuchen, seine Aktien jemandem anzudrehen, bevor er sein Geld verliert. Das zum Thema Insiderwissen!

André Fischer sass steif auf seinem Bürostuhl. Bestimmt ein HSG-Absolvent aus St. Gallen, schmunzelte der Kommissär. Um die vierzig, schütteres Haar, Schnauz, eckiges blaues Brillengestell und trotz dreissig Grad im Nadelstreifenanzug mit weissem Hemd und Krawatte. Und er schwitzt nicht, wie schafft er das bloss?

«Wir werden selten von der Polizei aufgesucht, schon gar nicht von der Mordkommission.»

«Vielen Dank, dass wir sofort vorbeikommen durften.»

Er lächelte oder zumindest verzog er sein Gesicht, sodass es wie ein Lächeln aussah. Jetzt begann er doch langsam zu schwitzen.

«Ich wurde von unserem CEO dazu angehalten, Sie sofort zu empfangen.»

«Wir halten Sie nicht lange auf. Wir möchten einige Auskünfte über Thoris.»

«Bitte.»

«Wem gehört Thoris?», begann Nadine.

«Andreas Schluchter, Dr. Sebastian Moor und Anna Moor. Andreas Schluchter ist der CEO, Sebastian Moor der Verwaltungsratspräsident.»

«Wie hoch ist das Aktienkapital?»

«Zehn Millionen Franken.»

«Können Sie uns etwas über den Geschäftszweig von Thoris erzählen?»

«Selbstverständlich. Die Firma handelt ausschliesslich mit Medikamenten. Sie vertritt ausländische Hersteller exklusiv in der Schweiz.»

«Warum will Thoris an die Börse?»

«Um zu expandieren. Weil das vorhandene Kapital dazu nicht ausreicht, entschieden sich die Besitzer für den Börsengang. Es soll sogar eine eigene Versandorganisation für Medikamente aufgebaut werden.»

«An den Apotheken vorbei?»

«Richtig. Das ist ein interessantes Modell.»

Ob Monika davon wusste? Das könnte ihre Apotheken ernsthaft gefährden. Ich muss sie unbedingt darüber informieren, schweifte der Kommissär in Gedanken kurz ab.

«Was war die Aufgabe von Edgar Hasenböhler?»

«Edgar Hasenböhler ist … war einer der besten Wirtschaftsanwälte unserer Stadt. Zusammen mit den Kanzleien Fahrner und Furrer prüfte er die Machbarkeit des Börsengangs.»

«Zu welchem Ergebnis kam er?»

«Sie spielen auf den Artikel in der ‹Basler Zeitung› an. Alles Unsinn. Hier ist wieder einmal ein Journalist übers Ziel hinausgeschossen. Ein Börsengang wird minutiös geplant. Erst wenn sich alle Beteiligten sicher sind, dass Fakten und nichts als Fakten auf dem Tisch liegen, gibt die Zulassungsstelle ihren Segen.

Bei Thoris arbeiteten mehrere Personen über ein Jahr am Börsengang. Nun ist die Zeichnungsfrist abgelaufen, und ich muss sagen, es war ein gigantischer Erfolg. Wir hätten doppelt so viele Aktien verkaufen können.»

«Worauf begründen Sie diesen Run?»

«Auf die Qualität von Thoris sowie auf die der Partnerfirmen, allesamt innovative Unternehmen, die demnächst mit Neuzulassungen von Medikamenten rechnen dürfen, allen voran die im Herbst erwartete Lancierung des neuen Synovecta-Produkts. Dem Handel mit Medikamenten gehört die Zukunft. Die Menschen werden immer älter und somit steigt der Bedarf kontinuierlich.»

«Wie kommt denn der Journalist auf die Idee, dass bei Thoris etwas nicht stimmt?»

«Das viel besungene Sommerloch war wohl die Ursache. Wenn einem nichts mehr einfällt, reimt man sich etwas zusammen. Oder ...» Fischer dachte einen Augenblick nach. «... oder Hasenböhler war bei ihm.»

«Warum hätte Hasenböhler das tun sollen?»

«Am Freitag vor seinem Tod kam er ganz aufgeregt zu mir. Er sprach von Ungereimtheiten, neuen Erkenntnissen und meinte, wir sollten das Emissionsverfahren in unserem eigenen Interesse abbrechen. Als ob das so einfach wäre. Aber Fakten konnte er keine auf den Tisch legen.»

«Sie taten es als Spinnerei ab?»

«Harte Worte, Frau Kupfer. Normalerweise befolgen wir schon die Ratschläge der Experten.»

«Natürlich, um sich abzusichern, falls etwas schiefgeht.»

«Wir bevorzugen das Wort rückversichern, Frau Kupfer.»

«Was meinte er mit Ungereimtheiten?», hakte Ferrari nach.

«Ich habe leider keine Ahnung, das dürfen Sie mir glauben. Natürlich waren wir ein wenig beunruhigt und nahmen zur Sicherheit Rücksprache mit Herrn Furrer.»

«Weshalb nicht mit Boris Fahrner?»

«Nun … Sie kennen doch die freundschaftliche Beziehung der beiden.»

«Sie vermuteten also, dass sich Fahrner im Zweifelsfall vor seinen Freund stellen würde.»

«Nicht ganz.»

«Sondern?»

«Wir wollten unseren langjährigen und sehr geschätzten Partner Fahrner nicht in Verlegenheit bringen.»

«Gut. Sie tauschten sich demnach mit Furrer aus. Was …»

«Nicht ganz.»

«Sondern?»

«Zuerst hielten wir intern eine Besprechung ab. Diese Situation war sehr aussergewöhnlich und noch nie da gewesen. Die Emission läuft und kann doch nicht aufgrund von Vermutungen gestoppt werden. Nach eingehender Beratung entschieden wir uns, Furrer einzuweihen.»

«Mit welchem Ergebnis?»

Fischer verzog sein Gesicht erneut zu einem undefinierbaren Lächeln oder war es ein Grinsen?

«Bisher zu keinem. Falls Herr Furrer oder einer seiner Kollegen in den nächsten Tagen ums Leben kommt, werden wir die Lage überdenken.» Er lachte hysterisch. Als er Ferraris irritierten Blick bemerkte, wurde er sofort wieder ernst und murmelte: «Entschuldigung!»

Ein Humorbolzen der besonderen Art. Und wenn er nochmals «nicht ganz» sagt, reisse ich ihm den Kopf ab.

«Was ich sagen wollte, die Vorgänge sind eigentlich nicht mehr aufzuhalten. Die Emission ist abgeschlossen, Thoris kommt am Mittwoch an die Börse. Sollte Hasenböhler recht haben, wäre das für alle eine Katastrophe!»

«Wie sind Sie mit Furrer verblieben?»

«Er wird uns sofort informieren, sollte er auf Ungereimtheiten stossen.»

«Und Sie uns bitte ebenfalls.»

«Ich vermute, dass unser CEO nichts dagegen einzuwenden hat. Ich soll Ihnen von Dr. Tanner liebe Grüsse ausrichten, Herr Ferrari.»

«Felix Tanner?»

«Dr. Felix Tanner. Wenn Sie wünschen, kann ich Herrn Furrer bitten, Sie zu kontaktieren. Vielleicht kann er Ihnen weiterhelfen. Ich muss ihn sowieso in einer anderen Angelegenheit anrufen.»

«Sehr gern. Herzlichen Dank.»

«Meine Sekretärin wird Sie zum Ausgang begleiten.»

«Vielen Dank für das aufschlussreiche Interview» würde wohl der Schlusssatz in der «Schweizer Illustrierten» heissen. Nadine schmunzelte, vielleicht hätte ich doch Journalistin werden sollen. Wie heisst es doch so schön, es ist nie zu spät. On verra.

«Ein komischer Zeitgenosse. Bocksteif, und erst sein Humor, der ist mehr als grenzwertig. Wer ist eigentlich Felix Tanner?»

«Wir sind zusammen im Horburgquartier aufgewachsen. Das habe ich dir aber schon einige Male erzählt.»

«Nur hast du nie einen Felix Tanner erwähnt.»

«Er war einer der grössten Machos, ziemlich clever. Eine Zeit lang arbeitete er für Nike in Amerika. Jetzt ist er anscheinend wieder in Basel.»

«Das klingt nicht gerade begeistert.»

«Er hat mir meine grosse Jugendliebe ausgespannt.»

«Ich dachte, Yvo hat sie dir entführt?»

«Nicht ganz.»

Nadine versuchte Roger Furrer an die Strippe zu bekommen, doch der Wirtschaftsanwalt hielt sich in Hamburg auf und war auch auf dem Handy nicht zu erreichen. Damit blieb ihnen nichts anderes übrig, als den morgigen Tag abzuwarten. Auch gut. Ferrari fuhr mit dem Dreier nach Hause, das Tram ruckelte und wackelte. Fast hätte ich vergessen, wie schön das ist bei dem vielen Herumchauffieren von Nadine. In der Aeschenvorstadt stachen ihm gleich mehrere Apotheken ins Auge. Wenn das mit dem Medikamentenversand Schule macht, könnten die Folgen verheerend sein. Womöglich wäre auch Monikas Apothekenkette davon betroffen. Ich darf gar nicht daran denken. Was wird dann aus Nikki? Beim Gedanken an seine Tochter umspielte ein stolzes Lächeln seine Lippen. Wie es wohl meiner Kleinen in Oxford geht? No news are good news. Na ja, man kann gewisse Dinge auch schönreden.

«Komm schon, Francesco. Mach nicht so ein Gesicht. Thoris ist nicht der erste Konkurrent, das ist doch ein alter Hut. Natürlich verschwindet immer wieder eine Apotheke, aber die meisten existieren, und zwar nicht schlecht.»

«Und wie stehts mit deinen?»

«Die laufen wirklich gut. Es kommt auf eine gute Mischung an, denn wir verkaufen nicht nur Medikamente, bei uns kriegst du auch Kosmetika, Schuhe, Einlagen nach Mass und anderes. Gerade ältere Menschen schätzen unsere Beratung und das wird auch in Zukunft so sein. Wir müssen uns natürlich den sich verändernden Marktbedingungen immer wieder neu anpassen. Nur so haben wir eine Zukunft.»

«Du bist eine richtige Unternehmerin.»

«Danke für das Kompliment, Brummbär. In den Ärzten, die selbst Medikamente verkaufen, sehe ich die grössere Gefahr.»

«Gibts viele davon?»

«In Basel ist das zwar nicht erlaubt, in anderen Kantonen schon. Wer Medikamente verkauft, verdient Geld. Vor allem für den Hausarzt auf dem Land ist das ein willkommener Zusatzverdienst und die Patienten finden es sehr praktisch, weil der Gang zur Apotheke entfällt. Wenn es in einem Dorf keine Apotheke gibt, finde ich das absolut in Ordnung, sonst nicht. Bei der Revision des Heilmittelgesetzes schlug sich der Nationalrat am 7. Mai auf unsere Seite. Apotheker sollen neu gewisse rezeptpflichtige Medikamente abgeben dürfen. Wir erhalten also mehr Kompetenzen. Das war längst fällig und die absolut richtige Antwort auf den zuvor öffentlich ausgetragenen Streit zwischen Ärzteschaft und Apothekern. Aber ich schweife ab … Dass Sieber bei Thoris mitmauschelt, passt zu ihm.»

«Warum?»

«Man munkelte schon zu seinen Zeiten in den Universitären Psychiatrischen Kliniken, dass er sich mit Promis etwas dazuverdienen würde. Die meisten therapiert er noch immer.»

«Traust du ihm einen Mord zu?»

«Ehrlich gesagt, nein. Ich traue ihm jede Sauerei zu, aber keinen Mord. Er mag ein Ignorant und ein Tyrann sein, doch er ist Arzt aus tiefster Überzeugung.»

«Spielst du auf den hippokratischen Eid an?»

«Eigentlich mehr auf das Gewissen. Der Eid hat heute nur noch eine medizingeschichtliche Bedeutung, rechtlich ist er nicht verbindlich.»

Ferrari öffnete eine Flasche Wein.

«Zur Feier des Tages.»

«Und was feiern wir?», fragte Monika

«Uns zwei. Das ist doch wohl Grund genug, oder etwa nicht?»

Sie lächelte und schmiegte sich eng an ihn.

«Hast du etwas von Nikki gehört?»

«Die Schule ist auf Englisch, keiner spricht ein Wort Deutsch. Es scheint eine Herausforderung zu werden.»

«Gefällts ihr zumindest?»

«Sie klang motiviert, aber das kann sich schnell ändern. Sie ist halt Papas Töchterchen.»

«Hm!»

12. Kapitel

Das Ergebnis der toxikologischen Untersuchung lag bereits am nächsten Morgen auf Ferraris Tisch. Die Arzneistoffe, die als Mittel mit Eigenschaften zur Heilung oder zur Verhütung menschlicher Krankheiten bestimmt sind und denen also eine arzneiliche Wirkung zugeschrieben werden, wie sich Jost Koch ausdrückte, waren säuberlich aufgelistet. Ferrari kämpfte sich durch die Namen der Medikamente, doch keines kam ihm bekannt vor. Währenddessen telefonierte Nadine mit dem Apotheker, bei dem Benni Stark praktisch alle Rezepte eingelöst hatte.

«Wie bist du so schnell auf den Apotheker gekommen?», staunte Ferrari.

«Über die Kleber, die sind praktisch auf jeder Schachtel drauf. Aber das Gespräch hat nichts gebracht. Er meinte, Stark sei ein treuer und freundlicher Kunde gewesen. Ah ja, Peter sagt, dass diese Arzneistoffe, die du eben studierst hast, von rezeptpflichtigen Medikamenten stammen.»

«Und wer kommt demzufolge infrage?»

«Ich weiss, worauf du hinaus willst. Professor Sieber, dein Feindbild Nummer eins.»

«Er kommt problemlos an alle Medikamente heran.»

«So wie viele andere auch, zum Beispiel Monika. Wenn sie dereinst genug von dir hat und dich vergiften will, braucht sie nur in den Schrank einer ihrer Apotheken zu greifen.»

«Schöne Aussichten!»

«Bleiben wir noch einen Augenblick bei Sieber. Kannst du mir einen plausiblen Grund nennen, weshalb er Stark umbringen sollte?»

«Stark weiss etwas und erpresst ihn damit.»

«Möglich, doch eher unwahrscheinlich. Vielleicht hat er ihn umgebracht, weil er zu Nora Erb wechselte.»

«Sehr witzig.»

«In einem Punkt gebe ich dir recht – es gibt eine Verbindung zwischen den beiden Mordfällen. Das ist hundertprozentig kein Zufall.»

«Und diese Verbindung heisst Isabelle Köstner.»

Big Georgs Leute suchten weiterhin fieberhaft nach Isabelle Köstner. Sie gingen jedem noch so kleinen Hinweis nach. Eine Kioskfrau in der Feldbergstrasse glaubte, die Gesuchte gestern Abend gegen sechs Uhr gesehen zu haben, und ein Tramchauffeur war sich absolut sicher, dass sie exakt zur gleichen Zeit in seinem Tram Richtung Neuweilerplatz gefahren war.

«So geht es uns laufend. Die einen behaupten dies, die anderen das. Wir lassen nichts unversucht, gehen jeder noch so kleinen Spur nach, aber bisher handelte es sich nur um warme Luft. Leider.»

«Irgendwo muss sie doch sein. Wo übernachtet sie bloss?»

«Bei den Temperaturen kann sie auch im Freien schlafen, Nadine. Wie siehts mit ihrem Handy aus, benutzt sie es? Oder kauft sie mit einer Kreditkarte ein?»

«Beides Fehlanzeige. Sie ist sehr vorsichtig.»

Big Georgs Telefon klingelte.

«Ja … sie ist bei mir … Okay … hier, Dölf von der Zentrale will mit dir sprechen.»

«Ja, Dölf? … Gib sie mir.» Nadine hörte eine Weile aufmerksam zu. «Gut … Wir sind in einer halben Stunde in Binningen, Frau Fahrner … Bis gleich.» Nadine legte auf und wandte sich erleichtert an den Chef der Fahndung. «Du kannst die Suchaktion abblasen, Georg. Isabelle Köstner ist in Binningen, bei Andrea Fahrner.»

Andrea Fahrner wartete vor der Haustür.

«Ich bin froh, dass Sie gleich kommen konnten. Sie liegt im Wohnzimmer auf dem Sofa und ist vor ein paar Minuten eingeschlafen. Ich wollte heute Morgen den Garten spritzen, bevor es zu heiss wird, da fand ich sie im Geräteschuppen. Es geht ihr gar nicht gut. Ich habe meine Schwester angerufen, sie ist auf dem Weg hierher.»

«Können wir mit ihr sprechen?»

«Ich weiss es nicht. Kommen Sie erst einmal herein.»

Sie setzten sich in die Küche, tranken Kaffee und plauderten über das Wetter. Kurz darauf traf Nora Erb ein.

«Ich gehe zu ihr ins Wohnzimmer. Wenn sie aufwacht, schauen wir, in welchem Zustand sie sich befindet. Falls es zu vertreten ist, können Sie mit ihr reden», schlug Nora vor.

Nach einer halben Stunde winkte sie Nadine und dem Kommissär zu.

«Ich habe sie geweckt. Sie hatte schreckliche Albträume und ist beinahe vom Sofa gefallen. Sie möchte mit Ihnen sprechen, sie hat sogar ausdrücklich nach Ihnen verlangt.»

Andrea Fahrner setzte sich neben Isabelle. Eine Ewigkeit lang, zumindest kam es Ferrari so vor, schwiegen alle. Isabelle nahm mehrmals einen Anlauf, um etwas zu sagen, doch die Worte wollten nicht über ihre Lippen. Nora Erb gab ihnen zu verstehen, dass sie abwarten sollten. Geduld und Feinfühligkeit waren gefragt.

«Ist … ist Benni tot?», begann Isabelle Köstner zögernd.

«Ja.»

«Ich … ich bin ins Schlafzimmer gegangen und da lag er. Dieses Bild, er wirkte so friedlich, werde ich nie vergessen. Ich fühlte seinen Puls, dann … dann bin ich weggerannt.»

Sie warf sich Andrea Fahrner schluchzend in die Arme. Wiederum dauerte es lange, bis sie sich einigermassen erholte. Ihr Schmerz war gross und schien echt zu sein.

«Du heisst Nadine.»

«Ja.»

«Ich … ich muss es loswerden. Benni … Benni fehlt mir so sehr, Nadine.»

«Was ist passiert, Isabelle?»

«Er hat sich umgebracht, weil … das ist alles so schrecklich … ich weiss es erst seit Kurzem … das musst du mir glauben.»

«Was muss ich dir glauben?»

«Er wollte es nicht, aber ich verstehe ihn … Es ist entsetzlich.»

«Erzähl uns bitte alles der Reihe nach.»

«Benni glaubte, dass ich ein Verhältnis mit Edgar habe. Das muss ihn total fertiggemacht haben. Hätte er doch nur mit mir geredet, dann wäre alles anders gekommen.»

«Hat Benni Edgar getötet?»

Sie weinte hemmungslos und nickte.

«Aus Eifersucht … weil er mich so sehr liebte. So sehr wie ich ihn … Ich bin an allem schuld.» Sie wischte die Tränen weg. «Ich hätte ehrlich zu Benni sein sollen, dann wäre das alles nicht passiert. Edgar ist … war ein guter, ein lieber Freund, der immer für mich da war. Mehr nicht. Wir hatten nie ein Verhältnis.»

«Kennst du Edgar schon lange?»

«Wir lernten uns an einem Bazar des Waisenhauses kennen. Sie müssen wissen, wir sind beide Waisenkinder. Damals war ich noch Judith Rossetti, jung, verträumt und voller Zukunftspläne. Wir verloren uns dann aus den Augen. Erst beim Konkurs von Kohlhaus & Partner traf ich ihn wieder und seither sind wir in Verbindung geblieben. Wir schrieben uns auch, als ich in Kanada und Australien lebte. Er las zwischen den Zeilen, spürte rasch, dass ich unglücklich bin, und holte mich in die Schweiz zurück. Ohne ihn wäre ich wohl nicht zurechtgekommen.»

«Warum hast du deinen Geburtsnamen wieder angenommen?»

«Ich wollte nicht mehr Judith Rossetti sein. Das klingt sicher sonderbar, aber ich dachte, mit dem Namenswechsel kann ich auch meine Vergangenheit ablegen.»

«Und dann lerntest du Benni kennen?»

«Im Joggeli, wie ich euch erzählt habe. Zuerst wohnte ich bei einer Freundin, dann bin ich zu Benni gezogen. Wir waren so verliebt. Er erzählte mir immer mehr von sich, auch von der Isteinerstrasse und natürlich von Edgar. Das war ein Riesenschock für mich. Es dauerte eine Weile, bis ich wieder klar denken konnte. Was sollte ich tun? Endlich hatte ich mein Glück gefunden und nun das! War es Schicksal oder göttliche Strafe? An Zufälle glaube ich nicht. Ich bat Edgar um Hilfe und wir beschlossen, jeglichen Kontakt zu vermeiden. Benni war ja dermassen auf Edgar eingeschossen, um nicht zu sagen, krankhaft fixiert, das hätte er nicht verstanden. Zudem war Benni ein eifersüchtiger Mensch. Doch eines Tages passierte das Unglück, Benni erfuhr von unserer Freundschaft.»

«Wie das?»

«Sieber! Dieser Scharlatan hat es ihm erzählt.»

«Professor Sieber?»

«Ja, sein Psychiater.»

«Woher wusste Sieber davon?»

«Von mir. Ja, ich bin selbst schuld. Benni schwärmte in den höchsten Tönen von seinem Therapeuten und da dachte ich, mein Geheimnis wäre bei ihm gut aufgehoben. Ich musste einfach mit jemandem darüber reden.»

«Sie meinen, Professor Sieber hat Benjamin Stark tatsächlich erzählt, dass Sie mit Edgar Hasenböhler befreundet sind?», fragte Nora Erb fassungslos.

«Leider ja. Doch damit nicht genug, er hat Benni gegen Edgar aufgehetzt, nur realisierte ich das nicht. Und dann … dann drehte Benni vollkommen durch. Er rief Edgar mit meinem Handy an und drohte ihm, mir etwas anzutun, wenn sie sich nicht sofort in Edgars Wohnung treffen könnten.»

«Das war am Samstagnachmittag vor einer Woche.»

«Ja. Edgar wollte für einen guten Zweck Geld sammeln oder so.»

«Er nahm an einem Sponsorenlauf von Olivia Vischer teil.»

«Es ist so schrecklich …» Tränen liefen über ihre Wangen. «Edgar … er muss geglaubt haben, dass ich in Gefahr bin, sonst wäre er nicht sofort nach Hause gekommen … Den Rest kennen Sie.»

«Weshalb bist du in der Maulbeerstrasse gewesen?»

«Benni kam total fertig nach Hause, meinte lallend, er habe meinen Liebhaber … gekillt. Ja, das sagte er wörtlich.» Sie fuhr sich mit zittriger Hand durch die Haare. «Zuerst konnte ich es nicht glauben … Dann bin ich mit Bennis Auto zur Maulbeerstrasse gerast … Edgar war … tot … Ich habe die Polizei angerufen und gewartet, bis sie da war … Das ist einfach nicht fair … Die einzigen beiden Menschen, die mir etwas bedeutet haben, sind tot», hauchte sie.

Die letzten Worte gingen in einen Heulkrampf über. Andrea Fahrner führte Isabelle Köstner ins Gästezimmer, Ruhe würde ihr jetzt guttun.

«Ich kanns nicht glauben!», begann Nora Erb. «Stimmt das wirklich, Herr Ferrari?»

«Sie wirkt mehr als nur glaubwürdig. Was meinst du, Nadine?»

«Sie sagt die Wahrheit. Ich schliesse sie als Mörderin in beiden Fällen aus.»

«Es ist noch weit schlimmer, als es scheint, Frau Erb», fügte der Kommissär erklärend hinzu. «Unser Gerichtsmediziner fand heraus, dass Benni Stark ebenfalls ermordet wurde.»

«Nein! … Sie glauben doch nicht, dass …», sie konnte es nicht aussprechen.

«Noch ist nichts bewiesen, aber wir haben den dringenden Verdacht, dass Sieber der Mörder ist.»

«Nur eines begreife ich nicht, Francesco.»

«Und das wäre?»

«Warum hetzt Sieber seinen Patienten Stark gegen Hasenböhler auf?»

«Eine gute Frage, Nadine. Ich kann mir nur eines vorstellen: Er ist selbst psychisch gestört und will Schicksal spielen.»

«Oder Sieber befürchtete, Hasenböhler könnte irgendwie sein sensationelles Geschäft versauen.»

André Fischer liess ihnen durch seine Sekretärin mitteilen, dass er Dr. Roger Furrer informiert habe und er ihren Anruf erwarte. Eine halbe Stunde später sassen sie in der nüchternen Kanzlei Furrer in der Dornacherstrasse. Alles war in Weiss gehalten, sogar die Möbel.

«Danke, dass Sie uns so rasch empfangen, Herr Furrer.»

«Das ist selbstverständlich, Herr Kommissär. Fischer betonte die Dringlichkeit dieser Angelegenheit.»

«Wenn es Ihnen recht ist, kommen wir gleich zur Sache. Ist bei Thoris etwas faul?»

«Bei allem Respekt für Kollege Hasenböhler, ich habe ihn sehr geschätzt, doch wir konnten nichts feststellen. Im Prinzip ist alles in Ordnung.»

«Wo ein Prinzip ist, ist auch ein Aber.»

«Der Schwachpunkt von Thoris ist das Klumpenrisiko, was selbstverständlich in den Emissionsunterlagen vermerkt ist.»

«Was verstehen Sie genau darunter?»

«Es sind zwei Pharmafirmen, die insgesamt siebzig Prozent des Umsatzes ausmachen. Thoris hat das Glück, dass für die Schweiz langfristige Exklusivverträge mit diesen beiden Pharmafirmen bestehen. Um sicherzugehen, dass diese Verträge auch eingehalten werden, habe ich beide besucht. Deshalb bin ich nach Hamburg gereist, zu Synovecta.»

«Und?»

«Es besteht kein Zweifel, sie werden eingehalten. Gerade bei Synovecta ist das von entscheidender Bedeutung.»

«Warum?»

«Im Herbst wird ein neues Medikament zugelassen.»

«Eines gegen Arthrose.»

«Sie haben sich informiert, Herr Kommissär?»

«Ein Freund, der selbst Aktien zeichnete, hat mir davon erzählt.»

«Tja, gewisse Informationen verbreiten sich schnell. In unseren Unterlagen für die Anleger haben wir nämlich das Medikament nicht explizit erwähnt, weil es noch nicht zugelassen ist. Es ist nur die Rede davon, dass die Partnerfirmen von Thoris einige neue Medikamente in der Pipeline hätten.»

«Somit hat die Gerüchteküche einen Run ausgelöst.»

«Ganz richtig, Frau Kupfer.»

«Und wenn die Zulassung verweigert wird?»

«Dann platzt die Blase. Das ist eben das Risiko eines Anlegers. Wer einen satten Gewinn einstreichen will, muss einen hohen Einsatz wagen.»

«Werden Sie Aktionär bei Thoris?»

«Um Himmels willen, nein! Ich lege mein Geld lieber in Immobilien an. Die Rendite ist zwar geringer, aber ich bin mit meinen Mehrfamilienhäusern auf der sicheren Seite.»

«Dann spricht also nichts gegen Thoris?»

«Es ist alles korrekt und der verschobene Zeitpunkt ein geschickter Schachzug.»

Ferrari blickte überrascht zu Nadine, die nur mit den Schultern zuckte.

«Verstehe, davon wissen Sie nichts. Eigentlich war die Emission für den Oktober geplant, doch die Inhaber drängten darauf, den Börsengang um einige Monate vorzuverlegen.»

«Das schreit ja förmlich nach Gemauschel.»

«Mitnichten, Herr Kommissär. Es ist, wie gesagt, eine clevere Aktion. Morgen findet der Börsengang statt und dabei verdienen die bisherigen Aktionäre eine hübsche Summe Geld. Im Oktober, wenn Synovecta das neue Medikament auf den Markt bringt, steigen die Aktienkurse von Thoris erneut massiv an. Immer unter der Vorraussetzung, das Medikament wird zugelassen und floppt nicht.»

«Sonst sacken die Kurse in den Keller.»

«Korrekt.»

«Besten Dank für das aufschlussreiche Gespräch, Herr Furrer. Sie haben uns sehr geholfen.»

Auf der Rückfahrt ins Kommissariat rief Ferrari den Vater von Olivia an, Albert Vischer, ein hoch angesehener Mann und Mehrheitsaktionär eines Pharmakonzerns mit beeindruckendem Beziehungsnetz, und bat ihn, Erkundigungen über Synovecta einzuholen. Ein Kinderspiel, wie ihm der alte Herr vergnügt versicherte. Sollte irgendwo ein Hund begraben sein, dann würde er ihn mit Garantie finden, und zwar schnell. Rund eine Stunde später polterte Staatsanwalt Jakob Borer ins Büro.

«Unten wartet ein Herr Vischer. Ist das etwa *der* Vischer?»

Ehrfurcht lag in seinem Blick.

«Vermutlich schon.»

«Worauf warten Sie denn noch, Ferrari?»

«Er kann doch einfach hochkommen.»

«Einfach hochkommen?», stammelte der Staatsanwalt. «Sind Sie verrückt?! Sie müssen sich um ihn kümmern, ihn am Empfang abholen … Bleiben Sie sitzen. Ich übernehme.»

Und schwupps war er weg.

Albert Vischer war ein gross gewachsener Mann von stattlicher Statur. Die stahlblauen Augen, das graue, wenn auch etwas lichte Haar und sein verschmitztes

Lächeln bezauberten noch heute Jung und Alt. Nadine begrüsste ihn herzlich und bot ihm einen Kaffee an.

«Es sind schon einige Jahre her, seit wir uns zum letzten Mal gesehen haben, Herr Kommissär.»

«Sieben oder acht. Nehmen Sie doch bitte Platz, Herr Vischer.»

Staatsanwalt Borer setzte sich ebenfalls. Diese Unterredung wollte er sich offenbar nicht entgehen lassen. Typisch! Ferrari schmunzelte. Sobald eine Persönlichkeit erschien, war der verehrte Herr Staatsanwalt zur Stelle. Getreu dem Polizeimotto: dein Freund und Helfer.

«Ich muss mich bei Ihnen bedanken, Herr Kommissär», begann der Unternehmer. «Das Gespräch mit Synovecta war für mich sehr positiv.»

«Heisst das im Klartext, das Medikament wird im Herbst zugelassen?»

«Es scheint so.»

«Aber bei Thoris können Sie nicht mehr einsteigen.»

«Kleine Fische. Das interessiert mich nicht.»

«Sondern?»

«Synovecta plant, das neue Medikament in eine eigene Firma auszulagern, mit Tochtergesellschaften weltweit. Wahrscheinlich werden in einigen Jahren auch alle anderen Medikamente über diese Gesellschaften verkauft. Eine gute Strategie, die ich seit Jahren verfolge. Wir haben in über einhundert Ländern eigene Gesellschaften. Das ist ein lukratives Geschäft. Von der Auslagerung des neuen Medikaments wissen übrigens nur ganz wenige. Mein Freund Lothar Stolpe, Verwaltungsratspräsident der Synovecta, bot mir eine Beteiligung an.»

«Und, werden Sie sich beteiligen?»

«Aber sicher. Wir treffen uns Anfang der nächsten Woche in Hamburg, um die Details zu besprechen.»

«Das wird sich auf den Aktienkurs von Thoris negativ auswirken», brachte Nadine die Konsequenzen auf den Punkt, während Ferrari dem Staatsanwalt zuckersüss zulächelte.

«Herr Vischer ... ich meine ... sind Sie sicher?», stammelte Borer, der seine Investition davonschwimmen sah.

«Absolut. Mein Freund Lothar ist kein Schwätzer. Sie sind ja ganz blass. Geht es Ihnen nicht gut, Herr Borer?»

«Doch ... doch. Aber dann ist der Börsengang von Thoris eine Blase, ein einziger riesiger Betrug!»

«Ich habe mich mit der Emission kurz auseinandergesetzt. Meiner Meinung nach steht nirgends etwas von diesem neuen Medikament ... Brauchen Sie mich noch, Herr Kommissär?»

«Nur noch eine Frage. Kennen Sie Professor Beat Sieber?»

«Gewiss. Ein hervorragender Psychiater mit Weltruhm.»

«Wissen Sie, ob er Kontakte zu Synovecta hat?»

«Das entzieht sich meiner Kenntnis. Ich frage gern nach. Darf ich Ihr Telefon benutzen?»

Nadine begleitete Albert Vischer in ihr Büro, wo er ungestört telefonieren konnte.

«Das … ich habe ein kleines Vermögen auf Thoris gesetzt.»

Staatsanwalt Borer war ausser sich.

«Die Börse gibts, die Börse nimmts. Ein Risiko ist immer dabei.»

«Hören Sie sofort mit Ihrem selbstgefälligen Grinsen auf. Das ist Betrug! Betrug, Betrug und nochmals Betrug.»

Er packte den überraschten Kommissär am Kragen.

«Wären Sie so gütig, mich loszulassen», zischte Ferrari.

«Oh! Entschuldigen Sie.» Borer liess ihn augenblicklich los und strich ihm das Jackett glatt. «Ich muss für einen kurzen Augenblick die Kontrolle verloren haben. Wie … wie soll ich das bloss meiner Frau beibringen?»

Ohne eine Antwort abzuwarten, verliess er hastig das Büro.

«Jetzt dreht er total durch.»

«Was die Vermutung nahelegt, dass er mehr als nur einige Franken ins Projekt Thoris gesteckt hat. Wenn das nur gut ausgeht.»

«Darf ich kurz stören?» Albert Vischer streckte den Kopf zur Tür hinein. «Und ich meine wirklich kurz. Ich habe nämlich in dreissig Minuten einen wichtigen

Termin im Les Trois Rois. Also, ich habe interessante Neuigkeiten. Professor Sieber ist nicht nur ein guter Freund des Synovecta-Geschäftsführers, zu Neudeutsch CEO, sondern er hat auch an Testreihen von Psychopharmaka teilgenommen. Nun darf ich mich empfehlen. Es war mir ein Vergnügen, Sie wieder einmal gesehen zu haben, Herr Kommissär. Olivia hält mich zum Glück über Ihre Fälle auf dem Laufenden, und die Presse berichtet ja auch ständig über Ihre Ermittlungen. Wirklich faszinierend. Falls Sie mich noch brauchen, rufen Sie einfach an. Es wäre mir eine Freude.»

«Vielen Dank für Ihre Hilfe, Herr Vischer.»

«Gern, Herr Kommissär.»

«Ich begleite Sie zum Ausgang.»

«Dieses Vergnügen weiss ich sehr zu schätzen, Frau Kupfer. Herzlichen Dank.»

Das Puzzle nahm Gestalt an. Edgar Hasenböhler war Thoris und insbesondere Professor Beat Sieber auf die Schliche gekommen, zumindest musste er etwas geahnt haben. Vermutlich wurden seine, im Gegensatz zu Vischers, Erkundigungen in Hamburg abgeblockt, sodass er unverrichteter Dinge zurückkehrte. Währenddessen funktionierte das Buschtelefon zwischen Hamburg und Basel. Sieber wusste also, welche Gefahr ihm drohte. Hätte Hasenböhler vor dem Börsengang von Thoris seine Vermutungen öffentlich geäussert, wäre sein raffinierter Plan, die Thoris-

Aktien kurz nach dem Kauf mit einem Riesengewinn wieder abzustossen, den Bach runtergegangen. Allein die brisante Information, dass das nicht explizit in der Emission angekündigte Medikament nicht über Thoris verkauft werden soll, hätte eine Lawine ins Rollen gebracht und einen Kurssturz ausgelöst. Sieber wäre finanziell ruiniert gewesen.

Er musste handeln, und zwar rasch. In seinem Patienten Benni Stark fand er den perfekten Komplizen. Es bedurfte wohl keiner grossen Anstrengungen, ihn aufzuhetzen. Das Ausplaudern von Isabelle Köstners Geheimnis, ihre heimliche Freundschaft zu Edgar Hasenböhler, genügte vollauf. Gezielt und skrupellos zog Sieber an den Fäden seiner Marionette. Wahrscheinlich schmiedeten sie gemeinsam den mörderischen Plan, der an jenem verhängnisvollen Samstag in die Tat umgesetzt wurde.

«So etwas kann sich nur ein Psycho ausdenken», resümierte der Kommissär das eben Erfahrene.

«Raffiniert ist er ja, um nicht zu sagen: absolut genial. Er benutzt sein Insiderwissen als Psychiater, lässt seine willige Marionette tanzen und erreicht so sein Ziel, ohne sich die Hände schmutzig zu machen. Das war beinahe der perfekte Mord.»

«Doch die Marionette macht sich selbstständig. Mit dem bevorstehenden Wechsel zu Nora Erb schwimmen Sieber nämlich die Fälle davon. Er weiss, dass Stark bei Nora Erb früher oder später auspackt. Dieses Risiko kann und will er nicht eingehen.»

«Wenn Marionetten einsam sterben … ein guter Filmtitel, wäre es nicht so traurig.»

«Und wie überführen wir Sieber?»

«Ich habe keine Ahnung, Francesco.»

«Nein, nein und nochmals nein!»

«Warum nicht?»

«Weil ich mich nicht aufs Glatteis bewege. Ich stelle doch keinen Haftbefehl gegen den hoch angesehenen Professor Beat Sieber aus bei diesen dürftigen Indizien.»

«Er ist unser Mann, Herr Staatsanwalt. Mit absoluter Sicherheit.»

«Dann beweisen Sie es, Ferrari. Und bis dahin bleibt der Mann auf freiem Fuss.»

«Aber verhören dürfen wir ihn schon?»

«Sie können sich Ihren sarkastischen Unterton sparen, Frau Kupfer. Dagegen ist natürlich nichts einzuwenden, solange Sie die Formen wahren.»

«Selbstverständlich.»

«Wann laden Sie ihn vor?»

«Morgen Vormittag.»

«Bestens.»

«Wollen Sie bei der Einvernahme dabei sein?»

«Nein, das ist Ihr Job.»

Na klar, wir sollen das heisse Eisen aus dem Feuer holen. Wenns klappt, steht der Herr Staatsanwalt nur zu gern in der Sonne. Wenns ein Fiasko gibt, macht er uns fertig. Das nenne ich Arbeitsteilung.

«Ich sehe Ihnen an, was Sie denken, Ferrari. So ist das ganz und gar nicht. Ich stehe jederzeit hinter Ihnen.»

Oh ja. Mit dem Messer in der Hand, um es uns bei Bedarf in den Rücken zu rammen!

«Es reicht mir vollkommen, dass mein hart verdientes Geld verloren ist. Da will ich mich nicht noch lächerlich machen, indem Sie eine weltweit anerkannte Koryphäe einsperren. Mit mir nicht! Guten Tag, die Herrschaften.»

«So ein borniertes Arschloch!»

«Findest du?»

«Was interessieren ihn Hasenböhler und Stark? Nicht die Bohne. Das Einzige, worüber er sich Sorgen macht, ist sein blödes Geld.»

«Findest du?»

«Hart erarbeitet! Pah, dass ich nicht lache. Dabei sitzt er den lieben langen Tag am Schreibtisch und giesst zwischendurch seine dämlichen Pflanzen.»

«Sie gedeihen aber gut.»

«Der regt mich so etwas von auf. Hoffentlich setzt er den Rest seines Vermögens bei einer anderen Firma in den Sand.»

«Das ist nicht anständig von dir. Du solltest …»

Weiter kam Ferrari nicht. Eine gestreckte Gerade traf ihn vollkommen unvorbereitet im Magen. Immerhin war endlich wieder der Normalzustand hergestellt. Die Befürchtung, zwischen Nadine und

Borer sei die grosse Liebe ausgebrochen, war unbegründet. Wenn auch die ganze Welt aus den Angeln fällt, auf die beiden ist Verlass.

Stunden später waren sie keinen Schritt weiter. Vergeblich hatten Nadine und der Kommissär nach Möglichkeiten gesucht, um Professor Beat Sieber zu überführen. Es gab schlicht und ergreifend keine valable Taktik. Eine bittere Erkenntnis! Ohne Beweise würde er kategorisch alle Vorwürfe bestreiten. Der Gedanke, ihm eine Falle zu stellen, verwarfen sie nach Rücksprache mit Nora Erb. Denn Isabelle Köstner, die Einzige, die als Lockvogel infrage käme, war im jetzigen Zustand viel zu labil, um Sieber erfolgreich Paroli bieten zu können. Immerhin hatte sie sich von Nora Erb überreden lassen, einige Tage zur Erholung in den Universitären Psychiatrischen Kliniken zu verbringen. Wie sollte es weitergehen? Es musste doch irgendeine Lösung geben.

«Am besten wir legen die Karten auf den Tisch», schlug Ferrari vor.

«Der kriegt höchstens einen Lachanfall und mit ein bisschen Glück stirbt er daran.»

«Nicht wir legen die Karten auf den Tisch.»

«Sondern?»

«Nora Erb. Sie lässt ihn glauben, Benni Stark hätte sich bei seiner ersten Sitzung alles von der Seele geredet. Mal sehen, wie der Professor darauf reagiert.»

«Gut. Einen Versuch ist es wert.»

Nora Erb war sofort einverstanden. Sie rief ihren ehemaligen Vorgesetzten an und bat für den kommenden Tag um ein Treffen. Zuerst zögerte Sieber, doch als Nora deutlicher wurde und ihm mit der Polizei drohte, willigte er ein. Unverzüglich installierten die Spezialisten der Basler Polizei Wanzen in Nora Erbs Büro, sodass Nadine und Ferrari im Raum nebenan das Gespräch verfolgen und jederzeit eingreifen konnten. Nach mehreren Gesprächsproben, Ferrari mimte dabei den Professor, war allen Beteiligten klar, dass nur eine geringe Chance bestand, den gewieften Sieber zu überführen. Möge es gelingen.

13. Kapitel

Das letzte Kapitel, wie Ferrari inständig hoffte, konnte beginnen. Alle hatten ihre Positionen bezogen, auch die Polizei stand in Bereitschaft, um gegebenenfalls die Inhaber von Thoris zu verhaften, falls Sieber eine Bemerkung in diese Richtung machte. Allerdings würde es mehr als schwierig, ihnen betrügerischen Vorsatz nachzuweisen. Die Vorverlegung des Börsengangs war schlicht clever gewesen. Nora Erb schien die Ruhe selbst zu sein. Als Sieber in seinem schwarzen Mercedes vorfuhr, stieg die Spannung.

«Das letzte Mal ging unsere Abhöraktion voll in die Hose», flüsterte Nadine.

Ferrari nickte. Der vermeintliche Täter, den sie damals überführen wollten, spielte mit ihnen Katz und Maus. Bis heute wussten sie nicht, woran es gelegen hatte. War es Zufall gewesen oder eine undichte Stelle? Der Techniker gab ihnen ein Zeichen, es war soweit. Sie setzten sich die Kopfhörer auf.

«Nun, Frau Kollegin, wie macht es sich so auf meinem Sessel?», begann Beat Sieber das Gespräch.

«Gut, Herr Professor. Aber es ist nicht Ihr Stuhl. Den haben wir schon vor Jahren entsorgt.»

«Es dauerte lange, bis ich begriff, welch falsche Schlange ich an meinem Busen genährt habe. Sie sind eine hervorragende Intrigantin und eine miserable Psychiaterin.»

«Danke für das Kompliment.»

«Es ist Ihnen nicht nur gelungen, die Belegschaft gegen mich aufzuhetzen, sogar beim Verwaltungsrat waren Sie mit Ihren unsäglichen Anschuldigungen erfolgreich. Ich weiss bis heute nicht, was damals den Ausschlag gab. Vermutlich verfügen Sie über Fähigkeiten, gegen die ich machtlos bin.»

«Ich sehe, Sie sind sich in all den Jahren treu geblieben. Zweideutige Anspielungen gehören noch immer zu Ihrem Repertoire. Wenn Sie die Vorstellung, ich hätte mir die Stelle erschlafen, beruhigt und Sie damit von sich ablenken können, dann lassen wir das einfach im Raum stehen. Sie erwarten ja hoffentlich keine Antwort von mir.»

«Nein. In der Tat nicht. Was mich interessieren würde, mit was habe ich Sie so sehr verletzt, dass Sie mich noch immer verleumden?»

«Es liegt mir fern, Ihre Verdienste in den Schmutz zu ziehen, Herr Professor. Seit meiner Studienzeit waren Sie mein grosses Vorbild, doch Sie haben sich selbst vom Sockel gestossen. Tausend Mal verfluchte ich den unsäglichen Tag, an dem ich Ihre Assistentin wurde.»

«Das ist so eine Sache mit Vorbildern. Sie werden in den Himmel gehoben und können den Ansprüchen nicht standhalten.»

«Fachlich sind Sie eine Koryphäe, doch menschlich haben Sie schwere Defizite. Sie sind sich immer und überall selbst der Nächste, andere haben Sie nie wirklich interessiert. Ein Wahnsinnswiderspruch bei unserem Beruf. Manchmal frage ich mich, ob Sie schizophren sind.»

«Sie enttäuschen mich, Frau Kollegin. Wären Sie eine gute Psychiaterin, würden Sie niemals diesen Schluss ziehen. Immerhin erkennen Sie, dass Sie mir nie im Leben das Wasser reichen können, und dafür geben Sie mir die Schuld. Interessant.»

«Nun, wenn Sie erlauben, würde ich gern zum eigentlichen Grund unseres Treffens kommen, zu Benjamin Stark.»

«Ein hoffnungsloser Fall, der mich an meine Grenzen brachte. Zu Beginn machte er Fortschritte, doch dann verschloss er sich, blockte alles ab. Sehr schwierig. Daher bin ich sogar froh, dass er zu Ihnen gekommen ist.»

«Wirklich? Das sehe ich anders. Er beschuldigte Sie nämlich, ihn zu einem Mord angestiftet zu haben.»

Sieber lachte schallend.

«Ausgezeichnet, das gefällt mir. Jetzt ist mir auch klar, weshalb Sie am Telefon mit der Polizei drohten. Sie erwarten jetzt sicher ein Geständnis von mir, nicht wahr?»

«Nein. Ich wollte Ihnen nur die Gelegenheit geben, sich selbst anzuzeigen. Sie könnten damit einmal in Ihrem Leben eine gewisse menschliche Grösse zeigen.

Sollten Sie diese Chance nicht wahrnehmen, werde ich die Polizei informieren. Ihre Entscheidung.»

«Wer wurde denn ermordet?»

«Das wissen Sie doch.»

«Selbstverständlich. Es geht um Edgar Hasenböhler.»

«Ich kann Ihnen auch den Grund nennen.»

«Sie langweilen mich zwar mit Ihren Spielchen und machen sich absolut lächerlich, aber bitte sehr.»

«Weil Sie ein kranker Mensch sind, Herr Professor. Sie spielen gern Schicksal. Das war schon immer so. Doch bei Benjamin Stark haben Sie die Grenze überschritten. Sie wollten herausfinden, ob Sie einen Menschen so weit manipulieren können, dass er einen Mord begeht. Ihr Experiment ist gelungen, das muss Sie mit Stolz erfüllen.»

«Eine interessante Theorie. Höchst interessant.»

«Im Wissen um Starks krankhafte Fixierung auf Edgar Hasenböhler erzählten Sie ihm, dass Hasenböhler und Isabelle Köstner ein Verhältnis hätten. Der Rest liegt auf der Hand.»

«Leider wird er Ihnen das nicht mehr bestätigen können.»

«Nein, denn auch ihn haben Sie ermordet.»

«Ausgezeichnet! An Fantasie fehlt es Ihnen nicht. Sie hätten Polizistin werden sollen. Lassen Sie sich doch von Kommissär Ferrari engagieren.»

«Als Isabelle Köstner Ihnen mitteilte, dass Benjamin Stark die Therapie bei Ihnen abbricht und zu mir wechselt, erkannten Sie sofort die Gefahr, besuchten ihn zu Hause und brachten ihn um.»

«Gratulation! Erneut eine hervorragende Theorie und ein wunderbarer Stoff für einen Roman. Was meinen Sie, soll ich ein Buch schreiben? Natürlich wären Ähnlichkeiten mit lebenden oder toten Personen und realen Handlungen rein zufällig und in keiner Weise beabsichtigt.»

«Und wenn ich es beweisen kann?»

«Beenden wir dieses Theater, Frau Kollegin.» Sieber lachte verächtlich. «Glauben Sie wirklich, dass Sie sich mit mir messen können? Sie sind eine Niete, eine kleine Schlampe, die sich auf meinen Posten gekatzbuckelt und geschlafen hat. Da braucht es ein anderes Kaliber, um einem Professor Sieber die Stirn bieten zu können. Mein Gott, und so jemanden zieht der Verwaltungsrat mir vor. Eine Schande!»

Nadine und der Kommissär hörten, wie ein Stuhl verschoben wurde.

«Das wars. Er geht.»

«So ein Mist. Was jetzt, Francesco?»

«Nur noch einen Augenblick, Herr Professor. Ich bin gleich fertig.»

Sieber setzte sich erneut hin.

«Noch eine Theorie? Sie langweilen mich wirklich, Frau Kollegin. Oder kommt jetzt das berühmte Kaninchen, das Sie aus dem Hut zaubern?»

«Bei unserem Gespräch fragte ich Herrn Stark, ob es ihn störe, wenn ich eine Tonbandaufnahme mache.

Das halte ich bei einem ersten Termin immer so, damit ich mir später nochmals in Ruhe alles vor Augen führen kann. Selbstverständlich sind diese Aufnahmen streng vertraulich.»

«Sie machen Tonbandaufnahmen?», fragte der Professor konsterniert.

«Jetzt hat sie ihn!», jubelte der Kommissär. «Das war genial.»

«Nur bei der ersten Sitzung.»

Für einen Moment sagte keiner ein Wort, Sieber dachte anscheinend nach.

«Was wollen Sie von mir?», fragte er nach einer gefühlten Ewigkeit.

«Gehen Sie zur Polizei und legen Sie ein Geständnis ab.»

«Ich habe einen besseren Vorschlag. Spielen Sie mir das Tonband ab. Wenn Stark darauf behauptet, ich habe ihn zum Mord angestiftet, geht diese Runde an Sie … Nun, was ist? Jetzt können Sie sich endlich an mir rächen. Spielen Sie mir Ihr Band ab … Ich warte.»

«Wir waren so nahe dran.»

Enttäuscht setzte Ferrari den Kopfhörer ab. Plötzlich zuckte Nadine zusammen, riss sich den Hörer vom Kopf und rannte hinaus.

«Was …»

Ferrari hetzte hinter ihr her, ohne zu wissen weshalb.

Der Anblick, der sich ihnen bot, liess sie erstarren. In Siebers Brust steckte ein Brieföffner. Erstaunt und überrascht zugleich blickte er den Kommissär an.

«Mir ist der perfekte Mord gelungen … Stark war mein williges Werkzeug … aber auch eine Gefahr …»

Dann rutschte er wie in Zeitlupe vom Stuhl. Daneben stand eine entsetzte Nora Erb, die Isabelle Köstner in den Armen hielt. Nadine reagierte als Erste. Sie bückte sich zu Sieber hinunter und fühlte seinen Puls, doch jede Hilfe kam zu spät.

«Er ist tot, Francesco. Hat Isabelle …»

«Nein, Nadine», antwortete Nora Erb. «Isabelle hat ihn nicht ermordet, sie hat ihn gerichtet.»

14. Kapitel

«Unfassbar», stöhnte Staatsanwalt Borer. «Was soll ich der Presse sagen? Ein Mann wie Professor Beat Sieber, hochdekoriert, ein Vorbild, eine Kapazität. Wie konnte er nur?»

«Ein bedauernswerter, kranker Mensch.»

«Jaja, schon gut. Sie wieder mit Ihrer Mitleidstour, Ferrari. Am liebsten würden Sie die ganze Welt umarmen. Fakt ist, dass die Koryphäe Sieber selbst ein Fall für die Klappsmühle war. Der irre Psychiater! Hetzte Patienten auf, zog an den Fäden seiner Marionetten, die auf sein Geheiss Leute umbrachten.»

«Eine leichte Übertreibung, Herr Staatsanwalt. Stark hat einen Mord begangen.»

«Sind Sie sicher? Womöglich ist das nur die Spitze des Eisbergs. Vielleicht stellt sich heraus, dass noch andere ungelöste Morde auf sein Konto gehen oder dass der Wahnsinnige ein Heer von Killern abgerichtet hat. So wie diese Schläfer, von denen man immer wieder hört.» Borer zupfte an einer Pflanze eine verwelkte Blüte ab. «Es wird schon langsam Herbst. Ja, das gibts in der Natur nicht. Da wird nicht einfach aus Lust am Töten gemordet … Wo waren wir stehen geblieben?»

«Sieber züchtete eine Zombiearmee, die über ganz Basel herfallen wird.»

«Nur nicht so zynisch, Frau Kupfer. Ich sehe es Ihnen an, Ihnen beiden, Sie halten mich für verrückt. Aber das ist doch die Quintessenz, die wir aus diesem Fall ziehen. Ein Arzt auf Abwegen manipuliert seine Patienten und setzt sie nach Lust und Laune für seine mörderischen Interessen ein … Und ich soll das jetzt in Worte fassen und der Öffentlichkeit präsentieren. Auf mich nimmt niemand Rücksicht. Die Presse wird mich zerpflücken … Was soll ich denen bloss sagen?»

«Die Wahrheit.»

«Und damit den verdienten Mann samt seiner Familie in den Dreck ziehen und eine Panik riskieren?»

«Also bitte, nun übertreiben Sie nicht so, Herr Staatsanwalt. Man könnte meinen, die Welt stünde kurz vor der Übernahme unzähliger, von Psychiatern erschaffener Frankensteins. Zudem kann die Familie ja nichts für ihren gestörten Verwandten.»

«Von Ihnen habe ich nichts anderes erwartet, Frau Kupfer. Ihnen ist doch egal, was die Leute denken. Mir nicht. Ich muss mir das genau überlegen … Was wird eigentlich aus Thoris? Sind die Inhaber auch in den Fall verwickelt?»

«Das können wir ausschliessen. Der Börsengang findet heute statt. Vermutlich wird Thoris von einem anderen Anbieter geschluckt, wenn bekannt wird, dass das neue Supermedikament von Synovecta von einer eigenen, neu gegründeten Firma vertrieben wird. Auf jeden Fall werden die Kurse drastisch sinken. Verluste sind programmiert.»

Staatsanwalt Borer goss seine Pflanzen und schmunzelte.

«Sie nehmen es ziemlich gelassen, Herr Staatsanwalt. Das lob ich mir. Eine positive Einstellung stärkt Ihre Gesundheit, bringt Ihr seelisches Wohlbefinden …»

«Die Aktien von heute verkaufe ich schon morgen. Das klingt ja beinahe wie ein Gedicht. Schön. Natürlich mit einem satten Gewinn.»

«Und mit Insiderwissen.»

«Wagen Sie es ja nicht, mir das Geschäft zu vermasseln.»

Borer fuchtelte wild mit der halb vollen Giesskanne herum. Das innere Gleichgewicht schien der Staatsanwalt doch noch nicht gefunden zu haben.

«Die ganz hinten haben Sie vergessen», lenkte Nadine ab.

«Wie? … Das passiert mir immer wieder … Sie meinen, ich soll ganz einfach die Wahrheit sagen?»

«Nur dieses eine Mal.»

Borer sah Nadine mit einem vernichtenden Blick an.

«Gut! Ich riskiers … Wo ist eigentlich die Mörderin?»

«In der UPK bei Nora Erb.»

«Und wenn sie flieht?»

«Die Gefahr ist gering, Herr Staatsanwalt.»

Borer füllte Wasser in die Giesskanne nach.

«Gute Arbeit, Herrschaften. Wirklich gute Arbeit.»

«Danke. Was geschieht mit Isabelle Köstner?»

«Nun, in Anbetracht der Tatsache, dass Sieber ein Mörder war und das Opfer Frau Köstners Freund, könnte ich mir ein mildes Strafmass vorstellen.»

«Aber das Gefängnis bleibt ihr nicht erspart?»

«Das würde ich so nicht sagen. Immerhin stand sie unter Schock. Vermutlich wird Nora Erb, eine sehr gute Psychiaterin notabene, ein dementsprechendes Gutachten erstellen. Auch denke ich, dass es kein Gegengutachten braucht. Der Verteidiger kann also aufgrund ihrer geistigen Verfassung auf nicht oder nicht voll schuldfähig plädieren. Natürlich entscheidet das Gericht, ob der Angeklagten die Tat zur Last gelegt wird und wie schwer sie in juristischer Hinsicht wiegt. Ich gehe aber davon aus, dass Frau Köstner in die Psychiatrie eingewiesen und zu einem späteren Zeitpunkt auf gerichtliche Anordnung hin entlassen wird. Die einzige Gefahr, die ich sehe … Jetzt habe ich doch vor lauter Reden tatsächlich meinen Weihnachtsstern übersehen …»

«Von welcher Gefahr sprechen Sie?»

«Gefahr? … Ach die … Es hängt natürlich auch ein wenig davon ab, wer die Anklage vertritt, Frau Kupfer. Wenn sich einer die Sporen abverdienen will, wie beispielsweise Kollege Krüger, dann wird er alles daransetzen, das psychiatrische Gutachten zu zerpflücken, und auf voll schuldfähig plädieren. Je nach Gegengutachten könnte eine Pattsituation entstehen, deren Ausgang ungewiss wäre.» Fixiert von seinen Kollegen, goss Borer seinen Weihnachtsstern. «Was schauen Sie mich so an? … Ah, so läuft der Hase, ich verstehe … Nein, das kommt überhaupt nicht infrage … Nun, vielleicht … Es kommt natürlich auch ein wenig auf den Richter an … Wenn Richter Gross … Aber das lässt sich wahrscheinlich nicht beeinflussen … Gut, ich denke darüber nach.» Borer setzte sich an seinen Schreibtisch und rieb sich die Stirn. Sekunden der Stille vergingen. «Also gut, ich vertrete die Anklage.»

Nadine, Ferrari und Monika verbrachten zusammen mit Olivia Vischer, Yvo Liechti, Staatsanwalt Borer und Gattin die 1.-August-Feier auf der wunderbaren Dachterrasse der Kanzlei Fahrner. Es war eine Einladung im kleinen Kreis, denn Boris Fahrner hatte die alljährliche grosse Party wie angekündigt abgesagt. Zu viel war in den vergangenen Tagen geschehen und bedurfte der Verarbeitung. Kurz vor dem feierlichen Höhepunkt gesellten sich nach Rücksprache mit dem Staatsanwalt Nora Erb und Isabelle Köstner dazu. Das Feuerwerk, das wegen des Hochwassers nur von einem Schiff aus gezündet wurde, dauerte rund dreiundzwanzig Minuten und faszinierte die Gäste, allen voran Ferrari und Isabelle Köstner, mit über eintausendzweihundert Zündungen und über zwanzigtausend Effekten. Der Himmel über Basel strahlte und für einen kurzen Augenblick schien die Welt wieder im Lot zu sein. Als die letzten Funken langsam in den Rhein sanken, umarmte Isabelle Köstner den Kommissär und küsste ihn dankbar auf die Wange. Ferrari lächelte. Manchmal, ja manchmal bin ich sehr glücklich über mein Schicksal. Oder ist es göttliche Fügung? Wer weiss.

Krimis im Friedrich Reinhardt Verlag

Anne Gold: **Tod auf der Fähre**

Kommissär Francesco Ferrari liebt Basel, seine Stadt. Sie ist beschaulich und friedlich. Zumindest meistens. Ein Anruf reisst ihn am frühen Morgen aus seinen Gedanken. Am Tatort wird Ferrari den Eindruck nicht los, das Gesicht der Leiche schon einmal gesehen zu haben. Mit Recht, der Tote ist ein berühmter Künstler aus der Basler Schickeria. Und ehe sich der Kommissär versieht, steckt er mitten in einem undurchsichtigen Sumpf von Korruption, Macht und bedingungsloser Liebe.

3. Auflage
209 Seiten, gebunden
mit Schutzumschlag
CHF 29.80
ISBN 978-3-7245-1433-6

Auch als Taschenbuch erhältlich
2. Auflage
CHF 14.80
ISBN 978-3-7245-1691-0

Anne Gold: **Spiel mit dem Tod**

Nach einer durchzechten Nacht will Kommissär Ferrari die ältere Dame, die überzeugt ist, dass ihr Ehemann einen Selbstmord plant, so rasch wie möglich loswerden: Er verspricht ihr, mit ihrem Gatten zu reden. Wie erwartet, löst sich die Selbstmordtheorie während des Gesprächs unter den Männern in Luft auf. Doch kurze Zeit später springt der Mann vom Dach seines Arbeitsortes. Ferrari ist entsetzt. Gegen den ausdrücklichen Befehl von Staatsanwalt Borer beginnen er und seine Assistentin Nadine Kupfer mit ersten Ermittlungen. Und schon bald weicht das schlechte Gewissen einem schrecklichen Verdacht …

2. Auflage
286 Seiten, gebunden
mit Schutzumschlag
CHF 29.80
ISBN 978-3-7245-1471-8

Auch als Taschenbuch erhältlich
CHF 14.80
ISBN 978-3-7245-1762-7

Anne Gold: **Requiem für einen Rockstar**

Im St. Jakob-Park wird ein berühmter Basler Rockstar ermordet aufgefunden. Kommissär Francesco Ferrari und seine Assistentin Nadine Kupfer versuchen den Mord aufzuklären und werden dabei mit tiefen menschlichen Abgründen und den harten Bandagen der Rockszene konfrontiert.

279 Seiten, gebunden
mit Schutzumschlag
CHF 29.80
ISBN 978-3-7245-1538-8

Auch als Taschenbuch erhältlich
CHF 14.80
ISBN 978-3-7245-1794-8

Anne Gold: **Und der Basilisk weinte**

Drei Messermorde innert kurzer Zeit. Das Ungewöhnliche an den Opfern ist, dass es nichts Auffälliges an ihnen gibt – zumindest nicht auf den ersten Blick. Eine Spur führt Kommissär Ferrari und seine Assistentin Nadine Kupfer in die dunkle Vergangenheit. Bald schon beginnt ein spannender Wettlauf mit der Zeit.

2. Auflage
316 Seiten, gebunden mit
Schutzumschlag
CHF 29.80
ISBN 978-3-7245-1610-1

Auch als Taschenbuch erhältlich
CHF 14.80
ISBN 978-3-7245-1882-2

Anne Gold: **Helvetias Traum vom Glück**

Nadine kann es nicht glauben, die Bundesversammlung wählt einen rechtsradikalen Basler in den Bundesrat. Eine Katastrophe! Doch das Schicksal will es anders: Während des Empfangs in Basel wird der neue Bundesrat ermordet. Kommissär Francesco Ferrari und seine Assistentin Nadine Kupfer übernehmen den brisanten Fall und stellen fest, dass sich der Ermordete nicht nur bei seinen politischen Gegnern, sondern auch im Privatleben viele Feinde gemacht hat.

320 Seiten, gebunden mit Schutzumschlag
CHF 29.80
ISBN 978-3-7245-1680-4

Auch als Taschenbuch erhältlich
CHF 14.80
ISBN 978-3-7245-1994-2

Anne Gold: **Das Auge des Sehers**

Woche für Woche erzielt Arian Nostramo, der berühmte Hellseher von Basel, mit seiner TV-Sendung am Montagabend Rekordeinschaltquoten. Er polarisiert wie kein anderer. Während ihn die einen für den Wahrsager schlechthin halten, sehen seine Gegner in ihm den grössten Scharlatan auf Erden und Anführer einer gefährlichen Sekte. Eines Tages, mitten in der Livesendung, wird Nostramo von einem Anrufer bedroht. Kein Grund zur Sorge denkt Kommissär Francesco Ferrari, der kaum eine Folge auslässt. Doch weit gefehlt. Seine Assistentin Nadine Kupfer beordert ihn nur wenig später nach Riehen, wo Ferrari eines Besseren belehrt wird. Hat der Anrufer seine Drohung wirklich in die Tat umgesetzt? Ist es reiner Zufall oder handelt es sich gar um ein geschicktes Ablenkungsmanöver des Mörders? Kommissär Ferrari und seine Kollegin begeben sich auf eine dunkle Reise in die faszinierende Welt des Hellsehens.

368 Seiten, gebunden mit Schutzumschlag
CHF 29.80
ISBN 978-3-7245-1763-4

Anne Gold: **Das Schweigen der Tukane**

Im Kommissariat kursiert das Gerücht, dass ein Wachtmeister der Sitte ein Verhältnis mit einer Edelprostituierten hat. Nadine Kupfer bittet ihren Chef, Kommissär Francesco Ferrari, dem Kollegen ins Gewissen zu reden. Doch bevor er sich mit dem Wachtmeister unterhalten kann, wird eine stadtbekannte Persönlichkeit ermordet, und zwar in der Wohnung der Prostituierten. Der Fall scheint klar, die Meinungen sind schnell gemacht und im Kommissariat brodelt es mächtig. Während der Grossteil des Polizeikorps zum Wachtmeister hält, der von der Unschuld seiner Geliebten überzeugt ist, glaubt Nadine, dass er versucht, die Ermittlungen zu behindern. Die Fronten verhärten sich zusehends, bis der Konflikt eskaliert und sich eine Katastrophe abzeichnet.

352 Seiten, gebunden mit Schutzumschlag
CHF 29.80
ISBN 978-3-7245-1850-1

Anne Gold: **Die Tränen der Justitia**

Der Supergau ist eingetreten, die Enkelin von Staatsanwalt Jakob Borer wurde entführt! Ein Zufall oder verbirgt sich hinter dieser Wahnsinnstat die bittere Rache eines Verurteilten? Kommissär Francesco Ferrari und seine Kollegin Nadine Kupfer sind schockiert und zum Nichtstun verurteilt. Denn solange es sich um eine Entführung handelt, sind ihnen die Hände gebunden. Und die Vorstellung, dass es zu ihrem Fall werden könnte, wäre eine Tragödie. Systematisch gehen die beiden Borers Fälle der letzten Jahre durch. Dabei stossen sie auf zwei kürzlich entlassene Mörder, die dem Staatsanwalt im Gerichtssaal gedroht hatten. Am liebsten würde Ferrari die Verbrecher in die Mangel nehmen, wäre da nicht das Verbot des Staatsanwalts, sich in die laufende Ermittlung einer anderen Abteilung einzumischen …

320 Seiten, gebunden mit Schutzumschlag
CHF 29.80
ISBN 978-3-7245-1930-0

Dani von Wattenwyl: **Der Maulwurf**

Denis Benz ist ein junger, mässig erfolgreicher Schauspieler von 30 Jahren. Eines Morgens meldet sich der Schweizer Geheimdienst bei ihm. Denis Benz soll auf einer Kreuzfahrt Informationen über einen argentinischen Drogenschmuggler einholen. Auch ein Schweizer wird verdächtigt. Dabei handelt es sich ausgerechnet um den Sohn eines Bundesrates. Denis Benz nimmt den Auftrag an. Doch schon bald entpuppt sich die Kreuzfahrt als sein persönlicher Albtraum.

2. Auflage, 440 Seiten, gebunden mit Schutzumschlag
CHF 34.80
ISBN 978-3-7245-1681-1

Auch als Taschenbuch erhältlich
CHF 14.80
ISBN 978-3-7245-1931-7

Dani von Wattenwyl: **Die Brigade des Falken**

Denis Benz bekommt es unfreiwillig mit einer der gefährlichsten islamistischen Terroristengruppen der Welt zu tun. Die pakistanische Gruppe mit dem Namen «Reiner Glauben» will ein Computerprogramm an sich bringen, das der Schweizer Geheimdienst entwickelt hat, um Terroristen auszuspionieren. Der Kopf der Organisation mit dem Decknamen «Falke» schickt eine Truppe von Extremisten nach Europa, um das gesamte Informationssystem auszuschalten. Nach dreijähriger Ausbildung zum Agenten kehrt Denis Benz als Frischling zur Spezialabteilung PRIOS zurück und wird, ohne sein Zutun, gleich zum Spielball des internationalen Terrorismus.

524 Seiten, gebunden mit Schutzumschlag
CHF 34.80
ISBN 978-3-7245-1698-9

Dani von Wattenwyl: **Die Patriotenlüge**

Mit der kontinuierlichen Schwächung des Schweizer Bankgeheimnisses blicken internationale Verbrechersyndikate zunehmend nervöser auf die Schweiz. Sie fürchten um ihre in der Schweiz versteckten Vermögen. Allen voran die kalabresische Mafia 'Ndrangheta. Sie verstärkt den Druck auf die Schweiz, was auch der italienischen Anti-Mafia-Einheit DIA nicht entgangen ist. In enger Zusammenarbeit mit der Elite-Abteilung PRIOS des Schweizer Geheimdienstes wollen sie dagegen vorgehen. Letztere beschliesst, einen Spitzel in die Mafia einzuschleusen, um deren Pläne zu durchkreuzen. Die Wahl fällt auf Denis Benz. Als er merkt, dass sich die 'Ndrangheta geschickt die Dienste einer rechtsradikalen Loge zunutze macht, gerät die Lage total ausser Kontrolle.

624 Seiten, gebunden mit Schutzumschlag
CHF 34.80
ISBN 978-3-7245-1792-4

Dani von Wattenwyl: **Pfauenstolz**

Dean Dell hat eigentlich alles, was er will. Er ist Mitte 30, Creative Director in einer bedeutenden Werbeagentur, hat eine wunderschöne Frau und wohnt in einer luxuriösen Villa in der besten Wohngegend der Stadt. Doch der Schein trügt. Befangen von einer plötzlichen inneren Trägheit hinterfragt er sein Dasein. Auf der Suche nach wahren Emotionen beginnt er, alle und alles in seinem Umfeld zu provozieren. Anstatt Häme und Rügen zu kassieren, wächst die Bewunderung für seine Person nur noch mehr. Als Cheyenne, die Neffin seines Chefs, für ein Praktikum in der Agentur auftaucht, ist er fasziniert von ihrem wilden, ungezähmten Wesen. In der Zeit, die er mit ihr verbringt, lernt er das Leben von einer anderen Seite kennen und beschliesst, sein Glück um jeden Preis herauszufordern.

296 Seiten, gebunden mit Schutzumschlag
CHF 29.80
ISBN 978-3-7245-1877-8

Weitere Bücher im Friedrich Reinhardt Verlag

Peter Zeindler: **Urknall**

Der Kunsthistoriker Benjamin Lorant lebt seit 20 Jahren in Genf. Im September 2008 nimmt ein Unbekannter namens Petrow überraschend Kontakt zu ihm auf. Er spricht Lorant auf dessen Vergangenheit an, offensichtlich informiert darüber, dass er vor 20 Jahren seine Identität gewechselt hat und als Agent des DDR-Geheimdienstes in Genf zum Einsatz hätte kommen sollen. Allerdings fiel dieser Auftrag genau in die Zeit des Mauerfalls, sodass Lorant Gefangener seiner falschen Biografie blieb. Petrow benützt sein Wissen über Lorants Herkunft, um ihn zu erpressen: Er soll seine Beziehungen zu einem Wissenschafter des CERN ausnützen und herauszufinden versuchen, wie der grossangelegte Versuch, den Urknall zu rekonstruieren, sabotiert werden könne.

304 Seiten, gebunden mit Schutzumschlag
CHF 34.80
ISBN 978-3-7245-1700-9

Peter Zeindler: **Noahs Erben**

Die Hauptfigur, ein Kunstmaler, hat sich im Verlauf seines Lebens zu einem genialen Kopisten entwickelt, der sich immer wieder in anderen künstlerischen Identitäten auslebt und so immer mehr zu seinem eigenen schöpferischen Ich auf Distanz geht. Ausgelöst durch eine Wiederbegegnung mit einem alten Schulkollegen beginnen sich Vergangenheit und Gegenwart zu überlagern, wechselt die Erzählperspektive, wird die Grenzlinie zwischen Realität und Fiktion immer unschärfer und zwingen den Protagonisten zu einem ultimativen Befreiungsschlag.

258 Seiten, gebunden mit Schutzumschlag
CHF 34.80
ISBN 978-3-7245-1854-9

Peter Zeindler: **Die Ringe des Saturn, Der Zirkel**

Die Ringe des Saturn
Der Wahlschweizer Konrad Sembritzki, ehemaliger Agent in Diensten des Deutschen Bundesnachrichtendienstes BND, hat sich auf seinen angestammten Beruf als Antiquar besonnen und lebt jetzt zurückgezogen im Berner Mattequartier. Doch schon bald wird er aus seinem freiwilligen Ruhestand aufgeschreckt. Sembritzki erhält von der BND-Zentrale in Pullach den Auftrag, in Prag sein nach Planeten benanntes Netz von Informanten wieder zu aktivieren, um sich so Informationen über die militärische Nachrüstung des Ostblocks zu beschaffen. Auf seiner gefährlichen Mission bewegt sich Sembritzki zwischen den Fronten und muss erfahren, dass er nur dann überlebt, wenn es ihm gelingt, den grossen Fadenzieher im Hintergrund zu entlarven.

Der Zirkel
Konrad Sembritzki, glücklich zurückgekehrt von seiner Mission in Böhmen, kommt nicht zur Ruhe. Er erhält einen Anruf von seiner Botschaft in Bern mit der Aufforderung, am Ufer der Aare die Leiche eines diplomatischen Mitarbeiters, «betraut mit besonderen Aufgaben», zu identifizieren. Die Anzeichen am Tatort weisen darauf hin, dass es sich um einen rituellen Mord handelt, und Sembritzki, dazu aufgefordert, die geheimen Pflichten des Mordopfers zu übernehmen, wird im Verlauf seiner Recherchen immer tiefer in den Strudel von Kabalen und rätselhaften Machenschaften gezogen.

Die ersten zwei Bände als Taschenbuch
836 Seiten, kartoniert
CHF 29.80
ISBN 978-3-7245-1768-9

Peter Zeindler: **Die weisse Madonna**

Konrad Sembritzki, der Antiquar und ehemalige Agent in Diensten des deutschen Bundesnachrichtendienstes BND, erhält zu nächtlicher Stunde den mysteriösen Anruf eines Unbekannten, der sich mit ihm in der Nähe von Einsiedeln treffen möchte, um ihm brisante Informationen weiterzugeben. Allerdings wird der Mittelsmann ermordet aufgefunden, bevor es zum Treffen kommt. In der Folge erhält Sembritzki bei seinen Recherchen in Bern, Konstanz und Berlin immer mehr Hinweise, die auf einen Anschlag von Neonazis hindeuten, eine Aktion, die im mutmasslichen Zusammenhang mit dem Prozess gegen die Terroristin Beate Zschäpe steht. Und welche Rolle spielt in diesem Umfeld die mysteriöse Frau mit den makellosen Gesichtszügen, der Sembritzki an verschiedenen Schauplätzen immer wieder begegnet?

288 Seiten, gebunden mit Schutzumschlag
CHF 34.80
ISBN 978-3-7245-1991-1

Werner Ryser: **Klosterzelg**

In Basel streiten sich eine reiche Stiftung und ein multinationaler Konzern um den Besitz von Klosterzelg, ein Hofgut an bester Lage über der Stadt. Kurz bevor ein Vertrag zustande kommt, wird der alte Bauer erschlagen in seinem Obstgarten aufgefunden. Der Journalist Jakob Amberg findet heraus, dass zwischen den Personen an der Spitze des Konzerns und der Stiftung, alles Angehörige der städtischen Oberschicht, zahlreiche Verbindungen bestehen und dass überhaupt nicht klar ist, wer welche Interessen vertritt. Nach einem zweiten Mord gerät Amberg selber ins Fadenkreuz der Ermittlungen. Für die Akteure im grossen Spiel um Klosterzelg wäre er als Täter die ideale Lösung.

336 Seiten, kartoniert
CHF 29.80
ISBN 978-3-7245-1853-2